古典詩歌研究彙刊

第十二輯

龔鵬程 主編

第11冊

五代詞中的「山」意象研究

謝奇懿 著

國家圖書館出版品預行編目資料

五代詞中的「山」意象研究／謝奇懿 著 — 初版 — 新北市：
花木蘭文化出版社，2012〔民 101〕
目 2+196 面；17×24 公分
（古典詩歌研究彙刊 第十二輯：第 11 冊）
ISBN　978-986-254-907-0（精裝）
1. 唐五代詞 2. 詞論
820.91　　　　　　　　　　　　　　　　　101014409

ISBN-978-986-254-907-0

9 789862 549070

古典詩歌研究彙刊
第十二輯　第十一冊　　　　　ISBN：978-986-254-907-0

五代詞中的「山」意象研究

作　　者　謝奇懿
主　　編　龔鵬程
總 編 輯　杜潔祥
出　　版　花木蘭文化出版社
發 行 所　花木蘭文化出版社
發 行 人　高小娟
聯絡地址　新北市永和區中正路五九五號七樓
　　　　　電話：02-2923-1455／傳眞：02-2923-1452
網　　址　http://www.huamulan.tw 信箱 sut81518@gmail.com
印　　刷　普羅文化出版廣告事業
初　　版　2012 年 9 月
定　　價　第十二輯 24 冊（精裝）新台幣 33,600 元

五代詞中的「山」意象研究

謝奇懿 著

作者簡介

謝奇懿，台灣南投人，國立臺灣師範大學國文研究所博士，研究興趣為辭章章法學、中文測驗與評量、先秦兩漢詩經學。現為文藻外語學院應用華語文系／華語文教學研究所副教授、中華民國辭章章法學會理事。著有《辭章學的螺旋結構及其在寫作評分規準的應用》、《先秦兩漢天人意識與詩經學之研究》、《五代詞中的「山」意象研究》、《韋齋詩存述解新編》（合著）、《新式寫作教學導論》（合著）等書，以及學術論文十餘篇。

提　　要

　　自然悠遠的山景自古來便是文人喜愛遊賞之處所，自然範疇的山之景觀也往往與水並存，因而在文學中「山水」便成了緊密相連的概念，魏晉以來自然山水詩便一度成為文學上的主流。然而這樣的主題描寫，到了五代詞體初興之世已有不同。詞體在五代正逐漸樹立詞作為一個文體特有的語言、情志與風格，由於五代詞主要作為娛賓遣興的「歌辭之詞」，乃是「用助嬌嬈之態」，因此寫作之對象與感情大半與女子相關。在以女子情思為主體的五代詞中，山所代表的涵義往往已非女子遊賞之處所，亦不復與水並為自然之景觀，其意象已隨著寫作情境的轉移而有所變革。從女子的角度出發，在閨閣幽情的描寫中，五代詞中的山意象便較以往山水自然詩歌蘊含了更多情思，甚或成為女子怨情託寄的對象。這種由景觀化走向閨閣化的歷程，於五代詞中如何展現，如何藉著山意象的塑造表現出特有的風格和美感，即為本文關注的課題。以五代詞中的山意象而言，山意象與女性主題的關聯比例佔全部相關詞作達百分之七十八強，其他題材則不到百分之二十二，表現出山意象閨閣化的情形。山意象的閨閣化造成了意義層面的不同解讀，也造成形式上詞構、詞滙運用、語法、篇章功能上的不同，形成了不同的美感。

目次

第一章　緒　論

第一節　研究動機

　　自然悠遠的山景自古來便是文人雅士喜愛遊賞之目標，山之景觀又往往與水並存，因而在文學中「山水」便成了緊密相連的概念，徜徉遊玩於山水之中，並將所見之景形諸於文字，甚或進而在景物中寓寄心志，便一直是中國文學歌詠的主題之一。尤其魏晉以來儒學衰退，道家思潮興盛，文人們更能以超然的賞鑑眼光觀照山水擁有的美感，其筆下之山水遂呈現出更為多采多姿的面貌，使得以山水為主題的山水詩便一度成為文學上的主流。

　　這樣的主題描寫，在經過了歷代詩賦才士不斷累積文學成果後，推衍到了五代，正是詞體初興之世。蓋詞體在五代詞人手中正逐漸樹立詞作為一個文體特有的語言、情志與風格，而詞體特有的情志與風格是和當時的創作環境與對象密切相關的。由於五代詞係盛行於歌樓酒肆之中，是用來娛賓遣興的「歌辭之詞」。〔註1〕因此，寫作之對象與感情大半與女子相關，甚至以女子為主體而發言，在內容上遂表現了女子的情懷。〔註2〕

〔註 1〕葉嘉瑩《中國詞學的現代觀》，頁7。
〔註 2〕或許有人認為，五代詞之作者幾乎為男性，能反映多少女子心懷不

因女性生活作息本大不同於男子，故而在以女子情思為主體的五代詞中，山所代表的涵義往往已非女子遊賞之處所，亦不復與水並為自然之景觀，其意象必然隨著寫作情境的轉移而有所變革。從女子的角度出發，在閨閣幽情的描寫中，山意象便較以往詩歌蘊含了更多情思，甚或成為女子怨情託寄的對象。這種由景觀化走向閨閣化的歷程，於五代詞中究竟如何展現，五代詞人又如何藉著山意象的塑造表現出特有的風格和美感氛圍，便成為一個值得關心的課題。

因此，本論文擬以五代詞中的山意象為題，研究該意象之意義與形式，冀能藉此了解其在文體更替間所表現出來的變化和含義。

第二節　研究方法

一、「意象」一詞的含義

無論是中國和西方，意象一詞都在文學研究中佔有重要的地位，也各有其文化環境下的理解。中國對「意象」的理解，係「意」加上「象」的合成，關於意與象的意義與關係，最早見於〈易・繫辭〉：

> 子曰：「書不盡言，言不盡意。」然則聖人之意，其不可見乎？子曰：「聖人立象以盡意，設卦以盡情偽，繫辭焉以盡其言。」

象，即客觀物象；意，為作者主觀的思想與感受；而言即是指人類的語言。〈繫辭〉相傳為孔子弟子所作，因此這段話代表著先秦對意、象與言三者關係的看法。而意象最早合為一詞，見於王充《論衡・亂龍》篇：

> 禮，宗廟之主，以木為之，長尺二寸，以象先祖。孝子入廟，主心事之，雖知木主非親，亦當盡敬，有所主事。土

得而知。然吳炎塗以為：五代詞為合歌而作，其流傳主要在歌樓酒肆之間，填詞之男子也許一時感興，起而代言，然這些感興必定深深扣動女性心靈方得以普遍流傳，其說甚是。參見吳炎塗〈市井歌謠及其轉型—宋詞〉，《意象的流變》，頁331。

> 龍與木主同，雖知非眞，示當感動，立意於象，二也。……
> 天子射熊，諸侯射麋，卿大夫射虎豹，士射鹿豕，示服猛
> 也。名布爲侯，示射無道諸侯也。夫畫布爲熊、麋之象，
> 名布爲侯，禮貴意象，示義取名也。土龍亦夫熊麋、布侯
> 之類，四也。

王充此處列舉古代宗教祭祀及朝廷禮儀中的土龍、木主、熊麋畫布等
實用意象，歸結出立意於象的原則，其實這是〈繫辭〉中「立象以盡
意」的延伸。而王充這段話中初次提及意象，也爲意象的語源根據於
實際的物象立下依據。意象眞正用在中國詩歌，成爲中國文論的概
念，自《文心雕龍・神思》篇始：

> 使玄解之宰，尋聲律以定墨；獨照之匠，窺意象而運斤，
> 此蓋馭文之首術，謀篇之大端。

此處的意象，已不僅是〈繫辭〉與王充所謂的外在的物象，而是指作
者內心所構思的形象，能直接傳達情意思想與形象二者的心象。在表
達上，意象也兼有這兩個因素，而於作品中同時傳達出情意與形象雙
重的意涵。

　　由於意象經由作者所構思而成，兼有情意與形象的心象。因此，
本文中研究五代詞中的山意象並不僅限於「山」這個字，更不執著於
自然界地理景致中的「山」這個外在物象。而是依循著「山」這個兼
有意（情思）與象（形象）二者所反映出來的心象，以歷時與共時的
角度，一方面橫斷地研究五代詞山意象的表現形式與意義，同時也縱
觀地探循其自前代發展至五代詞之軌跡，以求能全面了解五代詞中山
意象之內涵，及其在文學史中的流變與地位。

二、語言學方法的援用

　　王弼《周易略例・明象》篇云：

> 夫象者，出意者也；言者，明象者也。盡意莫若象，盡象
> 莫若言。

「言」，即今日所謂的語言。而與「言」相對的「意」和「象」，對詩
歌而言，即是以語言爲物質外殼的詩的形象─意象。由於意象以語言

爲表達之方式，因此，以研究語言爲對象的語言學來研究詩詞的意象
實爲最恰當的方法。

（一）語言與語言學的概念

語言是人類社會特有的現象，是人類以符號系統，透過發音的方
式，自主地表達意念及溝通的方法。要進一步地了解語言的特徵，就
必須從結構與功能兩方面著手。從功能來看，語言是一種符號，其作
用在表達思想、傳遞訊息。從結構看，語言是聲音與意義的結合。語
言是有聲的，它以聲音負荷意義；語言是有意義的，其意義以語音爲
標記。因此，聲音與意義是語言的形式與內容。由聲音與意義組合而
成語言符號—詞彙，而詞彙之間透過語法而組織起來，才成爲日常用
以溝通的語言。廣義的語法是一種語言的全面敘述，包括語音。然此
處用語法的狹義，以研究比語音高一層的語言結構。因此，語音是語
言的物質外殼，詞彙是語言的建築材料，語法則是語言的內部結構。
語音、詞彙、語法各司其職，形成語言的三大要素。

語言學即是用科學的方法，以語言爲研究對象的學科。由於語言
的三大要素爲語音、詞彙與語法，因此研究和語音相關的語音學
（Phonetics）和音韻學（Phonology）；以詞爲研究對象，探討其結構
與生成的有構詞學（Morphology）；以及研究語法的語法學成爲語言
學的三個基本學科。同時，由於語言牽涉的層面甚廣，包含了社會、
心理……等各種層面，因此語言的研究也拓展至其他層面，例如：以
意義本身爲研究對象的語意學（Semantics），以方語爲研究對象的方
言學（Dialectology），以及歷史語言學、心理語言學、社會語言學……
等，可知其牽連甚廣。〔註3〕本文以五代詞爲研究之文獻，主要著意
在以語言學作爲意象形式面的探討，因此擬援用語言學中的詞彙學與
句法學爲研究之方法，探索五代詞山意象的形式一面。至於意義方
面，因爲意象之意義主要與詞作的脈絡相關，而與以整體意義系統爲

〔註 3〕 關於語言學各個學科的分化及研究領域，可參看謝國平《語言學概
論》，頁 46。

著眼角度的語意學相距較遠。因此，仍採用較古典的方法，探討意象的涵意。以下即進一步介紹語法學與詞彙學的相關觀念。

（二）語法學

如同所述，語法學是研究語言結構的學科。漢語語言的結構，可以分成語素、詞、詞組（短語）、句子及句群五個等級。茲分別介紹於下：

語素是最小的語音、語義的結合體，是構詞的必要元素。漢語語素中，單音節語素為數最多，具有極強的構詞能力。

詞則是由語素所構成，為語素高一級的單位，又是組成詞組和句子的單位。關於詞的定義，一般採納美國語言學家 Leonard Bloomfield（1887～1949）的說法：「最小的自由單位（minimum free form）」。然而這個定義過於嚴格，〔註4〕且非就語法的觀點分析，因此詞的劃分成為爭論的焦點。再加上漢語多半為單音節語，因此詞與語素的劃分更易混淆，因而諸家紛紛提出漢語詞彙劃分的方法，歸納言之大約有三點：

1. 以擴展法測試此法為陸志韋所提出，它主張類似詞的結構，用形式相同的句子去擴充、拆解，直到不能再拆的最小片段，就是「詞」。如牛肉→牛的肉。觀察拆開後的意義是否改變，以判斷成不成「詞」，例如上例的牛肉，在拆開時意義未改變，故不是詞。但是，擴展法必須確定其與原結構同一形式，兩者的基本語法結構必須相同。擴展法與「同型替換」和「離子化形式」的方法是大約相同的。〔註5〕

2. 以功能框架測試〔註6〕此法為趙元任所提出，《國語語法》說：

〔註4〕郭良夫《詞彙》一書中說：「所謂最小，就是不能再分出單說成句的部分來；所謂自由，就是單說可以成句。但這個說法太嚴格了，不能概括漢語的事實。」，參見郭書，頁9。

〔註5〕「同型替換」和「離子化形式」為趙元任《國語語法》中所主張，參見該書，頁71。

〔註6〕趙元任《國語語法》，頁72～75。

　　我們不要求詞是一個最小的可以單獨說的單位，我們只要
求它是最小的能夠填進某些功能框架裏的空位的單位。
像是動詞的框架：判斷動詞可以由插入「不」測試而得（如你知
道不知道）。

3. 以音節停頓、結合面廣窄測試〔註7〕此一測試係趙元任對「最
　　小自由形式」的補充測驗。趙元任將「句法詞」定義爲「最
　　小停頓群」；而「結合面寬窄」係因應黏著詞與自由詞的不同
　　條件。

　　除了斷詞之外，詞的分類也是語法上的另一個重點，就大範圍來
說，詞可以分成實詞與虛詞兩種。實、虛詞之分，是在語法上所作的
區分。就語法功能上，實詞表現出三個特點：

1. 能夠帶上一定的語調、語氣獨立成句。
2. 能夠作詞組或者句子的成分，如大部分實詞都可作主語、謂
　　語、賓語，定語等。
3. 實詞在詞組和句子中，和其他詞組合時，位置相當自由。

相對於實詞，虛詞則有以下的特點：

1. 一般不能獨立成句。
2. 一般不能作詞組和句子的成分，但副詞例外。副詞可以作詞
　　組或句子成分，但只限於作狀語。
3. 在和其他詞組合成詞組或句子時，位置往往是固定的。

　　可知實詞與虛詞的分別。然而實虛之間也並非截然可以二分的，
也有少數半實半虛的詞類，如代詞即屬之。

　　在意義上，實詞多表示比較實在的具體意義，虛詞中大部分則
是沒有意義的，有的僅代表語法的意義。另外，就數量而言，實詞
是開放性的，因此新產生的詞大多屬於實詞，特別屬名詞的範疇。
而虛詞則是封閉性的，幾乎可以盡數。本文所要討論的山意象，即
屬實詞的範疇。

─────────────

〔註7〕同上注，頁81。

　　至於實詞的進一步分類有名詞、動詞、形容詞、數量詞及代詞等。而虛詞則有副詞、介詞、連詞、助詞、嘆詞及擬聲詞等。由於篇幅的關係，茲不贅述。

　　詞的上一級單位為詞組（短語），是由詞所構成的單位。詞組可以為句子的一部分，也可以成為另一個詞組的部分，而成為複雜詞組。句子則是由詞或詞組帶上一定語調、語氣構成的，是語言最基本的使用單位。而句群是前後銜接的一組句子，一個句群有一個明晰的中心意思。語素、詞、詞組、句子與句群這五個語言單位，是漢語進行語法分析的前提。

（三）詞彙學

　　詞彙學即是以詞彙為研究對象的學科，大概可分為三方面。初期的詞彙學，是研究構詞方式的學科。詞的結構類型，可由下表看出：

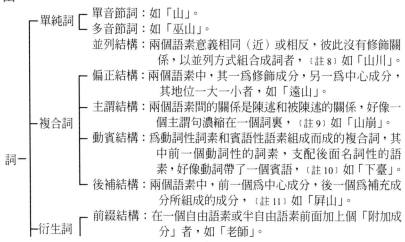

```
       ┌ 單純詞 ┬ 單音節詞：如「山」。
       │        └ 多音節詞：如「巫山」。
       │        ┌ 並列結構：兩個語素意義相同（近）或相反，彼此沒有修飾關
       │        │           係，以並列方式組合成詞者，〔註8〕如「山川」。
       │        │ 偏正結構：兩個語素中，其一為修飾成分，另一為中心成分，
       │        │           其地位一大一小者，如「遠山」。
       │        │ 主謂結構：兩個語素間的關係是陳述和被陳述的關係，好像一
  詞 ─┤ 複合詞 ┤           個主謂句濃縮在一個詞裏，〔註9〕如「山崩」。
       │        │ 動賓結構：為動詞性詞素和賓語性語素組成而成的複合詞，其
       │        │           中前一個動詞性的詞素，支配後面名詞性的語
       │        │           素，好像動詞帶了一個賓語，〔註10〕如「下臺」。
       │        └ 後補結構：兩個語素中，前一個為中心成分，後一個為補充成
       │                    分所組成的成分，〔註11〕如「屏山」。
       └ 衍生詞 ─ 前綴結構：在一個自由語素或半自由語素前面加上個「附加成
                            分」者，如「老師」。
```

〔註 8〕程祥徽・田小琳《現代漢語》，頁 176。

〔註 9〕同上注，頁 179。

〔註10〕同上注，頁 180。

〔註11〕後補結構係陸志韋《漢語構詞法》所提出，然僅限於動補結構。此處所言之後補結構係採陳光磊《漢語詞法論》的說法，不限於動補，而兼有名詞為中心語的形式，參見該書，頁 32。

　　　└ 後綴結構：在一個自由語素或半自由語素後面加上個「附加成
　　　　　　　　　　分」者，如「桌子」。
　└ 重疊詞：　如「爸爸」。

　　這種構詞法的研究，是以既成詞的結構分析，係採用由大到小的
分析步驟，先斷詞，再對詞的下位組成成分進行描寫與分析，屬靜態
的共時研究。

　　構詞法之後，有「造詞法」〔註 12〕的提出。造詞法是對詞生成
過程的動態研究，係屬於詞彙的歷時性研究。

　　然而不管是構詞法或是造詞法，都要在斷詞的基礎上進行。斷詞
即是劃清詞與詞素、短語的界限，沒有恰當的斷詞，不僅對構詞的分
析產生干擾，也和語法學中語句研究有著直接的關係，因此又有所謂
的分詞法的提出，希望闡明詞的劃分的依據。因此，構詞法、造詞法
和分詞法即是研究詞彙時必須注意的三個面向。

第三節　研究材料與範圍

　　在研究材料上，由於詞體在古代的文學地位一直不高，加上
五代為詞體方才盛行、成熟的時期，因此在資料上一直存在著詞
作亡佚與作者或詞題、內容混淆不清的情形。是故，對歷代收有
五代詞之各家總集、別集版本之源流加以了解，實為解讀詞作內
容之初步工作。以下即依時代介紹各朝收有五代詞的相關書籍及
版本於後：

　　宋代以前之收錄五代詞之詞集可分為總集與別集。由於詞體早期
並不受重視，因此官藏書目如《崇文總目》、《中興館閣書目》等皆不
收詞籍，而正史《宋史‧藝文志》則於各家詩文集中，偶附各家詞集，
就名稱可辨別者，不過十餘種，且多為宋代詞家，〔註 13〕甚至有詞作

〔註 12〕中國最早有關造詞法的研究係一九五六年由任學良《漢語造詞法》
　　　　一書所提出的。
〔註 13〕如：王涯、馮延巳、蘇軾、黃庭堅、張元幹、李清照、辛棄疾、趙
　　　　彥端、陳亮、朱敦儒、張孝祥、丁逢……等，參見《宋史‧藝文志》
　　　　卷七。

雜於詩集之情形。〔註14〕由此一現象可知，詞籍在保存上易受忽略，造成現存唐五代詞作數量上的稀少，和斷代上的困難。總集方面，現今可見五代詞之總集通常與唐詞合併刊行，計有《云謠集》、〔註15〕《花間集》、《尊前集》與《金奩集》等四種，茲分別介紹於下：

一、《云謠集》

為我國目前所見最古之詞選，早在一千餘年便已失傳，而沈埋於西北邊陲的敦煌沙磧之中，直至西元一九〇〇才被發現。敦煌寶庫被發現後，其精品多為英人斯坦因與法國伯希和盜走，兩人所盜之文獻中，即有《云謠集》。然而二人所得各有殘缺不全，根據學者的彙集整理，發現斯坦因本（編號為：斯 1441）收有十八首，而伯希和本（編號為：伯 2338）錄有十四首，兩本除了前二首〈鳳歸雲〉相同外，餘皆不同。〔註16〕因此兩本相合為三十首，其數與斯坦因本首題之「云謠集雜曲子共三十首」正好符合，《云謠集》之全貌遂得以重現於世。雖然如此，兩鈔本之前後筆跡不同，可知並非一人所鈔，但在內容上，兩本一先一後又恰巧彌合，或許其中一本係因先前之本子未鈔完而補鈔之本子。

《云謠集》所收之詞的時代大多為盛唐之作，也可能有中唐甚至更晚的作品。其中〈內家嬌〉（兩眼如刀）一首，題作「御製林鐘商

〔註14〕宋釋文瑩《湘山野錄》卷上：「『平林漠漠煙如織。寒山一帶傷心碧。……』此詞不知何人寫在鼎州滄水驛樓，復不知何人所撰。魏道輔泰見而愛之，後至長沙，得古集於子宣內翰家，乃知李白所作。」此詞之作者或有爭議，然宋時將詞作與詩相雜，而刊行於世之情形則無可疑。

〔註15〕《「云」謠集》。「云」字，敦煌寫本原作「云」，學者如朱祖謀、任二北、潘師重規等多以為係「雲」字之省，而寫為「雲謠集」。然冒廣生及林玫儀二人仍作「云」字，林玫儀〈敦煌云謠集斠證〉論曰：「二卷『雲』字皆不省而獨省『雲謠』之字，恐無是理」，為謹慎起見，今依林說，參見《詞學考詮》，頁 92，註一。

〔註16〕鄭振鐸《中國俗文學史》第五章云：「倫敦博物院所藏的一本《雲謠集雜曲子》，原注『共三十首』，但實只有十八首，闕其十二首。巴黎國家圖書館所藏的也只有十四首。二本合之，除其重復，恰好足三十首之數。」

內家嬌」，此一御製詩人為誰？學者饒宗頤認為可能是後唐莊宗李存勗，〔註17〕然亦有學者以為係詠楊貴妃而為唐代之作品。〔註18〕因此，若以最保守的態度言《云謠集》之成書時代，最遲不會晚至五代初年。內容方面，《云謠集》所收錄的作品多為民間之詞，僅有個別之作品出於帝王之手，如前敘之〈內家嬌〉之首即是一例。而在題材上，除了第二十四為歌頌唐朝與第三十首感慨人生短促之外，餘皆與女性相關，表現早期民間詞的創作環境與女性有密切的關係。

二、《花間集》

後蜀趙崇祚編選，十卷，收錄唐五代詞家十八家，計五百首。本集的編選，有著濃厚的地域傾向，係以五代的西蜀為選擇重心，而置晚唐溫庭筠為首。就所選之詞作觀之，《花間集》的內容和風格也表現地相當一致。在內容上以女性為描寫之中心，舉凡女性的衣飾、姿容、起居及悲歡離合的感情，靡不畢盡。僅有少部分描寫南方風俗與邊塞題材。此外，《花間集》在詞藻、風格也極為工麗精美。〔註19〕

本書的版本，最早可推至北宋。明毛扆之《汲古閣珍藏秘本書目》曾著錄「北宋板花間集四本」，〔註20〕然不傳。其次，南宋初年尤袤之《遂初堂書目》也有著錄，云「唐花間集」，然未詳其時代、版本。〔註21〕以今日可見之本，共三種，皆為南宋本。其一為紹興十八年晁謙之校刻本，「鏤板精好，楮墨絕佳」，〔註22〕原本今藏於北京圖書館。明陸元大本即依此本翻刻，清末吳昌綬雙照樓刻本、邵武徐氏刻本均據陸本。其二為淳熙末年鄂州本，今亦藏於北京圖書館，清光緒十九年王鵬運《四印齋所刻詞》本即是據此本影寫翻刻而成。其三為開禧

〔註17〕〈雲謠集一些問題的檢討〉，見饒宗頤《敦煌曲續論》108～110頁。
〔註18〕如任二北《敦煌曲初探》。
〔註19〕歐陽炯《花間集・敘》：「鏤玉雕瓊，擬化工而迴巧；裁花剪葉，奪春艷以爭鮮。……名高白雪，聲聲而自合鸞歌；響遏行雲，字字而偏諧鳳律。」明白表示了花間集語言風格之精美。
〔註20〕毛扆《汲古閣珍藏秘本書目・集部》。
〔註21〕尤袤《遂初堂書目・樂曲類》。
〔註22〕錢曾《讀書敏求記》卷四。

刻本，末後有開禧元年陸游跋二篇，此本遂因此得名。陳振孫《直齋書錄解題》曾引陸游跋語，〔註23〕可知其著錄爲此本。另外，明初吳訥《百家詞》本似也據此本，但已合十卷爲二卷。明末毛晉汲古閣本也用此本，但改易原本行款字體。至於宋刻之原本，則未見近代藏書家著錄，不知其存佚。

三、《尊前集》

本書編選者不詳，也沒有序跋。凡錄唐五代詞人三十六家，二百八十九首詞。《尊前集》在宋代頗爲盛行，屢見徵引，如：南宋王灼《碧雞漫志》、羅泌《六一詞跋》及張炎《詞源》等〔註24〕皆曾提及，本書於元代後失傳。明萬曆年間，存一居士顧梧芳發現舊本，兩卷。此本人多以爲係顧氏重新刪選，至康熙二十年，朱彝尊於吳下書肆得明人吳寬手鈔本，其編排先後、次第皆與顧本相同，因而斷爲宋人編輯，此本即丁丙善本書室所藏之梅禹金鈔本，收入《彊村叢書》。此外，又另有吳訥之《百家詞》鈔本，此本鈔於明正統六年，原藏天一閣。

四、《金奩集》

爲宋代坊間唱本，一卷，錄有唐五代詞一百四十二首。〔註25〕此書宋本未見，今有明正統六年吳訥《百家詞》本，題爲溫庭筠《金奩集》。清鮑廷博從錢塘汪氏借抄，朱祖謀據以刻入《彊村叢書》，列爲唐詞別集。然此書所錄非僅溫庭筠一家之作，當屬總集。所錄詞家詞作有溫庭筠六十二首，韋莊四十八首，張泌一首及歐陽炯十六首，共四家一百十七首詞，另外十五首爲無名氏之〈漁父〉詞。至於編排則係依調而排，以備選唱。

另外，詞於兩宋時最爲盛行，因此盛行彙刊。其中兼選唐五代宋詞叢刻而今存者有黃昇《唐宋諸賢絕妙詞選》以及南宋《妙選草堂詩

〔註23〕陳振孫《直齋書錄解題》卷二十一。
〔註24〕分見王書卷五「麥秀兩岐」條、《百家詞》第二冊及張書卷下篇首。
〔註25〕清‧鮑廷博《金奩集‧鈔跋》稱詞凡一百四十七首，然朱祖謀《彊村叢書》所用鮑鈔本，僅有一百四十二首，不知何故。

餘》等。至於亡佚亦有不少，如無名氏《家宴集》、﹝註26﹞孔夷《蘭畹曲會》﹝註27﹞……等等皆是，其中《蘭畹曲會》一書，近人周泳先從各書中輯佚，得一卷，僅十一家十六首，分別爲唐代一人、五代五人、北宋作家五人，皆收入《唐宋金元詞鉤沈》一書。

五代詞人的別集，今存有馮延巳的《陽春集》及李璟、李煜的《南唐二主詞》二種而已。茲介紹其版本於下：

五、馮延巳《陽春集》

本書流通之版本爲北宋陳世修本，卷首並有陳世修序，言此集蒐集之動機及情形：

> 南唐相國馮延巳，乃余外舍祖也。公與李江南有布衣舊，因以淵謨大才，弼成宏業。……公以金陵盛時，內外無事，朋僚親舊，或當燕集，多運藻思，爲樂府新詞，俾歌者絲竹倚而歌之，所以娛賓而遣興也。日月浸久，錄而成編。觀其思深辭麗，均律調新，眞清奇飄逸之才也。噫，公以遠圖長策翊李氏，卒令有江介地，而居鼎輔之任，磊磊乎才業，何其壯也。及乎國已寧，家已成，又能不矜不伐，以清商自娛，爲之歌詩，以吟詠性情，何其清也。核是之媺，萃於一身，何其賢也。公薨之後，吳王納土，舊帙散失，十無一二。今采獲所存，勒成一帙，藏之於家云。

除了陳世修本外，南宋尤袤之《遂初堂書目》﹝註28﹞與《直齋書錄解題》﹝註29﹞亦有著錄。《遂初堂書目》未載明版本，而《直齋書錄解題》則載其時尙有元豐中高郵崔公度（伯易）本，名《陽春錄》；同時又提及另本南宋長沙本。但明吳訥《百家詞》本、康熙時侯文燦《十名家詞》本及光緒十五年王鵬運四印齋（據汲古閣未刻詞本）等明清所傳刻本，皆出於陳本。

﹝註26﹞《直齋書錄解題》卷二十一。
﹝註27﹞王灼《碧雞漫志》卷二，「蘭畹曲會」條。
﹝註28﹞見尤袤《遂初堂書目・樂曲類》，作「馮延己陽春集」。
﹝註29﹞陳振孫《直齋書錄解題》卷二十一。

六、李璟、李煜《南唐二主詞》

本書之版本，《直齋書錄解題》著錄《南唐二主詞》一卷，乃長沙《百家詞》本。〔註30〕在《直》書之前，南宋尤袤《遂初堂書目》著錄《李后主詞》，〔註31〕今皆不傳。明清時有吳訥《百家詞》本、萬曆三十六年呂遠墨華齋本以及康熙二十八年侯文燦《名家詞集》等。

至於亡佚的詞集，宋王灼《碧雞漫志》記載後蜀李珣有《瓊瑤集》，〔註32〕雖僅傳其名，然為現傳文人資料中，較早的詞人專集。

明清以來所出的詞籍不少，尤其清末校刻唐宋金元詞的風氣特盛，如王鵬運《四印齋所刻詞》九十三卷、朱祖謀《彊村叢書》二百六十卷、王國維《唐五代二十一家詞輯》、劉毓盤《四十名家詞》、周泳先《唐宋金元詞鉤沉》四十八卷等，數量及規模甚為可觀。但所收五代詞的部分不離《花間》、《尊前》兩總集，以及《陽春集》、《南唐二主詞》兩別集的範圍。

清康熙年間，敕撰《全唐詩》，全書九百卷，其中彙輯唐五代詞，附於卷八八九至卷九百。雖僅為附錄性質，但其所錄內容較廣，共收詞人六十七家，詞八百五十四闋，為五代詞相關的重要典籍。稍後所出康熙敕撰的《歷代詩餘》，自唐至明錄九千多首，是詞選中的巨著。而清人李調元所編之《全五代詩》，其間亦雜有不少詞家作品。

近人林大椿有《唐五代詞》一卷，所收文人詞家八十一人，詞一千一百四十八首。所錄詞主要采自《花間》、《尊前》、《金奩》三集，兼及《全唐詩》及其他本子，唯不及當時已問世之敦煌《云謠集》。本書前附有凡例，係研究文人詞不可或缺的詞籍。

最近出版的唐五代詞的基本文獻，有任二北的《敦煌歌辭總編》和張璋‧黃畬的《全唐五代詞》。其中《敦煌歌辭總編》收入隋唐五代期間的歌辭一千三百餘首，並據一百五十種敦煌寫本加以考釋證

〔註30〕陳振孫《直齋書錄解題》卷二十一。
〔註31〕尤袤《遂初堂書目‧樂曲類》。
〔註32〕王灼《碧雞漫志》卷五，「喝馱子」條、「西河長命女」條。

校，是敦煌民間詞最豐富的總集。而一九八六年出版由張璋・黃畬兩人所蒐集的《全唐五代詞》更是後來居上，其所錄主要采自《花間集》、《尊前集》、《草堂詩餘》、《金奩集》、《蘭畹曲會》、《鳴鶴餘音》、《花草粹編》、《唐詞紀》、《歷代詩餘》、《全唐詩》、《敦煌曲子詞集》和《敦煌曲校錄》等書，並摘錄前人專集、詩話、詞譜、詞律、詞史以及各種筆記所列之詞及斷闋零句，共收詞二千五百餘首，有名可查之詞人達一百七十餘家，並附有校勘，為目前為止蒐羅最豐富的詞集。

本論文以「五代詞中的山意象」為題，研究範圍自然以五代之詞作為對象，而討論之詞作須兼具廣博與可信。因此，本論文以張璋・黃畬之《全唐五代詞》為底本，取其收詞之廣博。而詞作之內容則參校各本，以期能明其真偽，真正了解五代詞山的意象之面貌。

第二章　五代詞概述

　　五代係詞體成立而興盛的時期，舉凡詞體特有之思想、內容、情志與風格，都經由五代詞人之大量創作而得以彰顯，進而與詩體相抗而取得文學史之地位。因此，五代詞可謂詞體發展成熟之關鍵，而承上啟下，開展兩宋的極盛局面。由於五代詞居於這樣的特殊地位，故欲一窺五代詞之大要，必先了解五代詞以前詞體產生與五代詞興盛之過程。

第一節　詞的產生與五代詞的興起

一、詞的產生

　　關於詞體產生的時代與源流，自宋以來即為學者纏訟不休的論題，由於史料之缺乏，各種論說也莫衷一是。然而自近代敦煌出土的大量文獻中發現唐人曲子〔註1〕以來，各家於所爭議之論題始趨於共識，以下即就文獻參以歷代之說法以明詞體之起源。

〔註1〕敦煌所發現的唐人曲子即為所謂的「敦煌曲」，然而今人所謂「敦煌曲」之意義不一，有的包含佔了唐人曲子中大部分的佛曲，有的則以具文學性，近於傳統之詞者稱之。本文所謂之「敦煌曲」係就廣義而言，包含所有敦煌所出的曲子；至於狹義之觀點，將具文學性、近於傳統之詞的曲子稱為「敦煌曲子詞」。

（一）詞體產生的年代

關於詞體產生的時代，歷來的說法大致可歸納爲三種：

1. 成立於六朝、隋代

持此一說法者有王灼、張炎、楊慎、許之衡、任二北等人，王灼《碧雞漫志》云：

> 蓋隋以來，今之所謂曲子者漸興，至唐稍盛。今則繁聲淫奏，殆不可數。〔註2〕

張炎《詞源》卷下亦云：

> 古之樂章、樂府、樂歌、樂曲，皆出於雅正。粵自隋、唐以來，聲詩間爲長短句。至唐則有尊前、花間集。

則持此一說法者，多就詩歌發展之觀點立論，而以六朝、隋代等合樂之樂府爲詞體成立之時代。

2. 成立於中唐

持此派說法者有胡仔、胡適、龍沐勛、鄭振鐸及劉大杰等人，囿於時代的關係，這些人所見之資料多半爲中唐時文人之創作，如白居易、劉禹錫、戴叔倫、王建等，因此皆持謹慎之態度，認爲係詞體之正式成立當自中唐，胡仔《苕溪漁隱叢話》云：

> 唐初歌辭多是五言詩，或七言詩，初無長短句。自中葉以後，至五代，漸變成長短句。及本朝盡爲此體。〔註3〕

鄭振鐸〈詞的起源〉亦云：

> 第一期是詞的胚胎期，便是引入了胡夷里巷之謠而融冶爲己有的一個時期，這個時期的詞是有曲而未必有辭的。第二期是詞的形成期，利用了胡夷里巷之曲以及皇族豪族家的創製，作爲新詞。這一期是：曲舊而詞則新創。……第一期的時代約自唐初至開元天寶之時。第二期的時代，約自開元天寶以後至唐之末年。

而劉大杰《中國文學發展史》曰：

〔註2〕 《碧雞漫志》卷一，「歌詞之變」條。
〔註3〕 《苕溪漁隱叢話》卷二，「唐初無長短句」條。

因此，一定要等到劉禹錫、白居易各家的作品出來（一面是音樂的，一面又是詩的），詞體才正式成立，詞才在韻文史上佔有地位。〔註4〕

可知主張此說之學者以可見之劉、白作品爲據，以爲詞體正式成立於中唐，而以中唐以前爲濫觴時期。至於《教坊記》所載盛唐之詞牌與收於《尊前集》和《草堂詩餘》之李白〈菩薩蠻〉，則認爲不可盡信。

3. 成立於晚唐

持此說法者爲李之儀、陸游等人，李之儀〈跋吳思道小詞〉云：

唐人但以詩句，而用和聲抑揚以就之，若今之歌陽關詞是也。至唐末，遂因其詩之長短句，而以意填之，始一變以成音律。〔註5〕

陸游《放翁詞・序》更明言道：

千餘年後，乃有倚聲製辭，起於唐之季世。〔註6〕

則陸游以爲詞體係起於唐末。陸游《花間集・跋》並爲此說解釋道：

唐自大中後，詩家日趣淺薄。……會有倚聲作詞者，……故歷唐季、五代，詩愈卑而倚聲輒簡古可愛。蓋天寶以後詩人常恨文不逮，大中以後，詩衰而倚聲作。

則可知陸游之主張純粹就文體之興替嬗變言詞體之興，囿於個人文學視野而未就實際之證據考察，實不可信。

若以敦煌所發現之文獻觀之，則詞體成立之時代當在盛唐，其理由如下：

1. 就詞牌言，《教坊記》所載當爲可信：

《教坊記》唐代崔令欽撰，其中記有曲調三百四十三調。如此龐大曲調盛行之時間，可由該書之〈自序〉中看出：

開元中，余爲左金吾……今中原有事，漂寓江表，追思舊遊，不可復得：粗有所識，即復疏之，作《教坊記》。

〔註4〕 見該書第十六章第一小節「詞的起源與成長」，頁546。
〔註5〕 《姑溪題跋》卷一。
〔註6〕 《百家詞》第四冊。

可知《教坊記》所載盛唐玄宗之樂壇盛況。至於胡適質疑《教坊記》所記之曲調曾為後人所添入,「不能認為開元教坊的曲目」。〔註7〕則由敦煌曲子詞見世之後,互相印證,得知《教坊記》之曲調皆有實證;且《教坊記》向來不受重視,則後人添補之可能性亦小。

2. 就曲辭言,今日亦可見早經著錄之盛唐長短句與敦煌曲之盛唐曲辭:

在現今可見的長短句中,最早的南朝梁武帝有〈江南弄〉七首、〈上雲樂〉七首,沈約有〈六憶詩〉四首,皆是依調填詞者,可視為「晚唐五代詞的雛形」。〔註8〕而初唐的長孫無忌〈新曲〉二首、王勃〈雜曲〉亦皆為長短句。是故盛唐時期的長短句,如玄宗的〈好時光〉與李白之〈菩薩蠻〉當為可信之詞作。另外,敦煌曲子詞中的〈鳳歸雲〉五首,言送征衣之事;與〈感皇恩〉言四首言罷兵就農,皆是盛唐時府兵制方有之現象,可見亦為盛唐之詞。

由以上之討論可知,盛唐之曲調與作品之多,證明詞體之創作在盛唐已十分興盛,無須待中唐時方才發展。至於六朝樂府,形式上雖是長短句且為合樂,與詞主要起源於胡樂仍有本質上的不同(說詳見後),然其於詞之起源仍有某些程度的影響,故可視為濫觴時期。是故,詞體之產生當是濫觴於南梁,而成立於盛唐之時。

(二)詞體的起源

至於詞體的起源,歷來亦是眾說紛紜,大約可以分成三種說法:

1. 源於古樂府

此派以胡寅、王灼、丁澎、李調元為代表,胡寅〈酒邊集・序〉云:

> 詞曲者,古樂府之末造也。古樂府者,詩之旁行也。〔註9〕

〔註7〕見胡適《詞選》附錄〈詞的起源〉,頁19。
〔註8〕劉大杰《中國文學發展史》,頁531。
〔註9〕《百家詞》第三冊。

王灼《碧雞漫志》曰：

> 古歌變爲古樂府，古樂府變爲今曲子，其本一也。〔註10〕

而李調元《雨村詞話・序》亦云：

> 詞非詩之餘，乃詩之源也。周之頌三十一篇，長短句居十
> 八。漢郊祀歌十九篇，長短句屬五。至短簫鐃歌十八篇，
> 皆長短句。自開元盛日，王之渙、高適、王昌齡絕句流播
> 旗亭，而李白〈菩薩蠻〉等詞亦被之管絃，實皆古樂府也。
> 詩先有樂府而後有古體，有古體而後有近體。樂府即長短
> 句，長短句即古詞也。故曰：詞非詩之餘，乃詩之源也。

此說以古樂府之合歌觀念，將合歌之唐絕句（唐聲詩）、漢樂府等併
爲一談，而最終溯源至《詩經》，指出詞係古樂府詩之源流。

2. 源於六朝樂府

主張此派之人以楊慎、王世貞、徐釚及沈雄爲代表，楊慎《詞品・
序》云：

> 詩、詞同工而異曲，共源而分派。在六朝若陶弘景之〈寒
> 夜怨〉、梁武帝之〈江南弄〉、隋煬帝之〈望江南〉，塡辭之
> 體已具矣。

此則以形式及風格類似而立論，然亦不離詞源於詩的說法。

3. 源於絕句（唐聲詩）

主張詞體源於絕句之說法有很多，如沈括、朱熹、胡震亨、宋
翔鳳、方成培、況周頤等人，此派之說法多受了唐人歌唱絕句的影
響，而認爲詞係由五、七言絕句衍變而生，宋翔鳳《樂府餘論》云：

> 謂之詩餘者，以詞起於唐人絕句者，如李白之〈清平調〉，
> 即以被之樂府。旗亭畫壁諸唱，皆七言絕句，後至十國詩，
> 遂競爲長短句。自一字兩字至七字，以抑揚高下其聲，而
> 樂府之體一變，則詞實詩之餘，遂名曰：「詩餘」。〔註11〕

唐人絕句多可入樂，旗亭宴飲之事不過其中之一。因此後人多就此

〔註10〕　《碧雞漫志》卷一，「歌詞之變」條。
〔註11〕　《樂府餘論》，「詞實詩之餘」條。

立論，進一步提出種種說法，如和聲、泛聲、虛聲、散聲等，以解釋從絕句齊言變爲詞之長短句的可能，沈括《夢溪筆談》卷五云：

> 古樂府皆有聲有詞，連屬書之，如曰：「賀賀賀！何何何！之類，皆和聲也。……唐人乃以詞填入曲中，不復用和聲。

則沈括主張和聲之說。主張和聲者，亦見於明胡震亨的《唐音癸籤》：

> 唐初歌曲多用五、七言絕句，律詩亦間有採者，想亦有賸字、賸句於其間，方成腔調。其後即以所賸者作爲實字，填入曲中歌之，不復別用和聲。……此填詞所由興也。〔註12〕

另外，朱熹亦針對詩轉變爲詞而提出他有名的泛聲說，《朱子語類‧論文下》：

> 古樂府只是詩，中間卻添許多泛聲，後來人怕失了那泛聲，逐一聲添個實字，遂成長短句。今曲子便是。

這些和聲、泛聲之說法，皆是以詩的字句過於整齊，不便於歌唱。因此在樂曲演奏之時，往往必須以音聲帶過無歌詞之處，這些所加的音聲即爲和聲、泛聲，名雖不同，義卻相近。相較於將詞溯源至古樂府之過於籠統，則言詞體源於唐聲詩之說較爲明確，然亦不離溯源於詩之說法。

　　以上三種說法，皆有其不周之處，而無法解釋詞體之源起。其中的第一種說法以樂府與詞皆合樂，而言源起於古樂府。此說與唐代樂府詩已與音樂脫離之實況不合，故不可信。第二種言詞源起於唐聲詩，以爲係絕句增添實字而成之說亦有疏漏。其原因在於《教坊記》所載爲開元曲壇盛況，與唐人歌唱絕句之時約略相近，因此僅可能爲兄弟之關係。換言之，兩者係同時盛行於盛唐，若絕句爲詞之祖，則由絕句演變而爲詞之時間未免過短，又如何可能同時盛行。第三種以六朝樂府論詞體起源之說，看似接近，實即仍有差異。其一、就內容上說，樂府係賦題的，而詞則爲倚調，賦題則皆詠調名，倚調則不必然詠調名。其二，就形式而言，樂府是自由的，限制少，可長可短，

〔註12〕《唐音癸籤》，卷十五。

亦無一定的協韻限制；詞則不然，在句式和字數皆屬一定，至宋代時在協韻上甚至講求上去入之限制。其三、就音樂言，樂府所合之樂為清商樂；而詞所配之樂則為外來的胡樂。

上述三種說法既然與詞體之產生無直接之關係，而詞體最重要的特點，即為合樂之辭，因此欲論詞體之起源，仍須就隋唐時期之音樂進行探究。

隋唐時期所流行者為燕樂，燕樂之本義，係指賓客宴飲時所奏之音樂。隋及初唐，「享宴因隋舊制，用九部之樂」，〔註13〕至唐太宗時，在九部樂的基礎上增一部，而為十部樂，九部與十部樂之內容見於《通典》：

> 讌樂，武德初，未暇改作，每讌享，因隋舊制，奏九部樂：
> 一讌樂，二清商，三西涼，四扶南，五高麗，六龜茲，七
> 安國，八疏勒，九康國。至貞觀十六年十一月，宴百寮，
> 奏十部。先是，伐高昌，收其樂，付太常，至是增為十部
> 伎。〔註14〕

文中的燕樂為狹義的用法，指的「是清樂與胡樂之間的一種創作音樂，是含有胡樂成分的清樂，含有清樂成分的胡樂」，〔註15〕而與廣義的宴饗之樂略有異同。然而就《通典》的內容可以得知，隋代朝廷所用的宴饗之樂已摻入外國樂，在比例上來看九中有八，其聲勢已凌駕清樂之上。而宴饗之樂到唐太宗時期，更由九部變為十部樂，益可見其時胡樂之盛。由於胡樂的大量流行，使得中國的音樂與西方的音樂互相融合影響，而孕育出新的音樂。詞、就是這種配合隋唐流行的新音樂而創作的歌辭。是故詞體之源起，當與胡樂之大量流布中國有直接的關係。

另一方面，佛、道教之傳布對當時流行的音樂也有相當的影響。佛教於東漢時期進入中國，其音樂也隨之傳入，稱為梵唄。相傳陳思

〔註13〕《舊唐書》，卷二九。
〔註14〕《通典・樂六》坐立部伎條，卷一四六。
〔註15〕楊蔭瀏《中國音樂史綱》第三章第四節，頁122。

王曹植爲梵唄音樂之創始人，晉劉敬述《異苑》云：

> 陳思王曹植，字子建，嘗登魚山，聞岩岫有誦經聲，即效
> 而則之。今之梵唱，皆植依擬所造。〔註16〕

史傳中曹植並不信佛，故此事當爲附會而作。然由此故事之背後可知，魏晉之際的中原地區當有新的梵唄聲腔產生，而「此種聲腔應是以印度或西域唄讚音樂爲基礎，而又具有洛陽地區音樂特色」。〔註17〕佛教音樂於南北朝達到高峰，北朝以北魏的洛陽爲傳布中心，盛極一時；南朝則有梁武帝之極力提倡，及隋統一全國，所製訂之九部樂中的天竺、龜茲、康國、安國、疏勒及高昌等西域諸國皆爲佛教興盛之地區，因此這些國家之音樂雜入佛、道曲等宗教音樂，也自屬必然。

　　無獨有偶的，道教音樂也以陳思王爲創始者，《吳苑記》云：

> 陳思王遊魚山，聞岩裏誦經聲，清遠寥亮，因使解音者寫
> 之，爲神仙之聲，道士效之作步虛聲。〔註18〕

道教興起於佛教傳入之後，而於教義與制度上多效法佛教。佛教引陳思王之說已不可信，可知此說的可能性甚低，然亦可看出道教音樂與佛教音樂之間的密切關係。道教在唐代居於國教的地位，因此唐代政府對道教音樂的發展有著極大的助力。《新唐書·禮樂志》云：

> 帝（玄宗）方浸喜神仙之事，詔道士司馬承禎制《玄眞道
> 曲》，茅山道士李會元制《大羅天曲》，工部侍郎賀知章制
> 《紫清上聖道曲》……

可知盛唐時期道教音樂之盛。然而佛教與道教音樂之涇渭，早在南北朝時期便已互相混淆、互相影響。《隋書·音樂志上》記載梁武帝沈溺佛法的情形：

> 帝既篤敬佛法，又製《善哉》、《大樂》、《大歡》、《天道》、
> 《仙道》、《神王》、《龍王》、《滅過惡》、《除愛水》、《斷苦
> 輪》等十篇，名爲正樂，皆述佛法。

〔註16〕《異苑》卷五。
〔註17〕劉尊明《唐五代詞的文化觀照》，頁483。
〔註18〕明彭大翼《山堂肆考》卷七徵四所引。

由十篇「正樂」中有《仙道》、《神王》等名稱，可知其時已有佛曲、道曲相混之情形。由於佛曲、道曲及胡樂在隋唐時期的互相影響，大量傳播，而使得宗教音樂的發展達到巔峰，此即法曲之誕生。《新唐書・禮樂志》記載：

> 初，隋有法曲，其音清而近雅。其器有鐃、鈸、鐘、磬、
> 幢簫、琵琶。……其聲金石絲竹以次作。

法曲爲宗教性的樂曲，係「以中原之清樂與外來之胡樂相結合，並且與佛曲及道曲之音樂相揉雜而形成的一種樂奏的新形式」，〔註19〕此一新形式甚爲美聽，代表著隋唐音樂的最高成就，《新唐書・禮樂志》又載：

> 玄宗既知音律，又酷愛法曲，選坐部伎子弟三百教於梨園，
> 聲有誤者，帝必覺而正之，號「皇帝梨園弟子」。

這些「皇帝梨園弟子」所演奏的新的法曲音樂，就是隋唐時代最爲流行的音樂。而詞便是在配合這種新興音樂所作之歌辭。

二、五代詞的興起

　　盛唐時期，詞隨著新樂的傳布廣泛地在民間發展，文人間創作歌詞的風氣尚未形成，以收錄最全的張璋・黃畬《全唐五代詞》爲本，從玄宗至韋應物爲止之盛唐諸家有三十八人，諸詞家詞作之可信度姑且不論，其數量全部不過八十六首。而韋應物之後的中、晚唐詞人則有五十七家，共計三百三十四首。兩個的數目差距甚多，可知文人填詞之風氣至中、晚唐方才興盛。到了五代時期，詞的數量更達到八百零八首，由此「詞代詩興」，遂領導五代之文壇而成爲文學的主流，發展出新的審美觀與不同風貌。

第二節　五代詞的創作背景

　　如第一節所述，詞體於盛唐時期廣泛地在民間傳播，至中、晚唐

〔註19〕繆鉞・葉嘉瑩《靈谿詞說》，頁 25。

時，文人創作詞體的風氣漸開，而於五代蔚爲風潮。詞體之所以在五代成爲文人爭相創作的對象，實與當時的創作的環境息息相關，是故本文擬就五代時期之地理、政治、社會經濟、文學與文化環境諸方面加以考察。

一、地理環境

五代時期，即歷史上所謂的五代十國，五代指的是後梁（朱溫）、後唐（李存勗）、後晉（石敬塘）、後漢（劉知遠）、後周（郭威）等分布於黃河流域的五國，稱爲五代。而十國爲前蜀（王建）、後蜀（孟知祥）、北漢（劉旻）、南漢（劉龑）、荊南（高季興）、楚（馬殷）、吳（楊行密）、南唐（李昪）、吳越（錢鏐）、和閩（王審知）等分布於長江流域與長江以南和山西等十個國家。

五代時期係中國分裂、各方勢力割據、互相攻伐的時期。一般說來，戰亂主要發生在國家的中心—黃河流域一帶，由於各方勢力在中原地區的混戰，使得北方地區因戰火遭受很大的破壞，許多原本爲國家政治、經濟中心的城市，如長安、洛陽等地，都殘破不堪，人民流離失所。相對於北方的戰亂，南方一方面由於距離中原較遠，一方面由於自然天險的屏障，而得以逃離連年的戰火，偏安一隅。由於南方的相對安定，吸引中原的文人紛紛南下，藉以尋求生命安全的保障，使得位於南方的國家成爲文人薈聚之處，這些南移的文人之中，以奉使入蜀終因中原多故，而滯留蜀地的韋莊爲代表。

除了地理的屏障讓南方得以避開戰亂外，南方富饒的土地與優越的水路環境也使得南方都市發展，商業繁榮，例如前、後蜀所佔據之蜀地即爲受益於地理環境：西蜀有群山環繞，北面有秦嶺橫亙，東面有大巴山、巫山，與中原地區形成阻隔，實爲最佳的偏安之處。加上巴蜀地產富饒，自古即有天府之國的稱號，這兩種地理環境的優勢，使西蜀得避北方之戰火，而安享昇平的生活。除了蜀地之外，沿海及長江城市也因水路而高度繁榮，《五代史補》云：

> 僧契盈……廣順初遊戲錢塘。一旦陪吳越王遊碧浪亭，時
> 潮水初滿，舟楫輻輳，望之不見首尾。王喜曰：「吳國地去
> 京師三千餘里，而誰知一水之利，有如此耶！可謂三千里
> 外一條水，十二時中兩度潮。」……時江南未通，兩浙貢
> 獻自海路至青州，故云三千里也。〔註20〕

吳越內有水路北通中原，南通閩粵，外又有海路往國外通商，是故杭州商業之繁榮又遠超過唐代。南方擁有水路的便利，又不似北方有戰火的蹂躪，因此各個城市的商業得以發展，如福州、泉州、廣州等，都是此時期新興的中大型的城市。而這些繁華的城市，爲當時的詞提供了絕佳的演唱場所。

　　另一方面，南方優美、秀麗的山水也成爲文人遊賞的所在，舉凡巴蜀東面的巫山，洞庭之湖光與南方一帶的風土，都成爲詞人遊賞詠嘆的對象。

　　由以上的討論可知，五代時期雖屬分裂動盪的時代，然而因爲南方絕佳的地理位置，成爲南方諸國的屏障與發展的基礎。由於這些原因，使得大部分位居南方的十國成爲詞體發展與興盛的主要地區。

二、政治環境

　　政治方面，五代的君王因爲偏安一隅，因此窮極奢靡。張唐英《蜀檮杌》云：

> （孟昶）令城上植芙蓉，盡以幄幙遮護。是時蜀中久安，
> 賦役俱省，斗米三錢，城中之人子弟不識稻麥之苗，以筍
> 芋俱生於林木之上，蓋未嘗出至郊外也。……府庫之積，
> 無一絲一粒入於中原，所以財幣充實。城上種芙蓉，九日
> 間盛開，望之皆如錦繡。昶謂左右曰：「自古以蜀爲錦城，
> 今日觀之，眞錦城也。」

可知其時蜀地之富庶與君王之豪奢。因此君王在縱情遊樂、酒宴歡娛之際，自然離不開詞的歌唱與創作，《十國春秋・前蜀後主本紀》云：

〔註20〕《五代史補》卷五「契盈屬對」條。

> 帝以上巳節，宴怡神亭，自執板唱〈霓裳羽衣〉，內臣嚴凝
> 月等競歌〈後庭花〉、〈思越人〉之曲。

可見當時宮廷內部享樂之文化，係在帝王的帶領之下，而人人競作歌詞。上之所好，下必隨之，連朝廷之中也彌漫著填詞的風氣，甚至有以詞為供奉的情形，《十國春秋‧後蜀鹿虔扆傳》云：

> （鹿虔扆）與歐陽炯、韓琮、閻選、毛文錫等，俱以工小
> 詞供奉。後主時，人忌之者，號曰「五鬼」。

西蜀之地就在君王的帶領之下，成為歌詞的發展最佳的處所。至於另一個詞體發展的重鎮──南唐，也一如西蜀，君王也沈溺於享樂而喜好填詞，《南唐書》卷二十五云：

> 王感化善謳歌，聲韻悠揚，清振林木，繫樂部，為歌板色。
> 元宗嗣位，宴樂擊鞠不輟，嘗乘醉命感化奏〈水調〉詞。
> 感化惟歌「南朝天子愛風流」一句，如是者數回。元宗輒
> 悟，覆盃嘆曰：「使孫、陳二主得此一句，不當有銜璧之辱
> 也。」感化由是有寵。

而同書〈馮延巳傳〉亦云：

> 馮延巳著樂章百餘闋，……見稱於世。元宗樂府詞云「小
> 樓吹徹玉笙寒」，延巳有「風乍起，吹皺一池春水」之句，
> 皆為警策。元宗嘗戲延巳：「吹皺一池春水，干卿何事！」
> 延巳曰：「未若陛下小樓吹徹玉笙寒」，元宗悅。

由此可見歌詞成為南唐朝廷之風尚，甚至成為君臣間諧謔的話題。在這種的情況下，國家中以君王為首，帶領朝廷上下皆大力為詞。上行下效，其影響所及，詞於南方諸國大肆風行也就不足奇了。

三、社會經濟環境

社會經濟方面，南方國家的都市經濟發達，在商業興盛、繁榮之餘也助長了遊樂之風，張唐英《蜀檮杌》記載：

> （王衍）遊浣花溪，龍舟綵舫，十里綿互。自百花潭至萬
> 里橋，遊人士女，珠翠夾岸。

又同書卷下記載：

（孟）昶遊浣花溪。是時蜀中百姓富庶，來江皆抃，亭榭
遊賞處，都人士女傾城遊玩，珠翠綺羅，名花異香，馥郁
森列。昶御龍舟觀水嬉，上下十里，人望之如神仙之境。

可知前後蜀之繁華，遊賞蔚爲風氣之盛。五代除了遊賞蔚爲風氣外，城市
的宴飲生活亦隨著經濟的繁榮而極盡奢靡，《北夢瑣言》云：

王蜀時，有趙雄武者，眾號「趙大餅」，累典名都，爲一時
之富豪。嚴潔奉身，精於飲饌。……事一餐，邀一客，必
水陸俱備。雖王侯之家，不得相仿焉。〔註21〕

然則民間之飲食甚或有過於王侯者，至於士人，亦「莫不酤酒，慕相
如滌器之風」，〔註22〕全國上下縱情享樂的情形，可見一斑。而這些
狂恣宴飾之風，正是歌詞發展的最佳場所。

另外，狎伎的風氣也隨著經濟的富裕而頗爲普遍。《緗素雜記》
云：

韓熙載本高密人，……不遵禮法，破其財貨，售集妓樂，
迨數百人，日與荒樂。蔑家人之法，所受月俸至即散爲妓
女所有。〔註23〕

又《雲溪友議》云：

崔涯者，吳楚之狂生也，與張祜齊名。每題一詩於倡肆，
無不誦之於衢路。〔註24〕

倡伎早在盛唐便極爲盛行，其時之倡伎，有多數是樂伎與藝伎，因此
在音樂伎藝與文藝修養方面皆有不錯表現。倡伎在政府及民間的興盛
對詞體之發展影響相當大，大約表現在三方面：

1. 倡伎的音樂水準極高，因此在歌舞表演之餘，也創作了相
   當的教坊歌曲。如〈巫山女〉、〈長命女〉、〈天仙子〉……
   等等。

〔註21〕《北夢瑣言‧逸文》卷二。
〔註22〕《北夢瑣言》，卷三。
〔註23〕《五代詩話》引《緗素雜記》語，見該書卷三，頁44。
〔註24〕《雲溪友議》，卷五。

2. 歌伎與文人之間交往，或由歌伎向文人索詞，或由文人主動填詞以供歌唱，這種互動關係使得詞體之創作推向高峰。《北夢瑣言》曾記載此種倡伎與文士的關係：「（路岩）以官妓行雲等十人侍宴，移鎮渚宮日，於合江亭離筵贈行雲等〈感恩多〉詞，有『離魂何處斷，煙雨江南岸』，至今播於倡樓也。」〔註25〕可知其時文人與倡伎之間互相贈答，成為詞體創作之動機之一，而倡伎與文人之間交往的過程與生活也成為填詞之題材。

3. 唐代安史之亂後，原本於宮廷演奏之教坊曲也因倡伎而流入民間，而倡伎的大量繁盛，則使得教坊曲與新聲曲得以在城市大量的傳播，促進樂詞的發展。

由以上的討論可知，社會經濟的繁榮助長了遊宴歌舞的風氣和娼肆的普遍，而此二者正巧為詞體的發展提供了絕佳的環境與動力。

四、文學環境

五代的文學環境，係「唐末唯美文風的延續」，〔註26〕而成為綺靡麗文的天下，牛希濟《文章論》曰：

> 齊梁以降，國風雅頌之道委地。今國朝文士之作，有詩、賦、策、論、箴、判、贊、頌、碑、銘、書、序、文、檄、表、記，此十有六者，文章之區別也。製作不同，師模各異，然忘於教化之道，以妖艷為勝。夫子之文章，不可得而見矣。古人之道，殆以中絕。〔註27〕

這段文字遍舉十六種文體，皆「以妖艷為勝」，可知當時文壇崇尚華美的風氣。更何況牛希濟此文中提到了所有的文體，而唯獨沒有詞。受重視的文體在禁制之下猶然猖獗，更可想見當時「以香艷為體，似已被視為當然」〔註28〕的詞體淫靡之情形。

〔註25〕《北夢瑣言》，卷三。
〔註26〕陳弘治《唐五代詞研究》，頁79。
〔註27〕《全唐文》，卷八四五。
〔註28〕蕭鵬《群體的選擇》，頁80。

五、文化環境

　　五代時期的文化，主要係承自盛唐以來的文化思想。而唐代的文化，以道教文化最為盛行，其傳播的動力，主要來自君王極力的倡導，高彥休《唐闕史》云：

　　　　明皇朝，崇尚玄元聖主之教，故以道舉入仕者，歲歲有之。
　　　〔註29〕

則當時道教思想傳布之廣可想而知。而唐代盛行的道教思想，令當時的文人嚮往仙境，憧憬於自由逍遙的神仙世界。

　　另一方面，道教文化的興盛的同時，也讓道教有關的故事與語詞大量傳誦，諸如：仙景、仙客、天仙、丹灶、金爐、劉阮、天臺女……等等意象與典故，得以在文學中運用，其風氣至五代仍然不衰。

　　然而不只是男性因為爭相競逐於「終南捷徑」的場域，而受道教文化的影響。女子出現成為女道士（女冠）的情形也在唐代極為普遍，她們或出自貴族豪門，或由宮女及樂伎淪變而成。這些女冠著穠麗的裝扮，〔註30〕過著不染塵俗的生活，令文人對其有著情欲的幻想。也因為如此，令當時倡家的女子喜作女冠打扮，甚或以女冠互相稱呼，藉以勾引男子，以致於女冠形象在詞作中大量出現。

　　相較於道家的興盛，儒家文化卻在道教文化及社會奢靡的雙重夾擊之下，而呈現衰微。儒家濟世的正面思想雖然不振，它的另一面—「邦有道則仕，無道則卷而懷之」〔註31〕的歸隱思想，卻在當時民間傳播，而為不仕文人所歌誦。

第三節　五代重要詞家

　　在張璋・黃畲的《全唐五代詞》中，共可得五代詞家四十九家，約八百首。就地域而言，這四十九詞家的大部分分屬於兩大區域，其

〔註29〕　《唐闕史》卷下，「太清賞玉石像」條。
〔註30〕　《唐語林》卷一云：「宣宗微行至德觀，有女道士盛服濃粧者……」，頁33。
〔註31〕　《論語・衛靈公第十五》，頁138。

一為位居長江中游以上西南地區的西蜀詞壇，包括王衍、韋莊、薛昭蘊、牛嶠、張泌、牛希濟、尹鶚、李珣、毛文錫、庾傳素、魏承班、顧敻、韓琮、鹿虔扆、閻選、毛熙震、孟昶、花蕊夫人、歐陽炯、歐陽彬、劉保乂、許岷及文珏等，計二十三家；其二是位於長江下游東南地區的南唐詞壇，包括韓熙載、徐鉉、陳陶、馮延巳、李璟、李煜、鍾輻、成彥雄、潘佑與耿玉真等，計十家。至於其他詞人則分別為後梁李夢符，一家；後唐李存勗，一家；後晉和凝，一家；後周陶穀，一家；吳康駢、孫魴，兩家；吳越錢俶、錢惟演，兩家；楚伊用昌，一家；閩陳金鳳、崔道融、韓偓及徐昌圖等，四家；與荊南齊己、孫光憲、林楚翹，三家。由於詞家眾多，加上五代詞家之研究並非本文關切之焦點。是故本節對詞家之介紹當儘量以具代表性或是與本文相關者為主，其他文中未曾徵引之詞人則不多討論。

　　由於五代詞家大多分屬於西蜀與南唐兩大地域，故本文擬就此兩大區域分別討論其間重要相關之詞家，至於這兩個區域以外的詞人，則集中列為第三部分「其他」，再分別依所屬國名加以介紹。

一、西蜀重要詞家

　　西蜀詞家指的是建國於蜀地之前蜀、後蜀詞人，此一地域的詞人佔五代詞家的多數，顯現蜀中為五代時期填詞最為興盛的地區，其名的五代詞集—《花間集》即是以蜀詞為中心的選集。〔註32〕西蜀的詞人主要是以帝王為核心而形成的君臣貴族詞人群，像是前蜀後主王衍與後蜀後主孟昶即為專力並提倡填詞的代表。因此，西蜀的詞人除了極少數的詞家（例如李珣）外，皆於西蜀位居重要職位。〔註33〕由於蜀地君王貴族奢靡無度，縱情於聲伎之間，因此西蜀詞壇即於酒筵歌肆中成長，而以男女情愛、宮室閨閣為主要的創作題材，創造出不少

〔註32〕《花間集》錄詞家十八家，除溫庭筠及皇甫松二人列為晚唐外，其餘諸人皆與前後蜀有所關聯。

〔註33〕閻選亦為布衣，然其與歐陽炯等五人為前蜀後主王衍周遭待詔之詞臣，有「五鬼」之稱。

淺俗鄙陋的側詞豔曲。茲簡略介紹重要詞家之生平如下：

1. 王衍（？～九二六）〔註34〕

初名宗衍，字化源，許州舞陽人，生年不詳，卒於後唐明宗天成元年。王衍為前蜀後主（九一八至九二五在位），愛好音樂與文學，而窮極奢靡。喜為浮豔之詞，大力提倡，濃麗之詞，遂蔚為大觀。作品為《煙花集》，今不傳，可見者唯〈醉妝詞〉與〈甘州曲〉二首而已。

2. 韋莊（八三六～九一○）

字端己，京兆杜陵人，生於唐文宗開成元年，卒於蜀高祖武成三年。唐昭宗乾寧元年進士，授校書郎，官至左補闕。黃巢之亂時，韋莊自長安避地於洛陽，見戰火之慘狀，作〈秦婦吟〉，故有「秦婦吟秀才」〔註35〕之稱，後入蜀為相。其弟藹，曾輯其詩為《浣花集》，而詞集不傳。惟《花間集》錄其詞四十八首，《尊前集》錄五首，《草堂詩餘》一首，共五十四首。其詞與溫庭筠齊名，溫尚穠麗，韋重淡描，而各極其妙，韋莊於西蜀詞人中居於重要的地位，影響亦深。

3. 薛昭蘊（生卒年不詳）

號澄州，河東人，官至蜀侍郎。事蹟不可考，王國維、饒宗頤及張以仁皆以為可能即唐代之薛紹緯，然俞平伯以為昭蘊、昭緯係二人，史載薛紹緯卒於唐末，而《花間集》將昭蘊列於韋莊之後，牛嶠之前，故應為前蜀人。此二說由於史料不足，至今未為定論。〔註36〕薛昭蘊今存之作品見於《花間集》，共十九首。其詞風清超、拔俗，〔註37〕與韋莊一脈較為接近。

〔註34〕 本節詞人之生卒年代主要以姜亮夫《歷代名人碑傳綜表》及謝巍《中國歷代人物年譜考錄》二書為主，並參考相關書籍而得。

〔註35〕 《北夢瑣言》卷六。

〔註36〕 關於薛昭蘊之生平，張以仁〈《花間》詞人薛昭蘊〉一文對歷來諸說及其人詳加考辨，見《花間詞論集》，頁215。

〔註37〕 唐圭璋《詞學論叢》語，頁872。

4. 牛嶠（生卒年不詳）

字松卿，一字延峰，隴西人，唐宰相牛僧孺之後。唐僖宗乾符五年進士，歷官拾遺、補闕、尚書郎，曾到越。前蜀時官給事中。博學有文，以詞聞名，今存三十二首，見於《花間集》。詞風則「瑩艷綺麗，近于飛卿」。〔註38〕

5. 牛希濟（生卒年不詳）〔註39〕

隴西人，爲牛嶠之兄子。唐亡後，隨嶠入蜀，後主時官至御史中丞。蜀亡後，入後唐爲雍州節度副使。其詞見於《花間集》十一首，《詞林萬選》三首，共十四首，其詞善白描，稍近於韋莊。

6. 李珣（生卒年不詳）

字德潤，其先爲波斯人，後家梓州。其妹爲王衍昭儀李舜絃，然《花間集》僅稱李秀才，可見其未爲顯宦。前蜀亡後不仕，而遊於江湖之間。李珣之詞集名《瓊瑤集》，不傳，今可見者爲《花間集》三十七首；《尊前集》十八首，去其重複者一首，得十七首，共五十四首。其詞風「多感慨之音」，〔註40〕另外〈南歌子〉組詞歌詠南國風土也膾炙人口。

7. 魏承班（生卒年不詳）

字里無可考。其父宏夫爲王建養子。承班仕蜀，官至太尉。其詞見於《花間集》十五首，《尊前集》六首，共計二十一首。詞作內容多閨情之作，格調近於溫庭筠，但乏含蓄之筆。

8. 毛文錫（生卒年不詳）

字平珪，河南南陽人。十四歲登進士第，仕前蜀時至司徒，復仕後蜀。與歐陽炯等人爲後主王衍所賞。其詞《花間集》載有三十一首，《尊前集》一首，及《歷代詩餘》著錄而未見於《花間》、《尊

〔註38〕栩莊《栩莊漫記》，見李冰若《花間集評注》卷三，頁88。
〔註39〕吳在慶《唐五代文史叢考》以爲約當八七二年前後出生，卒年不詳。其說係以筆記所載爲據，姑備一說，詳參見該書，頁58。
〔註40〕《歷代詩餘》引《茅亭客話》語，見該書卷一一三，頁17。

前》者一首，共三十三首。工豔語，以〈巫山一段雲〉最爲人所賞。
〔註41〕

9. 歐陽炯（八九六～九七一）

益州華陽人，唐昭宗乾寧三年生，卒於宋太祖開寶四年。歐陽炯先仕前蜀，時爲中書舍人，後蜀時官至宰相。後蜀亡，炯入宋後又任左散騎常侍。其詞今存者四十八首，其中《花間集》十七首，《尊前集》三十一首。歐陽炯曾序《花間集》，詞風穠豔。

10. 顧敻（生卒年不詳）

字里無可考。前蜀時爲給事內廷，後擢茂州刺史，入後蜀時官至太尉。敻善小詞，有〈醉公子〉一詞，一時豔稱。《花間集》收有顧詞五十五首，皆爲豔詞，風格則「居溫、韋之間」。〔註42〕

11. 閻選（生卒年不詳）

字里不詳，後蜀布衣，善小詞，時人稱爲「閻處士」，又與歐陽炯等人並稱。其詞今存十首，分別見於《花間集》八首及《尊前集》兩首，語多側豔。

12. 毛熙震（生卒年不詳）

蜀人，官後蜀秘書監，事蹟未詳。今傳《花間集》收毛詞二十九首，爲可見之全部。

13. 孟昶（九一九～九六五）

初名仁贊，字保元，邢州龍岡人，生於後梁末帝貞明五年，卒於宋太祖乾德三年。昶爲後蜀後主，在位三十二年（九三四至九六五），後降宋。在位時奢侈無度，好爲輕豔之詞，其詞作今僅存〈玉樓春〉一首，見於《全唐詩》。

〔註41〕《花間集評注》引葉夢得云：「毛詞……詠〈巫山一段雲〉，其細心微詣，直造蓬萊頂上。」，卷五，頁128。
〔註42〕陳弘治《唐五代詞研究》，頁138。

二、南唐重要詞家

五代的南唐亦如西蜀一般成為文人薈萃之所，在數量上，本區域之詞家雖不似西蜀眾多，然其詞風則遠較西蜀為高，無論在內容及境界上都不致如西蜀一般時時流於低俗。〔註43〕是故，南唐詞家後世詞壇之影響亦較蜀地詞人為大。南唐詞人較重要者有以下幾家，茲介紹於下：

1. 馮延巳（九○三～九六○）

字正中，一名延嗣，又作延巳，廣陵人，生於唐昭宗天復三年（一作四年），卒於宋太祖建隆元年。烈祖李昪時為秘書郎，並與李璟遊處，累遷至駕部郎中、元帥府掌書記。保大四年，自中書侍郎拜平章事，出鎮撫州。而後又入相，元宗李璟以庶政委之，末罷為太子少傅。其詞作經宋陳世修輯錄為《陽春集》，計一百一十九首，然其中雜入溫庭筠、韋莊、李煜及歐陽脩、晏殊等人之詞。雖然如此，其中可信者亦有百首左右。詞風於穠麗之中寓無限悲涼，馮延巳詞為唐五代詞中流傳最多者，其影響亦大。馮煦《唐五代詞選・序》曰：「吾家正中翁，鼓吹南唐，上翼二主，下啓歐、晏，實正變之樞紐，短長之流別。」

2. 李璟（九一六～九六一）

字伯玉，初名景通，後避周諱改名為璟，徐州人，生於後梁末帝貞明二年，卒於宋太祖建隆二年。為南唐中主，愛好文學，填詞造詣極佳，王國維曾云其有「眾芳蕪穢，美人遲暮之感」。〔註44〕詞作今多不傳，僅以三調五首見於世。

3. 李煜（九三七～九七八）

字重光，初名從嘉，徐州人，生於後晉高祖天福二年，卒於宋太

〔註43〕陳弘治《唐五代詞研究》云：「西蜀詞人，多限於寫男女情思，其作品不過是『逐絃吹之音』所寫的『側詞艷曲』而已；南唐詞人，則於男女情思之外，兼敍身世之感……其詞境之高，刻畫之深，韻味之足，皆非西蜀所能企及。」，參見該書，頁104。

〔註44〕王國維《人間詞話》，《詞話叢編》，頁4242。

宗太平興國三年。煜爲李璟第六子，後嗣立爲南唐後主，好聲色，不恤政事。後降宋，封違命侯。李煜與父璟皆以塡詞聞名，詞風分兩時期，降宋前多豔麗；入宋後終日以淚洗面，而寫出其哀怨悽楚之感情，李煜詞今傳者有四十六首。

4. 徐鉉（九一七～九九二）

字鼎臣，廣陵人，生於後梁末帝貞明三年，卒於宋太祖淳化三年（或作貞明二年生，淳化二年卒）。仕南唐至吏部尚書，入宋後爲散騎常侍。鉉能文，與韓熙齊名，謂之韓、徐，著有《騎省集》。其詞作則平平，今所傳者多見於《全唐詩》，計二十九首。

5. 成彥雄（生卒年不詳）

字文幹，里居及生卒年均未詳。南唐進士，著有《梅嶺集》。今所見詞作僅《尊前集》所收一調十首。

6. 陳陶（生卒年不詳）

字嵩伯，嶺南（一云鄱陽，一云劍浦）人。唐大中（約八五五前後）時遊學長安，南唐昇元中隱洪州西山，後不知所終。今日可見詞作僅兩調十一首。

7. 耿玉真（生卒年不詳）

南唐時婦人，事蹟不詳。其詞見於《古今詞統》，僅一首傳世。

三、其他諸國重要詞家

其他本文中所討論到的詞家有後梁李夢符、後唐莊宗、和凝、孫光憲、韓偓與唐駢等六家，茲介紹於下：

1. 後梁李夢符（生卒年不詳）

梁開平初人（約九〇八年），放宕豪飲，好吟詩，惜散佚不傳，僅存詩一首。其詞作亦多，「有千餘首」，〔註45〕惜亦不傳，今存僅見〈漁父引〉兩首。

〔註45〕王士禎《五代詩話》引《郡閣雅談》語。見該書卷八，頁 5。

2. 後唐莊宗（八八五～九二六）

名存勗，小名亞子，後唐太祖李克用長子，唐僖宗光啓元年生，後唐莊宗同光四年卒。〔註46〕其先本姓朱邪，沙陀人，後歸唐，因討賊有功賜姓李。天祐五年嗣立爲晉王，後破燕滅梁，建唐，改元同光，在位四年而死。莊宗雖爲武將，然文才頗高，洞曉音律，其詞見於《尊前集》，共四調四首。

3. 後晉和凝（八九八～九五五）

字成績，鄆州須昌人，生於唐昭宗光化元年，卒於後周世宗顯德二年。和凝爲後梁進士，歷仕五代。仕後唐爲翰林學士、知制誥。仕晉爲中書侍郎，同中書門下平章事，仕漢封太子太傅魯國公，入周則爲侍中。凝長於短歌豔曲，好爲曲子詞，流行於汴洛之間，號「曲子相公」，〔註47〕爲《花間集》的北方中原人物之代表。其詞今傳二十七首，其中《花間集》收二十首，另外七首見於《尊前集》，詞風「有清秀處，有富豔處，蓋介乎溫、韋之間」。〔註48〕

4. 荊南孫光憲（？～九六八年前後）〔註49〕

字孟文，自號葆光子，陵州貴平人。唐時曾爲陵州判官，後唐明宗天成初，避地江陵。仕荊南，官至御史中丞。後又勸荊南主高繼沖歸宋，太祖嘉其功，授以黃州刺史，乾德末年卒。孫光憲好讀書，博物稽古，著述甚多，有《荊臺集》、《筆傭集》、《鞏湖集》、《蠶書》、《續通歷》、《橘齋集》、《紀遇詩》等，又著有《北夢瑣言》三十卷，多採唐五代詞人逸事，爲詞林紀事之始，並是研究唐五代詞之重要文獻。孫光憲雖無詞之專集，然爲五代著名之詞人，今日可見之詞作較溫、韋更多，計八十五首。分別見於《花間集》六十一首，《尊前集》二十三首，《歷代詩餘》著錄而未見於《花間》、《尊前》者一首。孫詞

〔註46〕《舊五代史》、《新五代史》：〈莊宗本紀〉。
〔註47〕《北夢瑣言》，卷六。
〔註48〕李冰若，《花間集評注》，卷六，頁147。
〔註49〕吳任臣，《十國春秋》，卷一○二，言其「乾德末年卒」，考宋太祖乾德紀元最末爲六年，該年爲九六八年。

之風格，《白雨齋詞話》曰：「氣骨甚遒，措語亦多警鍊。然不及溫韋處亦在此，坐少閑婉之致。」〔註50〕

5. 閩韓偓（八八四～九二三）

字致堯（一作致光），小字多郎，號玉山樵人，京兆萬年人，生於唐武宗會昌四年，卒於後唐莊宗同光元年。偓唐時擢進士第，官兵部侍郎，後依王審知以終。韓偓著有《韓翰林集》，詞作由王國維輯有《香奩詞》一卷，其詞今傳七調十三首。

6. 吳康駢（生卒年不詳）

一作軿，字駕言，池陽人。乾符四年登進士第，為崇文館校書郎。後為田頵客，薦授中書舍人，所著有《劇談錄》與《九筆雜篇》等書，其詞作則僅見〈廣謫仙怨〉一首。

由以上的介紹可以知道，大多數的五代詞家都有仕宦的經歷，因此在創作上不免受到當時朝廷的影響而趨於華豔，僅有少數的詞家著墨於歸隱或求仙的題材，而得脫藩籬。然而，華麗的風格也正是五代詞不同於前代詩歌之處，這種不同，使得山的意象在內容和形式上有了新的發展，而這也是本論文所要處理之焦點。

〔註50〕《詞話叢編》，頁 3780。

第三章　五代詞以前的山意象 〔註1〕

第一節　山意象的濫觴

　　五代詞以前的山意象淵源極早，在文學發展的早期，山的意象係以素樸、現實的要求在作品中被運用著，我國最早的詩歌—《詩經》即爲典型的代表。

　　《詩經》爲我國最早的韻文總集，書中所收集的詩歌，代表著西周初期到春秋中葉期間北方流域的中原文化。《詩經》的內容取材甚廣，有從民間採來的歌謠，也有當時朝廷官員及樂師爲了特定的場合或特定的目的而作的詩歌，可說是寫實主義的代表，反映著當時政治、社會的生活和人民的感情。由於成書的年代最早，所表現的又是當時生活的寫實面，因此山的意象在《詩經》中的意義與運用，不過略具雛形而已。《詩經》中的山共出現六十六次，在較早的篇章中，山的意象透露出周人的信仰，〈周頌‧清廟〉云：

　　　　天作高山，大王荒之。彼作矣，文王康之。彼徂矣，岐有
　　　　夷之行。子孫保之。

〔註 1〕　由於五代詞以前的山的意義包含至廣，在韻文中，舉凡《詩經》、《楚
　　　　辭》……至唐詩、詞等皆屬之。由於範圍甚大，本章將儘量就與五
　　　　代詞中的山意象相關的詩作加以討論，以明五代詞山的意象之淵源。

朱傳云：「此祭大王之詩」，季明德曰：「竊意此蓋祀岐山之樂歌，按易升卦六四爻曰：『王用享于岐山。』則周本有岐山之祭。」〔註2〕可知周代當時有岐山的祭典，而本首詩即為此一祭典所唱。詩中的「高山」即是岐山，而周人之所以於祭歌中歌頌「高山」，完全是本著現實的態度，懷念先祖墾荒之辛勞、發跡於岐山的心情而作。除了以務實的角度感念先祖之外，周人的祭山，也懷著對大地滋育的感激之情，〈大雅・蕩〉曰：

> 釐爾圭瓚，秬鬯一卣，告于文人。錫山土田，于周受命，
> 自召祖命。

「錫」，是賜的意思。「山土田」是周人得以興國之基礎，周人感念其重要，故稱「受命」，在這塊上帝所賜的大地上成長、「受命」而立國，可見山在周人現實態度下的意義。

在《詩經》中，山的意象除了現實態度下所呈現的意義之外，其作為自然界的地理物象，也表現出北方的山所特有的本質。由於北方多高山大河，因此山在當時人民心中的形象也就是高大雄偉的代名詞：

> 高山仰止，景行行止。四牡騑騑，六轡如琴。〈小雅・甫田〉
> 泰山巖巖，魯邦所詹。〈魯頌・閟宮〉
> 習習谷風，維山崔嵬。無草不死，無木不萎。忘我大德，
> 思我小怨。〈小雅・谷風〉
> 節彼南山，維石巖巖。赫赫師尹，民具爾瞻。〈小雅・節南
> 山〉

言「高山」，言「崔嵬」皆是因為震懾於山勢之高聳，而興起崇敬之情。這些意象都是直接以山的形象取材運用，獨自在詩中表現。由於山的巨大的形象，予人難移的印象，因此也常成為不易的保證，而成為人間指誓對象，〈小雅・天保〉：

> 天保定爾，以莫不興。如山如阜，如岡如陵。如川之方至，
> 以莫不增。

〔註2〕姚繼恆《詩經通論》引季明德語，見該書卷十六，頁327。

一連用四個山的同義詞，都是藉著山的形象作上天的保證的。山的意象除了作為自然界的物象而存在，也是人們活動的空間。因此，交代詩中發生的地點，限定詩歌中的人、物活動或所在的位置用法，是山意象最原始直接的用法，〈豳風‧東山〉：

> 我徂東山，慆慆不歸。我來自東，零雨其濛。我東曰歸，
> 我心西悲。制彼裳衣，勿士行枚。

詩中的「東山」，只是作者所來之處，與本詩之內容幾無關連，即使將「東山」兩字中的「山」易為他字（處所），全詩詩意亦無太大影響。又如〈鄭風‧山有扶蘇〉云：

> 山有扶蘇，隰有荷華。不見子都，乃見狂且。
> 山有橋松，隰有游龍。不見子充，乃見狡童。

「山有……」和「隰有荷華」，是興的筆法，兩者都是詩人生活中的周遭情景，詩人直接採用入詩，山「有」什麼和詩的關連並不重要，因此山的形象對詩意也就無甚助益。這樣的句式，在《詩經》中十分常見。由此可知《詩經》中山的意象用做地點的交代時，係詩人從周遭看到的景物信手拈來，直切而純樸地唱出他們的心情，其手法十分簡樸。

　　總結來說，《詩經》中出現的山的意象拘限在單音節詞，除了唯一的衍生意象高山外，其餘的意象不是專有名詞就是與山同義近義的名詞。至於山意象在《詩經》中的運用，則與周人重視現實的態度有極大的關連，雖然有部分已經具有特別的意義，但仍然過於直接而原始，以致大部分的山仍舊停留在隨意而寫的程度，雖然具有引發情感的作用，但和詩的其他部分與詩意的關係則甚少。換言之，山的意象在《詩經》中的使用仍舊是片面而單一的，而且和詩人感情的結合也不緊密，山的意象在《詩經》中仍為附屬的地位。〔註3〕

〔註3〕景物在《詩經》中雖不佔主要地位，然而在中國的文學批評上，此一以「興」的筆法為主的寫景方式卻備受讚賞，如南宋張戒《歲寒堂詩話》中就說：「言志乃詩人之本意，詠物特詩人餘事。古詩、蘇、李、曹、劉、陶、阮本不期于詠物，而詠物之功，卓然天成，不可

第二節　山意象的初步開展

一、《楚辭》中的山

　　《楚辭》〔註4〕爲先秦時代南方文學的代表,該書的產生和楚國當地有極密切的關係,宋黃伯思《翼騷‧序》云:

　　　屈宋諸騷,皆書楚語,作楚聲,紀楚地,名楚物,故可謂
　　　之楚辭。〔註5〕

可知《楚辭》的創作是在楚國風土人情下孕育而生的,由於楚國地處南方,當地多名山大澤,風景秀麗,氣候也較適宜。因此,居於這樣地理環境的楚人,自然不似生活在北方高山深水下的人們一樣,必須採務實的態度與大自然的惡劣環境對抗,因而對大自然產生與文學藝術相應的欣賞觀點。這樣的人生態度其實緣於老、莊思想中「無用」的主張,《莊子‧逍遙遊》:

　　　今子有大樹,患其無用,何不樹之於無何有之鄉,廣漠之
　　　野;彷徨乎無爲其側,逍遙乎寢臥其下。不夭斤斧,物無
　　　害者。無所可用,安所困苦哉。

因爲捨棄現實實用的角度言「無用」,所以能「彷徨乎無爲其側」,而產生一觀照萬物的人生觀,〔註6〕山的意象也因而從直接的外在形象轉而與周遭其他物象發生關係,而成爲一有關係的自然整體,此即山的意象景物化的開始。〈九章‧涉江〉:

　　　深林杳以冥冥兮,猨狖之所居。

　　　復及:其情眞、其味長、其氣勢,視『三百詩』幾于無愧,凡以得
　　　詩人之本意也。」以無跡可求的「天機」品評寫景、詠物詩,係中
　　　國詩評的特點。即便如此,「山有……」與詩意之關係仍著重在
　　　「有……」的物象上,「山」只是交代其出產處。

〔註4〕此處所言之《楚辭》,係以戰國時代的楚國詩歌爲對象,今本《楚辭》
　　　所收之漢人擬作,不在本文討論之列。

〔註5〕陳振孫《直齋書錄解題》引,見該書卷十五,頁906。

〔註6〕審美的觀照態度,與老、莊思想中的「無爲」、「道」有直接的關係,
　　　徐復觀先生對此有深入而精闢的見解,參照《中國藝術精神》第二
　　　章〈中國藝術精神主體之呈現—莊子的再發現〉,頁48。

> 山峻高日蔽日兮，下幽晦日多雨；
> 霰雪紛其無垠兮，雲霏霏而承宇。

此處山的意象，是以最簡單的單音節詞結構出現的，由於未有其他成分修飾或限定其意義，因此其確定之形象完全由詩中的其他部分所決定，而本詩之山爲「峻高蔽日」的形象，詩中描寫了詩人在高山峻嶺上所見的景色，「深林」、「猨狖」是近景，「山」、「雪」是遠景，山的意象成爲眾多景物的一部分，而和其他自然界的景物在詩中交織而成一幅山居圖象。

另外，由於山和其他景物發生關連，與山有關的合成意象也已出現，〈九章・惜誦〉：

> 俾山川以備御兮，命咎繇使聽直。

「山川」爲並列結構的複合名詞，且皆屬自然界的物象。此處以「山」「川」兩種基本的自然物象作結合，用來泛指自然界整體。

山與其他物象雖然構成了自然景觀，然而《楚辭》中的山水景觀大多數卻都是大視野的著眼，少有細部的描繪，其原因主要和《楚辭》的作者－屈原相關。因爲《楚辭》的大多數篇章都是屈原所作，而由於屈原受讒被疏，流放在外，因此他心懷幽思，意圖藉著山水景物使現實之打擊得以紓解，這樣的意念在《楚辭》全書中都可以見到，〈九章・抽思〉：

> 道卓遠而日忘兮，願自申而不得。望北山而流涕兮，臨流水而太息。

登山臨水，以解故國之思、離居之悲，這種寄情於景的描寫在《楚辭》中極爲常見，可知山的意象並未居於詩歌的中心地位，在《楚辭》出現三十四次（僅就屈原較可信的作品〈離騷〉、〈九歌〉、〈九章〉、〈天問〉、〈遠遊〉、〈卜居〉、〈漁父〉及〈招魂〉等統計）的山意象中，自然界中的山水風景多數不過是屈原寄託情志的所在。由於屈原的創作主要在抒發他個人的情志，因此在描寫山水時，有時便非實際的景物，而是一任想像力的馳騁，在想像的山水中讓感情得以自由的抒發，〈九章・悲回風〉：

　　　　馮崑崙以瞰霧兮，隱岐山以清江；

　　　　憚湧湍之礚礚兮，聽波聲之洶洶。

崑崙、岐山及長江，都是地理上實有的山水，然而卻非詩人一日可及，
因此是想像的產物，不是作者實歷其境的山水。這樣的安排透露出屈
原意欲藉著「留連」（其實是神遊）名山大川而舒展其心神的用意，
因為作者的用意不在山水的關係，因此山與其他物象構成的這些自然
景觀，在《楚辭》中並未佔有中心的地位；也因為作者未能將焦點放
在山水之中，而導致和山有關的細部衍生意象（如山櫻、山氣等）尚
未在《楚辭》中出現。

　　由於觀照態度的發生，使得《楚辭》中山意象作為處所的用法不
再僅是單純地交代地點，而是染上景觀的色彩，與全文的詩意開始有
了互動：

　　　　若有人兮山之阿，披薜荔兮帶女蘿，既含睇兮又宜笑，子
　　　　慕予兮善窈窕。〈九歌・山鬼〉

　　　　步余馬兮山皋，邸余車兮方林。乘舲船余上沅兮，齊吳榜
　　　　以擊汰。〈九章・涉江〉

「山阿」與「山皋」在詩中雖然只是地點的交代，但卻是詩人有意而
去的地方。因此，作為處所的山意象和詩意的關係相當密切，由於詩
人的略加安排，山意象和全詩詩意隱隱成為一個整體，雖然仍在邊緣
的地位，但也不可或缺，而對意境有些許的助益。

　　至於《楚辭》中屬於專有名詞的山，則仍舊停留在原始處所詞的
階段：

　　　　永遏在羽山，夫何三年不施？〈天問〉

　　　　焉得彼塗山女，而通之於臺桑？〈天問〉

王逸曰：「言堯長放鯀於羽山，絕在不毛之地，三年不舍其罪也。」
﹝註7﹞又曰：「言禹治水，道娶塗山氏之女而通夫婦之道於臺桑之地。」
﹝註8﹞可見「羽山」與「塗山」二者皆僅是地點的交代而已。

────────────

﹝註7﹞洪興祖《楚辭補註》，頁90。

﹝註8﹞洪興祖《楚辭補註》，頁97。

二、漢賦 [註9] 中的山

漢賦爲漢代文學的主流，漢賦的流行，主要是現實的因素，一方面士人藉著創作漢賦藉以炫耀才情、歌功頌德，得以仕官；另一方面天子王侯也樂於看到此類歌功頌德的作品。 [註10] 因此，漢代士人即大量創作漢賦以求晉身之階。漢賦的特點，是「鋪采摛文，體物寫志」， [註11] 亦即運用大量的鋪陳與刻意的描寫來達到勸諫的目的。因此山的意象在漢賦中往往因大量精細的描寫而佔有極大分量，使得山的景物化在技巧上得到進一步的發展。例如司馬相如〈上林賦〉對山的意象即有大量的描寫：

崇山矗矗，巃嵸崔巍；深林巨木，嶄巖參嵯。九嵕巉薛，南山峨峨；巖陁甗錡，摧崣崛崎。振溪通谷，蹇產溝瀆，谽呀豁閜。阜陵別隖，崴磈嵔廆，丘虛堀礨。隱轔鬱壘，登降施靡。……

「山」、「阜」、「陵」、「丘」都是山的同義或近義詞，而此段描寫山勢的崇高險峻、連綿起伏，令人嘆爲觀止。加上各種同一偏旁景物名詞的排列與竭心盡力的描寫，則表現出漢賦作者極重修辭的態度，劉勰云：「詭勢瑰聲，模山範水，字必魚貫」， [註12] 此一語言特色使得山意象各種同義詞大量增加，而漢賦刻畫景物的姿態也更爲多采多姿了。

極端誇飾的表現手法，顯現出漢賦作者對山的意象作爲景觀的觀察更加仔細。就全文而言，山及其他景物整體所表現出來的風景輪廓

〔註 9〕 學者對於漢賦爲韻文或散文實有爭議，依傳統的看法，賦爲「古詩之流」；然而一些現代學者如陸侃如、馮沅君則主張賦不是詩。除此二說之外，亦有主張賦係界於韻文與非韻文之間，係詩和散文的混合體，以今日所見的賦體觀之，筆者傾向第三種看法，加上賦與騷體之關係極大，欲究明山的意義的流變勢必明瞭山於賦體上的運用，故本節此處略加討論。

〔註10〕 漢賦的創作雖有「勸諷」的作用，然而在實際作品篇幅上，卻是誇耀功績爲多，勸諷極少，因此有「勸百諷一」之刺。

〔註11〕 劉勰《文心雕龍·詮賦》，卷二。

〔註12〕 劉勰《文心雕龍·物色》，卷十。

也較《楚辭》中更爲鉅大，在細節上更爲精緻，佈局上也更爲整齊、秩序。例如〈子虛賦〉中描繪雲夢之廣大：

> 雲夢者，方九百里，其中有山焉。
>
> 其山則盤紆嵂鬱，隆崇嵂崒；岑崟參差，日月蔽虧。……
>
> 其土則丹青赭堊，雌黃白坿，錫碧金銀；眾色炫耀，照爛龍鱗。
>
> 其石則赤玉玫瑰，琳瑉昆吾，……
>
> 其東則有……
>
> 其南則有……

這種鉅細不遺，整蔚有序的山水描寫，可說是漢賦作家臨摹大自然空間的嘗試。

然而這樣詳盡之描寫大半是靠作者的想像和學識而達成的，其中透露出作者對自然山水所抱持的理性和知性的態度，而少有個人的情緒和感懷。這種自然與人仍有隔離的情形，代表著山水景物結合的初步發展，今日所存的漢賦大都屬於此類。

漢賦發展至後期，抒寫情志的篇章漸多，山水景物也因此與作者個人的關係轉爲密切，而在情調上更近於後世的山水詩。班彪〈北征賦〉：

> 隮高平而周覽，望山谷之嗟峨。野蕭條以芥蕩，迴千里而無家。風猋發以漂遙兮，谷水灌以揚波。飛雲霧之杳杳，涉積雪之皚皚。雁邕邕以群翔兮，鷓雞鳴以嚌嚌。遊子悲其故鄉，愴恨以傷懷。撫長劍而慨息，泣漣落而霑衣。

以行旅所見之蕭條冬景，而引出遊子離家的悲哀。這段以情入景的描寫，表現出作者對自然的感情的體認，也顯現作者與山水的距離更爲密切了。

最後值得一提的是，相傳爲宋玉所作的〈高唐賦・并序〉：〔註13〕

〔註13〕《高唐賦》係載於《文選》，卷十九，題爲宋玉所作。後人多疑之，如崔述之《考古續說》即以爲《卜居》、《神女》係「假託成文」者，而劉大杰亦以爲此賦係「散文賦體」，在宋玉時代甚難產生，而文氣亦似第三者口吻，故本文將《高唐神女賦》置於漢賦中討論。分見

昔者楚襄王與宋玉遊於雲夢之臺，望高唐之觀。其上獨有
雲氣，崒兮直上，忽兮改容，須臾之間，變化無窮。王問
玉曰：「此何氣也？」玉對曰：「所謂朝雲者也。」王曰：「何
謂朝雲？」玉曰：「昔者先王嘗遊高唐，怠而晝寢。夢見一
婦人曰：『妾巫山之女也，爲高唐之客。聞君遊高唐，願薦
枕席。』王因幸之，去而辭曰：『妾在巫山之陽，高丘之阻。
旦爲朝雲，暮爲行雨。朝朝暮暮，陽臺之下。』旦朝視之，
如言，故爲立廟，號曰『朝雲』。」……王曰：「寡人方今
可以遊乎？」玉曰：「可。」王曰：「其何如矣？」玉曰：「高
矣顯矣，臨望遠矣！廣矣普矣，萬物祖矣！上屬於天，下
見於淵，珍怪奇偉，不可稱論。」王曰：「試爲寡人賦之。」
玉曰：「唯唯。惟高唐之大體兮，殊無物類之可儀比。巫山
赫其無疇兮，道互折而曾累。登巉巖而下望兮，臨大阺之
稸水。遇天雨之新霽兮，觀百谷之俱集。……」

這段文字中的「巫山」與「巫山之女」令人聯想到《莊子・逍遙遊》
中住在「姑射之山」中「肌膚若冰雪，淖約若處子」的「神人」，兩
者中的山都染上了神仙的色彩，而有所不同的是〈高唐賦〉中襄王與
「神女」遊覽相遇的情節。這樣的安排使得仙山的神仙況味減少，而
增強了風景的描寫，本篇賦中的「巫山」即是如此，賦序中對「朝雲」
變化萬端的描寫栩栩如生，賦辭的巫山亦爲遊覽之地理環境，而與其
他景色共同爲詩人所歌詠。雖然如此，這些風景的描繪在後世卻退居
次要，而由賦序中所寫的襄王與巫山神女相逢雲雨的本事，成爲後世
短暫唯美愛情故事的最佳象徵。

三、漢詩中的山

漢代詩歌中的山，仍然停留在景物的初步應用上，並未有太大的
發展，吳喬《圍爐詩話》云：

古詩多言情，後世之詩多言景，如《十九首》中之「孟冬

崔述《考古續說》卷下「觀書餘論」條及劉大杰《中國文學發展史》
第四章第五小節「宋玉」。

寒氣至」，建安中之子建〈贈丁儀〉:「初秋涼氣發」者無幾，
日盛一日，梁陳大盛，至唐末而有清空如話之說，絕無關
於性情，畫也，非詩也。〔註14〕

可知此時期之詩歌重在情志的抒發，詩人對於週遭的景物仍未注意與
重視，因此山的意象在意義與應用上並無特出的表現，茲略舉古詩兩
首以備一觀：

青青陵上柏，磊磊澗中石。人生天地間，忽如遠行客。斗
酒相娛樂，聊厚不為薄。

上山採蘼蕪，下山逢故夫。長跪問故夫：新人復何如？新
人雖言好，未若故人姝。

樂府詩方面，現今所存的漢代樂府多為郊祀之歌，可見的民歌甚少。
在今存的漢代民歌中，山水的意象的運用仍舊保存著《詩經》所特有
的質樸特色。如〈巫山高〉一詩：

巫山高，高以大；淮水深，難以逝。我欲東歸，害（梁）
不為？我集無高曳，水何（梁）湯湯回回。臨水遠望，泣
下霑衣。遠道之人心思歸，謂之何！

巫山、淮水為本詩中的山水意象，詩人係看到山、水的高深，阻擋詩
人歸鄉的去路，而抒發其「思歸」之情。《樂府詩集》解此題曰：

古詞言，江淮水深，無梁可度，臨水遠望，思歸而已。

即以「江淮水深」卻無法可度而表思歸解此詩，可見得在同一時期，
「巫山」一詞的用法在賦和詩歌中有所不同，〈高唐賦〉係以神話背
景賦予巫山愛情故事；而漢代樂府中的巫山，僅因為地理上山的高
聳，而形成的阻隔意義被運用著。

另外，有名的〈上邪〉一詩則表現出質樸的本色：

上邪，我欲與君相知，長命無絕衰。山無陵，江水為竭，
冬雷震震夏雨雪，天地合，乃敢與君絕。

指山為誓，此處的山以原始的巨大不易形象出現，和《詩經》中單一
地使用手法雷同，可見民歌質樸無方的本質。

─────────────

〔註14〕吳喬《圍爐詩話》卷一。

至此，我們可以對此一時期山意象的特點歸納如下：

甲、山的意象在《楚辭》之後因爲觀照態度的產生景物化了，而和其他景物一同出現在作品之中，與作品的內容也日益密切。

乙、山的意象爲作品中景物的一部分，但受限於《楚辭》及漢賦作者的動機，景物未成爲詩人觀賞的主要目的，因此在詩中的地位不高。

丙、受到漢賦大量描寫的影響，山的單音節詞與同義、近義詞在詩中大量出現。衍生名詞則有少量出現。由於作者之目的不在描繪山水景象，山意象的各種衍生詞尚未產生。

丁、專有名詞在詩中仍扮演地點交代及景觀的角色，後人習以專有名詞種種本事做爲典故的用法尚未產生。

戊、因爲山的意象景物化的關係，無論是泛稱或專有名詞，山的意象作爲處所詞時皆兼有景觀的色彩。

第三節　山意象景物化的高度運用與發展

魏晉之際，是玄言詩興盛的時期，在老莊思想充斥的當時，景物在詩中的地位仍未得到詩人的正視。雖然如此，在避禍和求仙之餘，山林草木有時也成爲詩人暫時棲身的場所：

> 晨遊泰山，雲霧窈窕。忽逢二童，顏色鮮好。……授我仙藥，神皇所造。教我服食，還精補腦。壽同金石，永世難老。〈曹植・飛龍〉
>
> 蕭瑟仲秋日，颯颯風雲高。山居感時變，遠客興長謠。……垂綸在林野，交情遠市朝。澹然古懷心，濠上豈伊遙。〈孫綽・秋日〉

由於魏晉政治的動亂，知識分子命運難卜，因此想像自己成仙逍遙，或借由隱逸生活而得以全身，山林景觀就在這樣情境爲魏晉詩人所歌詠，而埋下山水詩日後興盛的種子。

玄言詩之後，山水詩大盛，劉勰《文心雕龍‧明詩》篇曰：

> 宋初文詠，體有因革；莊、老告退，而山水方滋。

可知南朝劉宋時期是玄言與山水詩更替的時代，而山水詩的興盛，其實是當時人對山水景物高度重視的結果，謝靈運〈遊名山志〉云：

> 夫衣食人生之所資，山水性分之所適；今滯所資之累，擁其所適之性耳。〔註15〕

謝靈運為山水詩最重要的大家和奠基者，而身為南朝最重要的文學批評家劉勰也在《文心雕龍‧物色》篇說：

> 山林皋壤，實文思之奧府，……然屈平所以能洞監風騷之情者，抑亦江山之助乎！

意識到山水景物在詩歌中的重要性，懷著這樣的自覺，詩人們才能真正享受山水，寄心於自然，「窺情風景之上，鑽貌草木之中」，〔註16〕觀察到山水眾多的形態和聲色，了解山水的自然顯現和細微變化。而就在詩人在質與量上加以追求的情況下，山水景物的刻劃得到了高度的發展，而山在詩歌中所表現出的姿態與形式也更為多樣。

山的意象的高度發展使得和山有關的衍生意象大量產出，其形式可以分成三類：

1. 精緻意象

精緻意象指的是可與現實事物相對應物體所呈現的意象，詩人遊覽山水時，將山中所見和山有關的物象寫入詩中，這些物象在現實上是可對應的，係屬山中之產物以致擁有確定的形象，故將此類山的衍生意象歸入精緻意象。此類意象的結構是以山當修飾語加上物象而成，而南北朝詩歌的精緻意象其物象都是山中出產之物產。由於詩人遊覽山水，將觀察注入大自然的山水之中，因此描繪山中物產的精緻意象在山水詩中出現很多，例如：

> 緣階起素沫，竟水散圓文。河柳低未舉，山桃落已芬。（梁‧劉苞〈望夕雨詩〉）

〔註15〕《全宋文》卷三十三，頁1，見《全上古三代秦漢三國六朝文‧六》。
〔註16〕劉勰《文心雕龍‧物色篇》，卷十。

水霧雜山煙，冥冥不見天。聽猿方忖岫，聞瀨始知川。（梁‧
伏挺〈行舟值早霧詩〉）

山雲遙似帶，庭葉近成舟。茅簷下亂滴，石竇引環流。（陳‧
陰鏗〈閑居對雨詩〉）

架嶺承金闕，飛橋對石梁。竹密山齋冷，荷開水殿香。山
花臨舞席，冰影照歌床。（梁‧徐陵〈奉和簡文帝山齋〉）

山泉好風日，城市厭囂塵。聊持一樽酒，共尋千里春。（隋‧
盧思道〈上巳褉飲詩〉）

「山桃」、「山煙」、「山雲」、「山花」、「山泉」都是山中可見的物象，
透過這些物象的一一呈現，我們可以清楚地看出詩人身處景致的佈置
情形，北周庾信〈奉和山池詩〉曰：

樂官多暇豫，望苑蹔迴輿。鳴笳陵絕限，飛蓋歷通渠。桂
亭花未落，桐門葉半疎。荷風驚浴鳥，橋影聚行魚。日落
含山氣，雲歸帶雨餘。

前兩句是引子，而後八句則細細地描繪出所遊山池的景觀：在雨過初
歇、山氣迷濛的日落時分，伴隨著音樂，走進開滿桂花的亭園，穿過
兩旁高大稀疏的梧桐，看到微風吹拂荷塘，驚起了正在沐浴的鳥兒；
在橋邊駐足，欣賞游魚在橋影下穿梭嬉戲。「山氣」就與庭園中其他
的物象一樣，在詩中細細地描繪，透過詩人細心的觀察和藝術的巧
手，織成了一幅美麗精緻而生機盎然的庭園風景。

　　至於精緻意象在詩中的功能則純粹做為物象使用，並未有用作處
所的情形。

2. 簡單意象〔註17〕

　　簡單意象指的是以某物為意象主體，再加上一形容性的詞語修
飾該物。在意義上簡單意象呈現著該物的某些面向，表現出該物之
物性。山的簡單意象即為以山為該詞之中心語，而在中心語（山）
之前再加上修飾語而成的。由於修飾語的成分並未固定，山的簡單

〔註17〕簡單意象一詞，係由梅祖麟與高友工所提出，而對唐詩之意象特質
　　　　多有闡明，詳見二人合著之〈論唐詩的語法，用字與意象〉一文。

意象所呈現出來的各種面向，在現實的對應下比精緻意象開闊，而呈現了山的各種不同風貌之美，茲列舉南北朝詩中經常出現的意象於下：

> 遠山斂氛祲，廣庭揚月波。氣往風集隙，秋還露泫柯。（宋·
> 王僧達〈七夕月下詩〉）
>
> 南州實炎德，桂樹陵寒山。銅陵映碧澗，石磴瀉紅泉。（宋·
> 謝靈運〈入華子岡是麻原第三谷詩〉）
>
> 魚戲新荷動，鳥散餘花落。不對芳春酒，還望青山郭。（齊·
> 謝朓〈遊東田詩〉）

「遠山」表現了山的遠距離朦朧的姿態；「寒山」則傳達了秋天蕭瑟的感覺；「青山」不但在色彩上給人青綠之視覺，還寓有有春意盎然、欣欣向榮的生命力。這三種不同的簡單意象，雖然都是描寫山的姿態，但因為使用不同的形容詞語，而在傳達山的質素（物性）上有所不同，而造就了一幅幅不同的心靈圖象。

3. 合成意象

合成意象指的是兩個同等地位名詞的結合，其意義由此二名詞共同決定。由於意義不限於其中任一意象的範疇，因此在語義上所指涉的範圍較前兩個意象更為擴大。南北朝詩歌中的合成意象，大多是由相似範疇的兩個名詞結合而成的，如：

> 江山共開曠，雲日相照媚。景夕群物清，對玩咸可憙。（宋·
> 謝靈運〈初往新安桐廬口詩〉）
>
> 芳洲有杜若，可以贈佳期。望望忽超遠，何由見所思。我
> 行未千里，山川以間之。離居方歲月，故人不在茲。（齊·
> 謝朓〈懷故人詩〉）
>
> 晚橘隱重屛，枯藤帶迴竿。荻陰連水氣，山峯添月寒。（梁·
> 簡文帝〈大同十年十月戊寅詩〉）
>
> 茲園植藝積，山谷久紆咸。直興轉多緒，眞事亦因依。（梁·
> 簡文帝〈大同十一月庚戌詩〉）

「江山」、「山川」、「山峯」、「山谷」等合成意象中山的另一個組成

成分—「江」、「川」、「峯」、「谷」等也都是自然界的地理景致，因此所結合的意象之意義亦在地理景致的範疇，皆是可資賞現的風景，但意象所指的地理範疇則更爲擴大。在以上所舉的合成意象中，值得注意的是「江山」，南北朝時的「江山」所指的全是風景的含義：

> 佳人遠于隔，乃在天一方。望望江山阻，悠悠道路長。別前秋葉落，別後春花芳。雷歎一聲響，雨淚忽成行。悵望情無極，傾心還自傷。（梁・庾肩吾〈有所思〉）
>
> 徘徊將所憂，惜別在河梁。衿袖三春隔，江山千里長。寸心無遠近，邊地有風霜。勉哉勤歲暮，敬矣愼容光。山中殊未懌，杜若空自芳。（梁・蕭諮議〈西上夜集詩〉）

這些「江山」皆是指可資賞玩的風景，與後世用來象徵社稷國家之含意不同。雖然如此，「江山」用指國家在曹魏時已在散文中出現，〈鍾士季檄蜀文〉：

> 然江山之外，異政殊俗。率土齊民，未蒙王化，此三祖所以顧懷遺志也。〔註18〕

而晉范曄《後漢書・隗囂公孫述列傳》亦曰：

> 公孫習吏，隗王得士，漢命已還，二隅方跱，天數有違，江山難恃。

皆是以「江山」指社稷。「江山」一詞在晉代甚爲流行，余嘉錫曰：「案：敦煌唐寫本殘類書客遊篇引《世說》：……『正自有山河之異』句作『舉目有江山之異』，與晉書合。知唐人所見世說固作『江』……『江山』爲晉人常語，不必改做『江河』也。」〔註19〕此處之「江山」與「山河」其意皆可通，而兼有景觀與社稷象徵兩重之意涵，可視爲「江山」從景觀轉化至社稷象徵之過渡。雖然「江山」用做「國家社稷」之象徵在散文中早已出現，然直至南北朝時，詩中之「江山」仍舊停留在景觀的意義。

　　山意象的合成類型大多數是與山同語義範疇（地理景致）的名詞

〔註18〕《文選》，卷四十四。
〔註19〕《世說新語箋疏・言語第二》，頁94。

相互結合，然而南北朝詩中仍有少數不同範疇名詞所結合而成的意象，其中最重要最爲常見的是「關山」，南朝劉宋何偃〈冉冉孤生竹〉：

> 流萍依清源，孤鳥宿深沚。蔭幹相經縈，風波能終始。草生有日月，婚年行及紀。思欲侍衣裳，關山分萬里。徒作春夏期，空望良人軌。芳色宿昔事，誰見過時美。涼鳥臨秋竟，歡願亦云已。豈意倚君恩，坐守零落耳。

關爲出征之人駐在之地，古人爲戰伐出征，有情人無奈地被迫分開，身被無邊無際之群山阻隔，「關山」因此常在征戍詩中成爲歌詠之意象。郭茂倩《樂府解題》曰：「關山月，〔註20〕傷離別也。古〈木蘭詩〉曰：『萬里赴戎機，關山度若飛。朔氣傳金柝，寒光照鐵衣。』按〈相和曲〉有〈度關山〉，亦類此也。」〔註21〕又云：「魏樂奏武帝辭，言人君當自勤苦，省方黜陟，省刑薄賦也。若梁戴暠云『昔聽隴頭吟，平居已流涕』，但敘征人行役之思焉。」〔註22〕可知初期的關山，是與征人行役離別之思密切相關的，後來的關山意象則不限於敘征戍詩的主題，謝朓〈暫使下都夜發新林至京邑贈西府同僚〉：

> 大江流日夜，客心悲未央。徒念關山近，終知返路長。秋河曙耿耿，寒渚夜蒼蒼。引領見京室，宮雉正相望。金波麗鳷鵲，玉繩低建章。驅車鼎門外，思見昭丘陽。馳暉不可接，何況隔兩鄉。風雲有鳥路，江漢無限梁。常恐鷹隼擊，時菊委嚴霜。寄言蟬羅者，寥廓已高翔。

此處的關山指的是京城建康，藉關山之隔用來表明詩人別離朝廷之苦。謝朓全詩十聯，情、景分敘，但景中含情，既描寫景物之美，亦藉景抒寫其宦遊生涯之情。

〔註20〕《樂府詩集》中記載《漢橫吹曲》十八曲有〈關山月〉一曲，然《解題》曰：「漢橫吹曲，二十八解，李延年造。魏、晉已來，唯傳十曲：一曰〈黃鵠〉，二曰〈隴頭〉……十曰〈望行人〉。後又有〈關山月〉、〈洛陽道〉……〈劉生〉八曲，合十八曲。」又云：「又有〈關山月〉等八曲，後世之所加也」，則〈關山月〉當非漢代古題，而爲後世之作矣。

〔註21〕《樂府詩集》上冊，卷二十三。

〔註22〕《樂府詩集》上冊，卷二十七。

　　除了和山意象有關的衍生意象大量產生，南北朝詩中的專有名詞中的山，其用法也隨著山水詩的高度發展而有所改變：

　　　想像巫山高，薄暮陽臺曲。煙雲乍舒卷，獀鳥時斷續，彼
　　　美如可期，寤言紛在矚。憮然坐相望，秋雲下庭綠。（齊‧
　　　王融〈巫山高〉）

　　　巫山高不極，白日隱光暉。靄靄朝雲去，溟溟暮雨歸。巖
　　　懸獸無跡，林暗鳥疑飛。枕席竟誰薦，相望空依依。（梁‧
　　　范雲〈巫山高〉）

這兩首詩皆為愛情失意之詩，在作法上係先刻劃出巫山的山水之美，再借此山水美景（巫山）曾有的襄王與神女夢幻短暫的愛情故事興起詩人愛情失意之嘆，甚為感人，而「巫山」的意象也從地理的物體形象一躍而成愛情的象徵，而在全詩中佔了中心的位置。《樂府解題》云：「若齊王融『想像巫山高』，梁范雲『巫山高不極』。雜以陽臺神女之事，無復遠望思歸之意也。」〔註23〕由《解題》中的「雜以陽臺神女之事」，可見「巫山」的意象至此已不是單純的地理阻隔，而是運用了宋玉〈高唐神女賦〉中所言男女之情愛，將賦中的神話愛情故事與地理上的巫山景色相結合而成為一種範式，這種範式的出現實受齊梁時極度流行的山水詩影響所致。

　　南北朝詩歌因為景觀化的緣故，使得屬於地理景致的山意象的各種形式大量產生，這些意象的形式與內容在唐詩中的發展，並無太大的變化。陳植鍔《詩歌意象論》曾統計杜甫詩中的山，〔註24〕言杜詩中出現最高的為「泛稱複合」（即本文中山的衍生意象），而「泛稱複合」中「複現率最高的依次為『空山』（十四次）、『青山』（十三次）、『雪山』（十次）、『寒山』（九次）等」，〔註25〕可知當時詩中之山仍著重於景觀的意義。茲列舉數種重要之題材以為例證：

<hr>

〔註23〕《樂府詩集》卷十六，228頁。
〔註24〕參見陳植鍔《詩歌意象論》，頁218～220。
〔註25〕同上注。

懷古──

禹廟空山裏，秋風落日斜。荒庭垂菊柚，古屋畫龍蛇。雲氣生虛壁，江聲走白沙。早知乘四載，疏鑿控三巴。（杜甫〈禹廟〉）

田園──

寒山轉蒼翠，秋水日潺湲。倚杖柴門外，臨風聽暮蟬。渡頭餘落日，墟里上孤煙。復值接輿醉，狂歌五柳前。（王維〈輞川閑居贈裴秀才迪〉）

窮老真無事，江山已定居。地幽忘盥櫛，客至罷琴書。掛壁移筐果，呼兒問煮魚。時聞繫舟楫，及此問吾廬。（杜甫〈過客相尋〉）

邊塞──

驅馬薊門北，北風邊馬哀。蒼茫遠山口，豁達胡天開。五將已深入，前軍止半迴。誰憐不得意，長劍獨歸來。（高適〈自薊北歸〉）

琵琶起舞換新聲，總是關山離別情。撩亂邊愁聽不盡，高高秋月照長城。（王昌齡〈從軍行〉）

閨怨──

閑朝向曉出簾櫳，茗宴東亭四望通。遠眺城池山色裏，俯聆絃管水聲中。幽篁引沼新抽翠，芳槿低簷欲吐紅。坐久此中無限興，更憐團扇起清風。（鮑君徽〈東亭茶宴〉）

長相思，久離別。關山阻，風煙絕。臺上鏡文銷，袖中書字滅。不見君形影，何曾有歡悅？（郎大家宋氏〈長相思〉）

不管是懷古的「禹廟空山裏」、田園的「寒山轉蒼翠」、還是邊塞的「蒼茫遠山口」與閨怨的「遠眺城池山色裏」，這些山的意象都是地理的景觀，只是藉著不同的地理景觀與不同的題材相結合，在細節處傳達出不一樣的感情。

必要一提的是，這些意象並非可與任何內容的詩作隨意搭配。一般說來，單音節詞的山可塑性最強，可以與任何題材結合，其傳達的

感情視詩中之形容語與其他部分決定；精緻意象通常是細膩景象的描繪，故大多與其他景物同時出現在遊賞的詩作中；簡單意象需視其所表現的物性決定，故其與題材的配合較單音節詞的山嚴格，但不限於某一特定之題材；合成意象則需視複合字的範疇決定，而與某些內容之詩相關；而專有名詞可分兩種狀況，若爲一般之處所用法，則可配合之題材與單音節詞相同，並無特別的限制，但在出現次數上因字數較多而頻率較低；若爲典故，則與該典故所特有之內容所決定。

第四節　山的意象的多元化

　　如前所述，詩體中之山意象發展至南北朝、隋唐時期，其景觀化之趨勢已達顛峰，然此時亦有其他範疇山意象的出現而有多元化的情形。這些意象，早期（晚唐以前）主要表現在對自然景觀擬仿而產生的山水畫，以及晚唐時詞體逐漸發展其特有風格的部分詞作中，茲分別依此三點敘述於下：

一、題畫詩中的山

　　中國山水畫始於魏晉，完成於唐朝，而奠定地位於五代。〔註26〕南朝遊覽山水之風極盛，山水除了爲人們遊覽而有山水詩之吟詠外，擬仿自然景觀之山水畫也漸漸興起。這些山水畫中的景物，也成爲詩人吟詠的對象，最早的詠山水畫詩可推庾信的〈詠畫屏風〉組詩：

> 上林春逕密，浮橋柳路長。龍媒逐細草，鶴氅映垂楊。水似桃花色，山如甲煎香。白石春泉上，誰能待月光。

> 洞靈開靜室，雲氣滿山齋。古松栽數樹，盤根無半埋。愛靜魚爭樂，依人鳥入懷。仲春徵隱士，蒲輪上計偕。

> 竟日坐春臺，芙蓉承酒杯。水流平澗下，山花滿谷開。行雲數番過，白鶴一雙來。水影搖叢竹，林白動落梅。直上山頭路，羊腸能幾迴。

〔註26〕參見徐復觀《中國藝術精神》頁255、276。

高閣千尋跨，重簷百丈齊。雲度三分近，花飛一倍低。吹
簫迎白鶴，照鏡舞山雞。何勞愁日暮，未有夜烏啼。

庾信〈詠畫屏風詩〉二十五首，其中有七首詠山水，以上所列僅爲
代表之作，由詩題觀之，可知早在南朝即有畫於屏風之山水畫。在
內容方面，若將上述諸詩之標題掩去，實不知其與遊山水之詩有任
何差別，換言之，畫之形式與效果，完全沒有爲詩人所詠嘆，詩人
係直接將畫當做現實之山水重現，而一如遊賞一般山水隨興賦詩。

庾信之後，山水之題畫詩偶有所見，王漁洋〈蠶尾集〉云：

六朝以來，題畫詩絕罕見。盛唐如李太白輩，間爲之，拙
劣不工。王季友一篇，雖小有致，不佳也。杜子美始創爲
畫松、畫馬、畫鷹諸大篇，搜奇抉奧，筆補造化。嗣是蘇
黃二公，極妍盡態，物無遁形。……子美創始之功偉矣。
〔註27〕

可知唐代之詩人如李白等皆有詠山水畫詩，〔註28〕但皆不如杜甫，所
謂「拙劣不工」，係因杜甫每詩皆全力爲之，特爲精采。杜甫的詠山
水畫詩有八首，分別是〈奉先劉少府新畫山水障歌〉、〈戲題王宰畫山
水圖歌〉、〈題元武禪師屋壁〉、〈奉觀嚴鄭公廳事岷山沱江畫圖十韻〉、
〈觀李固清司馬弟山水圖三首〉、〈夔州歌十絕句〉（之八）、〈嚴公廳
宴同詠蜀道畫圖〉（此首爲詠地圖詩）等，茲錄〈奉先劉少府新畫山
水障歌〉一首以窺其特色：

堂上不合生楓樹，怪底江山起煙霧。聞君掃卻赤縣圖，乘
興遣畫滄洲趣。畫師亦無數，好手不可遇。對此融心神，
知君重毫素。豈但祈岳與鄭虔，筆迹遠過楊契丹。得非玄
圃裂，無乃瀟湘翻？悄然坐我天姥下，耳邊已似聞清猿。

〔註27〕 此段所言唐代詠畫詩之情形，係參考徐復觀《中國藝術精神》第五
章〈唐代山水畫的發展及其畫論〉改寫而成。

〔註28〕 李白有七首詠山水畫詩，分別爲〈巫山枕障〉、頁 1140，〈觀元丹丘
坐巫山屏風〉、頁 1135，〈趙炎少府粉圖山水歌〉、頁 424，〈燭照山
水壁畫歌〉、頁 387，〈求崔山人瀑布圖〉、頁 1136，〈王志安少府山
水粉圖〉、頁 1133，〈瑩禪師房觀山海圖〉、頁 1138，見《李太白全
集》。

反思前夜風雨急，乃是蒲城鬼神入。元氣淋漓障猶濕，眞
宰上訴天應泣。野亭春還雜花遠，漁翁暝踏孤舟立。滄浪
水深青溟闊，敧岸側島秋毫末。不見湘妃鼓瑟時，至今斑
竹臨江活。劉侯天機精，愛畫入骨髓。自有兩兒郎，揮灑
亦莫比。大兒聰明到，能添老樹巓崖裏。小兒心孔開，貌
得山僧及童子。若耶溪，雲門寺，吾獨胡爲在泥滓，青鞋
布襪從此始。

由「悄然坐我天姥下，耳邊已似聞清猿。反思前夜風雨急，乃是蒲城
鬼神入。元氣淋漓障猶濕，眞宰上訴天應泣。」極言畫之逼眞，動於
鬼神，可知其對於畫之技巧發揮特多，而較少著重於畫家之精神方
面。至於詩中的山的意象，「江山」與「山僧」其構詞與範疇仍與自
然之地理山水相同。畢竟，以男性爲思想中心之山水，其要在與自然
同遊，沉浸於物我兩忘、融合無間的境界之中（說詳下文）。

二、唐詞中的山

　　今存唐詞中山意象的運用與五代以前的詩差不多，大半皆描寫邊
城的山，適以襯征戍之所見所感，或者是言悠遊於山水之間的幽閑情
趣以抒懷，唯有一人的作品表現極爲不同，此即影響五代詞極深的溫
庭筠。溫庭筠在詞史上被目爲「花間鼻祖」，〔註29〕詞風一向華麗細
密相稱，〔註30〕詞中所描寫的世界與角度也由男性的世界轉向了以女
性爲主體的世界。因此，初期詞體的特質因此得以確立、成熟，詞體
也因而從詩中獨立出來成爲一個特有的文體，而山的意象也因爲此一
新詞體的成熟而有了內在的轉變。

　　山的意象在溫詞中共出現十五次，從作品中來看，溫詞中的山全
是自女性的角度出發而寫的，例如〈菩薩蠻〉：

〔註29〕見王士禛《花草蒙拾》，《詞話叢編》，頁674。
〔註30〕關於溫庭筠詞的風格，王國維於《人間詞話》中說：「畫屛金鷓鴣，
　　　　飛卿語也，其詞品似之。」可知其詞風之精美富麗。參見《詞話叢
　　　　編》，頁4241。

> 滿宮明月梨花白，故人萬里關山隔。金雁一雙飛，淚痕沾
> 繡衣。　　小園芳草綠，家住越溪曲。楊柳色依依，燕歸
> 君不歸。

以「關山」言別離之情自古有之，然而溫庭筠此詞係從女性一端著筆，寫思婦之情，則是溫詞專有之特色。又如〈河瀆神〉一闋：

> 河上望叢祠。廟前春雨來時。楚山無限鳥飛遲。蘭橈空傷
> 別離。　　何處杜鵑啼不歇。豔紅開盡如血。蟬鬢美人愁
> 絕。百花芳草佳節。

亦自女性角度寫其別離之愁苦。

除了「關山」、「楚山」……等自然地理物象之外，溫詞中還出現了與地理景致不同語義範疇的山的意象：

> 小山重疊金明滅。鬢雲欲度香腮雪。懶起畫蛾眉。弄粧梳
> 洗遲。　　照花前後鏡。花面交相映。新帖繡羅襦。雙雙
> 金鷓鴣。〈菩薩蠻・之一〉

> 蕊黃無限當山額。宿粧隱笑紗窗隔。相見牡丹時。暫來還
> 別離。　　翠釵金作股。釵上蝶雙舞。心事竟誰知。月明
> 花滿枝。〈菩薩蠻・之三〉

> 竹風輕動庭除冷。珠簾月上玲瓏影。山枕隱穠粧。綠檀金
> 鳳皇。　　兩蛾愁黛淺。故國吳宮遠。春恨正關情。畫樓
> 殘點聲。〈菩薩蠻・十四〉

> 撲蕊添黃子，呵花滿翠鬟。鴛枕映屏山。月明三五夜，對
> 芳顏。〈南鄉子・之五〉

第一首〈菩薩蠻〉中的「小山」為何，歷來爭議不斷。[註31] 其中較主要的說法有四：一說小山為眉，《隋書・五行志》曾記有「後周大象元年，……朝士不得佩綬，婦人墨妝黃眉」等，以黃（金）色畫眉

〔註31〕日人青山宏曾整理歷來諸家有關本闋詞中「小山」的解釋，共二十
　　　一家，分為三大類，六種。第一大類為與屏風相關之東西，此類又
　　　可分屏風上的畫及屏風二種。第二大類是與枕相關的東西。第三大
　　　類為與化妝法相關的東西，又可分為髮的形狀、眉及眉間及額頭等
　　　三種說法。參見《唐宋詞研究》，頁23。

的說法，然兩眉何至於重疊，則以爲重疊係描述眉黛褪色的樣子，解釋略有曲析；一說小山爲山額，因唐宋人以蕊黃塗額，層層塗染爲一圓點，故曰「重疊」，此解較上解爲好，可通。另一說則以「小山」指的是屏風，顧敻〈玉樓春〉有「曲檻小屏山六扇」一句，故以屏風爲山。最末一說指「小山」爲屏風畫中之山，古時有圍於床邊呈ㄇ字形之小型屏風（說詳見後），女子睡醒張目，看見屏風中之小山，於燈火映照中明暗閃爍，故曰：「小山重疊金明滅」也。個人以爲最末二說較他說簡單易解，當以此二說爲近之。除了本闋詞之外，其他詞作中之「山額」爲額黃，係女性之裝飾、「山枕」爲家俱、「屏山」爲畫屏之山、「黛眉山兩點」指的是眉形。這些詞語，或爲女性閨閣中擺設的物件，或爲女性的扮飾，在語義範疇上皆跨越自然界的地理景致，而呈現新的意象。

　　然而這些物象在溫詞中出現的頻率並不高，除了山枕出現兩次外，〔註32〕其他皆僅出現一次。雖然次數不多，未能造成特有的內涵與意義。但將這些專屬女性的物品或裝飾與山相結合，並從女性主體之角度加以描寫運用，使得「山」成爲一種新的意象融入詩（詞）中，溫庭筠可謂文學上的第一人。

　　由本章的討論可以概略得知五代詞以前山的意象從單一到景物化到大量衍生的情形。在山意象發展的過程中，其姿態及種類雖然豐富，但大部分仍停留在自然界地理景致的範疇，山的意象在語義及運用上產生大的轉變，要等到五代時新的詞體、新的內容的產生才開始。

〔註32〕另一首爲〈更漏子〉，見《全唐五代詞》，頁208。

第四章　從語義修辭探索五代詞中的山意象

　　五代詞中的山意象總共出現了一百四十一次、[註1] 分布在一百二十八首詞中。相較於五代詞以前的作品，山的意象到了五代中有了新的發展。由於詞體早期是從歌樓酒肆中茁壯，因此不免受到當時的情境與所贈與的對象的影響。《花間集‧序》云：

　　　有綺筵公子，繡幌佳人，遞葉葉之花牋，文抽麗錦；舉纖
　　　纖之玉指，拍按香檀。不無清絕之詞，用助嬌嬈之態。

《花間集》係今日可見最重要的五代詞集，[註2] 而由這段話我們可以知道，五代詞實是文人騷客在酒筵中為「繡幌佳人」寫作，「用助嬌嬈之態」的。因此，在內容上自不免與這些「佳人」息息相關，甚或以女性的觀點或口吻寫作的作品亦所在多有。由於這樣的創作動機和環境，詞中意象的含義亦有新的變化。

　　從語義修辭上來說，五代詞中的山意象可分為五類，分別是：地理景致、閨閣擺飾、畫中山景、女子形貌與典故等五種，今即以此五類分別討論於後。

〔註 1〕參見五代詞山意象總表。
〔註 2〕張璋‧黃畬二人所編之《全唐五代詞》中，收五代詞八百零八首，
　　　　加上書末之無名氏詞所收五代詞九首，計八百一十七首。而此八百
　　　　十七首中，《花間集》即佔了五百首之多。

第一節　五代詞中山意象的地理景致

　　「地理景致」指的是自然界中的地理山景，五代詞中的山意象屬於此類範疇的有七十處，計六十一首。就六十一首的內容來說，約可分為五類，分別為風景遊興、漁父生活、去國行役、閨思情愁及其他較少之類別（懷古、邊塞與求仙）等，茲分別介紹於下：

一、風景遊興

　　以自然界秀麗山水為遊覽欣賞對象的詞有七首，其比例佔山意象地理景致之第二位。五代詞吟詠風景之比例之所以如此之高，一方面可歸因於中國山水詩傳統的影響，山的意象仍舊被視為自然的地理景觀，而與其他地理景致等量齊觀，成為人們遊賞的地點；另一方面更為重要的是，五代詞之作者多半屬位處南方之十國，而南國風景秀麗，吸引著騷人墨客的目光，遂成為詞人吟詠遊覽的所在，如歌詠南國風土人情最有名的李珣，其〈南鄉子〉十七首中即有三首描述南粵的山水：

> 歸路近，扣舷歌。採真珠處水風多〔註3〕。曲岸小橋山月過。
> 烟深鎖，豆蔻花垂千萬朵。（其三）

> 雙髻墜，小眉彎。笑隨女伴下春山。玉纖遙指花深處。爭
> 回顧，孔雀雙雙迎日舞。（其十四）

> 山果熟，水花香。家家風景有池塘。木蘭舟上珠簾捲。歌
> 聲遠，椰子酒傾鸚鵡酢。（其十六）

早期之詞牌多與詞作內容相關，顧名思義，〈南鄉子〉即寫與南國相關之風土人物，在這三首詞作中，如「採真珠處水風多」、「孔雀雙雙迎日舞」及「椰子酒傾鸚鵡酢」等物產珍禽都是南國才有的物產及風俗。而詞中以淺顯之語描敘遊覽風景之種種情趣，寫來真切可愛，實為描寫南粵熱帶風土之佳作。《栩莊漫記》云：「（李珣）〈南鄉子〉一調，或專為詠南粵風土而製，故作者一本調意為之也。珣詞如『騎象

〔註3〕「多」，《全五代詩》卷四十六作「和」，此處依紹興本《花間集》。

背人先過水』、……『夾岸荔枝紅照水』諸句，均以淺語寫景而極生動可愛，不下劉禹錫巴渝〈竹枝〉，亦《花間集》中之新境也。」〔註4〕俞陛雲亦云：「李珣詞有十七首之多，荔子輕紅，桄榔深碧，猩啼暮雨，象渡瘴溪，更縈以豔情，爲詞家特開新采。」〔註5〕可知李珣此詞倍受肯定。而三首詞中，第二首以簡單意象「春山」點出生命蓬勃的繽紛時序，兼爲遊覽的地點；而第一、三首之「山月」與「山果」爲精緻意象，在詩中與「小橋」、「豆蔻」、「水花」、「池塘」等自然景物一同呈現出南方清麗旖旎的湖光山色。同樣的詞牌與題材，寫出南國民間女子與山水間種種和諧快樂情狀的詞作，還有後蜀・歐陽炯的〈南鄉子〉：

> 嫩草如煙。石榴花發海南天。日暮江亭春影淥。鴛鴦浴。
> 水遠山長看不足。

本詞之清新可愛的風格亦與李珣之作相近，而由「水遠山長」可看出山水仍然齊觀，僅爲風景之一體。

秀麗的山水除了是民間的人民生活之處外，其美景更吸引著習於奢靡習氣的貴族，而成爲他們遊玩、享樂之所在。後唐莊宗・李存勗的〈歌頭〉〔註6〕寫出了當時君主貴族四時徜徉山水、賞遊行樂之狀：

> 賞芳春，暖風飄箔。鶯啼綠樹，輕煙籠晚閣。杏桃紅，開繾
> 䓕。靈和殿，禁柳千行，斜金絲絡。〔註7〕夏雲多，奇峰如
> 削。紈扇動微涼，輕綃薄。梅雨霽，火雲爍。臨水檻，永
> 日逃煩暑，泛觥酌。　　露華濃，冷高梧，彫萬葉。一霎
> 晚風，蟬聲新雨歇。惜惜此光陰如流水，東籬菊殘時，歎
> 蕭索。繁陰積，歲時暮，景難留，不覺朱顏失卻。好容光，
> 旦旦須呼賓友，西園長宵，讌雲謠，歌皓齒，〔註8〕且行樂。

〔註4〕李冰若《花間集評注》，卷十，頁237。

〔註5〕俞陛雲《五代詞選釋》，頁69。

〔註6〕〈歌頭〉，李調元《全五代詩》題作〈短歌〉，見該書卷九。

〔註7〕「禁柳千行，斜金絲絡」二句，《全五代詩》又斷作「禁柳千行斜，金絲絡」，見該書卷九。

〔註8〕「西園長宵，讌雲謠，歌皓齒」三句，《全五代詩》又斷作「西園長

本詞見於《尊前集》，共一百三十六字，為「長調之祖」，〔註9〕內
容則分別依四時順序，歌詠當時貴族遊覽行樂之情狀，山水亦在詞
中為遊興之對象。本詞藝術手法不高，或許只是當時行樂所歌，張
璋、黃畬按曰：「此〈歌頭〉一闋，相傳為唐莊宗所製，計一百三十
六字長調。詞中惟分詠四季景物，其語塵下，乏沉雄悲壯之概，疑
是偽作。因莊宗好俳優，或係當時伶工進御之言，故詞中止及四時
花事。《尊前集》既列在莊宗名下，姑從之收入。」〔註10〕早期詞作
皆可合樂而歌，所重在歌舞助興，詞之內容技巧往往乏善可陳，而
本詞之「好容光，且且須呼賓友，西園長宵，讌雲謠，歌皓齒，且
行樂。」正表現出當時莊宗挾俳優，聲樂同遊山水的奢靡情形。至
於張、黃二位先生言「其語塵下，乏沉雄悲壯之概」而「疑是偽作」，
僅以風格論之，證據稍嫌不足；此外又有言長調之興起當在北宋，
本詞應是偽作之說法，則由《敦煌曲子詞》見世後，曲中不少長調
之詞，可知此說亦不能成立。類似的遊宴之詞，後蜀・歐陽炯亦有
〈春光好〉一闋：

> 花滴露，柳搖烟。豔陽天。雨霽山櫻紅欲爛，谷鶯邊。　　飲
> 處交飛玉斝，遊時倒把金鞭。風颭九衢榆葉動，簇青錢。

歐陽炯歷仕前、後蜀，累官至門下同平章事，入宋後又任左散騎常
侍，為「五鬼」之一，後蜀君臣生活極為奢靡，宋太祖伐蜀，後主
孟昶與其子玄詰率兵抗之，而玄詰「輦其愛姬，攜樂器令人數十以
從」，〔註11〕臨陣對敵尚且如此，其奢靡之情形可想而知，本詞之花
露、柳烟、山櫻、谷鶯，皆為遊覽山水時所見，而飛斝盡興，可見
其笑傲行樂之狀。

除了上述六首之外，南唐・李後主煜之〈青玉案〉亦為遊賞之作。

宵讌，雲謠歌皓齒」，見該書卷九。
〔註9〕俞彥《爰園詞話》，《詞話叢編》，頁402。
〔註10〕張璋・黃畬《全唐五代詞》卷四，頁324。
〔註11〕宋歐陽修《新五代史》卷六十四〈後蜀世家〉。

二、漁父生活

　　以漁父生活為題材之詞作中，使用山意象者共有六首，分別是後梁·李夢符的〈漁父引〉、前蜀·李珣的〈漁歌子〉三首、〈漁父〉一首及後蜀·歐陽炯的〈漁父〉。顧名思義，此處之漁父生活實即皆寫漁隱生涯，這六首寫漁父生活的詞有一特色，亦即作者以悠遊之態度，寫漁獵所見之湖光山色，山水共詠，呈現一幅幅清新美麗的圖畫，如後梁·李夢符的〈漁父引〉：

　　　　村寺鐘聲度遠灘。半輪殘月落山前。徐徐撥棹卻歸灣。浪
　　　　疊朝霞錦繡翻。

　　山月遠鐘，水撥浪翻，完全一幅悠遊景象，而「浪疊朝霞錦繡翻」略帶有穠麗色彩。後蜀·歐陽炯〈漁父〉詞也寫出了漁樵的田園之景：

　　　　風浩寒溪照膽明。小君山上玉蟾生。荷露墜，翠煙輕。撥
　　　　刺游魚幾箇驚。

「君山」即湘山，位於洞庭湖中，《水經注·湘水》：「〔洞庭〕湖中有君山、編山，……是山，湘君所游處，故曰『君山』矣。」君山雖有湘君之神話，然而在此係直指地理上洞庭湖中山；「玉蟾」指月亮，小君山的月出是最動人的，伴著這樣的美景，漁父在湖中看著荷露輕墜，青煙裊裊，自在地捕魚，是多麼美麗地一幅圖畫啊！漁父生活除了悠閒自適之外，更是隱士寄懷之處，李珣〈漁歌子〉三首：

　　　　楚山青，湘水淥。春風澹蕩看不足。草芋芋，花簇簇。漁
　　　　艇棹歌相續。　　信浮沉，無管束。釣迴乘月歸灣曲。酒
　　　　盈斟，雲滿屋。不見人間榮辱。（之一）

　　　　柳垂絲，花滿樹。鶯啼楚岸春山〔註12〕暮。棹輕舟，出深
　　　　浦。緩唱漁歌歸去。　　罷垂綸，還酌醑。孤村遙指雲遮
　　　　處。下長汀，臨淺渡。驚起一行沙鷺。（之三）

　　　　九疑山，三湘水。蘆花時節秋風起。水雲間，山月裏。棹
　　　　月穿雲游戲。　　鼓清琴，傾淥蟻。扁舟自得逍遙志。任
　　　　東西，無定止。不議人間醒醉。（之四）

〔註12〕「山」，王國維輯本《瓊瑤集》作「天」，此處依紹興本《花間集》。

九疑山與楚山在此亦是地理上的山景，本組詞上闋寫景，山水與景物並稱，下闋言情；不但寫出了山水一色的淡秀景象，更寫出漁隱生涯之閒適與個人之胸襟。李珣其先為波斯人，後家梓州，其妹舜絃為前蜀王衍昭儀，珣嘗以秀才預賓貢，《花間集》稱其為「李秀才」，前蜀亡，不仕，可知李珣個人的志節，而本組詞所言之「酒盈斝，雲滿屋，不見人間榮辱」與「鼓清琴，傾淥蟻，扁舟自得逍遙志。任東西，無定止，不議人間醒醉」其中所懷之歸隱志節，實與《楚辭》之〈漁父〉一脈，而豁達則勝之。

三、去國行役

　　去國行役之題材出現山意象的詞作共有六首，分別是李煜〈浪淘沙〉、〈破陣子〉、〈望江梅〉〔註13〕與〈開元樂〉，潘佑「失調詞」，李珣〈巫山一段雲〉等。

　　李煜之作，皆為國亡後思念故國之感情：

　　　簾外雨潺潺。春意闌珊。羅衾不耐五更寒。夢裏不知身是
　　　客，一餉貪歡。　　獨自莫憑闌。無限江山。別時容易見
　　　時難。流水落花春去也，天上人間。〈浪淘沙〉

　　　閒夢遠，南國正清秋。千里江山寒色遠，蘆花深處泊孤舟。
　　　笛在月明樓。〈望江梅〉

　　　四十年來家國，三千里地山河。鳳閣龍樓連霄漢，玉樹瓊枝
　　　作烟蘿。幾曾識干戈。　　一旦歸為臣虜，沈腰潘鬢消磨。
　　　最是倉皇辭廟日，教坊猶奏別離歌。垂淚對宮娥。〈破陣子〉

三首詞皆寫亡國之痛，而山的意象如「江山」、「山河」等，雖為「山」「水」組合而成的合成意象，在此實用以象徵社稷國家，與南朝之詩中僅用來形容地理景觀不同，〔註14〕則「江山」在五代詞之義蘊已從純粹地理景致之範疇轉化為兼有「國家」與「地理景觀」兩者之象徵。除此之外，詞中又重以「無限」、「千里」及「三千里」等

〔註13〕本詞又傳為晏殊所作，見《全宋詞》。
〔註14〕參見第三章。

極廣大之數形容「江山」，不但代表著地理上的遼闊，更顯現出「國家」在後主心目中之重要，而增添無限之感傷與沈痛。由此可知「江山」在詞中的地位已不再是一般的地理景觀，僅是觀覽對象之一景，而是在語義上有了更豐富的內涵，扮演著更重要的角色。至於李珣的〈巫山一段雲〉則寫行役之情：

> 古廟依青嶂，行宮枕碧流。水聲山色鎖粧樓。往事思悠悠。
> 　　雲雨朝還暮，煙花春復秋。啼猿何必近孤舟。行客自
> 多愁。

題目雖爲〈巫山一段雲〉，然與巫山神女之事無關，僅是言行人見及巫山之山水風光而感傷之詞。山意象之地位與前述之風景類同仍未改變。

四、閨思情愁

閨思情愁主要在寫閨閣女性的種種情感，本類詞作共有三十六首，爲地理景致中山的意象出現最多者。由於女性之生活、感情與男性有很大的不同，因此山的意象對女性而言，也別有意義：

> 春豔豔。江上晚山三四點。柳絲如翦花如染。　　香閨寂寂門半掩。愁眉歛。淚珠滴破燕脂臉。（馮延巳〈歸自謠〉）
>
> 東風吹水日銜山。春來長是閒。落花狼藉酒闌珊。笙歌醉夢間。　　珮聲悄，晚妝殘。憑誰整翠鬟。留連光景惜朱顏。黃昏獨倚闌。（李煜〈阮郎歸〉）〔註15〕
>
> 晴雪小園春未到。池邊梅自早。高樹鵲銜巢，斜月明寒草。
> 　　山川風景好。自古金陵道。少年看卻老。相逢莫厭醉金杯，別離多，懽會少。（馮延巳〈醉花間〉）

詞中的「江上晚山」、「東風吹水日銜山」及「山川風景好」，皆是春天的美好山水景致的描寫，而藉美好之山水道出詞之後半段獨身女子「香閨寂寂」的幽居悲哀。這種「春女悲，秋士哀」〔註16〕的感情，

〔註15〕本詞又傳爲馮延巳作，但下闋稍有不同，見《陽春集》；又傳爲歐陽修作，見《歐陽文忠公近體樂府》。查本詞有「呈鄭王十二弟」，並有東宮府印，故斷爲李煜之作。

〔註16〕《淮南子·繆稱訓》卷十云：「春女悲，秋士哀，知物化矣。」，頁428。

為女性閨思感情的主流，前述三首詞即為此種思致之表現。

然而閨中女子年年盼望伊人歸來，卻年年失望而歸，由是幽居日久，孤單自守於閨閣之中，因此亦有轉而見春即感心寒憾恨者：

> 粉映牆頭寒欲盡。宮漏長時，酒醒人猶困。一點春心無限恨。羅衣印滿啼妝粉。　　柳岸花飛寒食近。陌上行人，杳不傳芳信。樓上重檐山隱隱。東風盡日吹蟬鬢。（馮延巳〈鵲踏枝〉）

> 梅花繁枝千萬片。猶自多情，學雪隨風轉。昨夜笙歌容易散。酒醒添得愁無限。　　樓上春山寒四面。過盡征鴻，暮景烟深淺。一晌憑闌人不見。鮫綃掩淚思量遍。（馮延巳〈鵲踏枝〉）

> 惆悵夢餘山月斜。孤燈照壁背窗紗。小樓高閣謝娘家。
>
> 　　暗想玉容何所似，一枝春雪凍梅花。滿身香霧簇朝霞。
>
> （韋莊〈浣溪沙〉）

內容皆言冬季雖將去，然冬梅猶有情，而春日將來卻更感寒心，故有「一點春心無限恨」的沈鬱之痛，此種幽微之心緒，實與杜詩「一片花飛減卻春」有異曲之妙。是故前首言隱隱無際之山，次首道春山之寒，二詞皆是以山之寒峭形象出現於詞中，其原因係緣於此。至於第三首之山意象─「山月」則為山中風景，屬精緻意象，在詞中除了景觀的功能外，更因為「斜」字使得「山月」有移動和時間的流逝感，而隱微地表現出詞中女子徹夜難眠、思念伊人的憂思愁緒。

除了春愁之外，秋天之蕭條風物有時也引起幽居女子之悲傷心情：

> 霜積秋山萬樹紅。倚簾樓上挂朱櫳。白雲天遠重重恨，黃草烟深淅淅風。琴韻梁州曲，吹在誰家玉笛中？（馮延巳〈拋球樂〉）

> 坐對高樓千萬山。雁飛秋色滿闌干。燒殘紅燭暮雲合，飄盡碧梧金井寒。咫尺人千里，猶憶笙歌昨夜歡。（馮延巳〈拋球樂〉）

梧桐落，蓼花秋。烟初冷，雨才收。蕭條風物正堪愁。人去後，多少恨，在心頭。　燕鴻遠。羌笛怨。渺渺澄江一片。山如黛，月如鈎。笙歌散，魂夢斷，倚高樓。（馮延巳〈芳草渡〉）

霜落小園瑤草短。瘦葉和風，惆悵芳時換。懊恨年年愁不管。朦朧如夢空腸斷。　獨立荒池斜日岸。牆外遙山，隱隱連天漢。忽憶當年歌舞伴。晚來雙臉啼痕滿。（馮延巳〈鵲踏枝〉）

前三首詞中之山皆是秋日蕭瑟之景象，女子見繁華景象又逝，雁又南歸，因而益增己之閨愁，故曰：「蕭條風物正堪愁」，與眼見春日之樂而襯己之悲相比，其途雖二，而其心實一。而末首詞之隱隱「遙山」，不但藉著山之「遙」表現出所盼距離之遠，亦間接地傳達出女子之幽怨，其實亦深遠無盡。

　　山的意象在五代閨怨詞中，除了景物所帶給女子的特殊意義外，亦如五代以前的詩歌，有著地理上的阻隔意義：

獨上小樓春欲暮。愁望玉關芳草路。消息斷，不逢人，卻斂細眉歸繡戶。　坐看落花空歎息。羅袂溼斑紅淚滴。千山萬水不曾行，魂夢欲教何處覓。（韋莊〈木蘭花〉）

後庭寂寂日初長。翩翩蝶舞紅芳。繡簾垂地，金鴨無香。誰知春思如狂。憶蕭郎。等閒一去，程遙信斷，五嶺三湘。　休開鸞鏡學宮妝。可能更理笙簧。倚屏凝睇，淚落成行。手尋裙帶鴛鴦。暗思量。忍孤前約，教人花貌，虛老風光。（李珣〈中興樂〉）

一重山。兩重山。山遠天高烟水寒。相思楓葉丹。　菊花開，菊花殘。塞雁高飛人未還。一簾風月閒。（李煜〈長相思〉）

秋已暮。重疊關山岐路。嘶馬搖鞭何處去。曉禽霜滿樹。　夢斷禁城鐘鼓。淚滴枕檀無數。一點凝紅和薄霧。翠娥愁不語。（牛希濟〈謁金門〉）〔註17〕

〔註17〕此詞又傳爲馮延巳作，見《陽春集》。

沙塞依稀落日邊。寒宵魂夢怯山川。離居漸覺笙歌懶，君
逐嫖姚已十年。（陳陶〈水調詞〉）

野花芳草。寂寞關山道。柳吐金絲鶯語早。惆悵香閨暗老。
　　羅帶悔結同心。獨凭朱欄思深。夢覺半床斜月，小窗
風觸鳴琴。（韋莊〈清平樂〉）

上述詞中的「五嶺三湘」、「千山萬水」、「關山」與「重山」都是極
言山水等地理形勢的阻隔而造成的憾恨，《栩莊漫記》曰：「『千山』
『魂夢』二語，盪氣迴腸，聲哀情苦。」；﹝註18﹞而牛希濟〈謁金門〉
將關山與岐路堆疊相連，更顯現出戀人之間相隔之無助與困難。是
故李于鱗亦曰：「因隔山水而起各天之思，爲對楓菊而想後人之歸。」
﹝註19﹞可知此類山水阻隔所造成的深閨怨情。也就是這樣的險阻和
困難，方才使人有「寒宵魂夢怯山川」的畏懼之言與「關山道」總
是「寂寞」的用法。

　　連綿不絕的地理形勢，偶而在五代詞中也用來形容自己，而產生
如下的特殊用法，成彥雄〈楊柳枝〉：

遠接山河高接雲。雨餘洗出半天春。牡丹不用相輕薄，自
有清陰覆得人。

由詞牌可知本詞爲詠柳之作，前半段言雨後之楊柳所帶來的連綿山
河、高接入雲的半天春色，而後半則以此高接入雲的半天柳樹所帶
來的「清陰」對諷「牡丹」之相輕。仔細玩味此詞之意，實寓有爲
歌妓（或平民）抱持不平之意。詞中的「山河」係取山之連綿不絕
之意象。

　　地理景致中的山意象做爲處所的用法，與前代詩歌類同，多數的
意象帶有景觀的色彩：

春山夜靜。愁聞洞天疏磬。玉堂虛。細霧垂珠珮，輕烟曳
翠裾。　　對花情脈脈，望月步徐徐。劉阮今何處，絕來
書。（李珣〈女冠子〉）

﹝註18﹞李冰若《花間集評注》，卷三，頁79。
﹝註19﹞張璋‧黃畲《全唐五代詞》引李于鱗語，見該書467頁。

春山烟欲收，天澹稀星小。殘月臉邊明，別淚臨清曉。　　語
已多，情未了。迴首猶重道。記得綠羅裙，處處憐芳草。（牛
希濟〈生查子〉）

芳草長川，柳映危橋橋下路。歸鴻飛，行人去。碧山邊。
　　風微烟澹雨蕭然。隔岸馬嘶何處。九迴腸，雙臉淚，
夕陽天。（馮延巳〈酒泉子〉）

第一首詞中之「劉阮」本事於五代詞經常出現，係言劉晨、阮肇入天
臺山逢仙女之事，語出南朝宋劉義慶《幽明錄》，《幽明錄》曰：

漢明帝永平五年，剡縣劉晨、阮肇，共入天臺山上取谷皮，
迷不得返。……度，出一大谿，谿邊有二女子，姿質妙絕……
遂住半年，天氣常如二三月。晨肇求歸不已，女乃儻主女
子有三十人，集會奏樂共送劉阮，指示還路。既出，親舊
零落，邑屋全異，無復相識。問得七世孫，傳聞上世入山
迷不得歸。

此一故事屬於仙鄉神話的範疇，著重在凡人如何遇仙之際遇。至中
唐以後，則由於文人狎伎之風，而有將遊仙傳說與狹邪相合之情形，
李豐楙〈仙、妓與洞窟——從唐到北宋初的娼妓文學與道教〉一文
中說：

遊仙的隱喻系列中，有仙洞，就有上演的洞仙、仙郎，將
人仙之間的姻緣落實於狹邪之行中，形成一些虛幻的情
戀。它表現在三方面：就是普遍使用元、白等中唐詩人所
使用的洞仙意象，表現於遊妓院的歌詠中……從德宗到宣
宗年間，教坊及妓院相互激盪，形成娼妓制度的特殊發展，
也就在這一時期內，詩人建立了娼妓文學的主要特微，將
劉阮誤入仙境、張生遊歷仙窟的小說情節賦予新意或強化
其意，形成具有新鮮感的新隱喻關係。[註20]

可知劉阮之仙鄉神話至中唐已為娼妓文學吸納，而有新的喻義。表面
上「直寫女仙，輾轉衍生相關的意象……是當時詩人所體會的神話象
徵的表現手法：不直言妓，而又時多暗示其為妓院中人的身分，因此

[註20]　《宋代文學與思想》，頁484。

神仙意象只是一假象世界」。〔註21〕然而此一隱喻至五代詞，又有新的轉變，而與娼妓之主題漸遠。以本詞爲例，「女冠子」——即爲女性之道士，詞中言「春山」、言「洞天」、「疎磬」皆是山中之種種，因此應與娼妓無關。又在詞之內容上，全詞係從女子之角度出發，著重刻畫其內心之世界，言滯居仙山（天臺）的女子與凡人相戀、分離之後如何寂寞之心情。劉、阮之典故，在此係借以表現女子別後不歸的心情與曾經發生之短暫美好戀情。是故此處劉、阮之神仙故事在此應與狎妓主題無關，而是與襄王遊巫山會神女事兩事類同，皆言凡人與神女之短暫而美好之戀愛。〔註22〕本闋詞選用此典故與詞牌、內容實有相應之處。至於前兩首詞中的「春山」都是言閨中女子所在之處所，前首「春山夜靜」之山爲「女冠子」所居之處；而後首「春山煙欲收」之山則爲女子與戀人相別之地，二者皆有景觀色彩。陳廷焯評牛希濟〈生查子〉曰：「『春山』十字，別後神理。」〔註23〕可見其寫景寓情之妙。而第三首馮詞〈酒泉子〉之「碧山」亦爲春日生機勃發之山，以襯女子春日別離難捨之情。至於純粹用做地點之用法，亦有二例，爲毛熙震之〈後庭花〉與馮延巳之〈應天長〉：

> 鶯啼燕語芳菲節。瑞庭花發。昔時歡宴歌聲揭。管絃清越。
>
> 　　自從陵谷追遊歇。畫梁塵黦。傷心一片如珪月。閒鎖
> 宮闕。（毛熙震〈後庭花〉）
>
> 石城山下桃花綻。宿雨初收雲未散。南去櫂，北歸雁。水
> 闊天〔註24〕遙腸欲斷。　　倚樓情緒懶。惆悵春心無限。
> 忍淚兼葭風晚。欲歸愁滿面。（馮延巳〈應天長〉）〔註25〕

〔註21〕同前註，頁483。

〔註22〕李豐楙對本詞亦以爲「並非妓人的隱喻」，而是「修眞時深居道觀的生活也是寂寞的，因而就有一絲祈求仙郎的期望」，同前註，頁505。筆者認同前一點，但對此闋詞之解釋則略有不同。筆者以爲由於詞中女冠懷情之心緒甚濃，因此應是相戀，而非只是「一絲祈求仙郎的期望」而已〈重點爲筆者所加〉。

〔註23〕陳廷焯《閒情集》卷一，頁6。

〔註24〕《六一詞》、《全唐詩‧附詞》作「山」。

〔註25〕此詞又見於《六一詞》，故傳爲歐陽修所作，而《全唐詩‧附詞》、《陽

前首詞之「陵谷」為昔日遊宴之處，而次首之「石城山」則為女子所見之山名，此兩首詞中的山的意象雖僅是交代地點，然而與前面幾首作品相同的是，這些「自然景致」的山都帶給女子惆悵之感。

　　因此，從前面閨怨主題的詞中，我們會發現山的意象作為遊覽的地點或女子欣賞的風景的作品不多，反而是採取一種遠望的企盼態度來看待山，這種遠望的態度透露出以女子為描寫對象的詞作中，由於主體的置換（由男性轉為女性），造成人與自然的山景產生不同的互動模式（如圖一）。

圖一：女子與自然關係之一

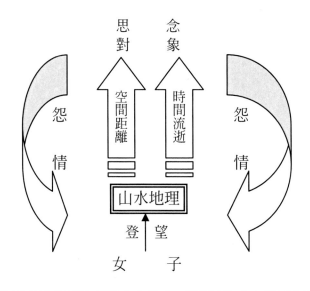

　　這種模式代表著地理景致中的山，實已轉化成女子思念戀人的觸媒。因為山總是令女子與心愛的人隔絕，總是使女子想到與伊人在山中共遊的快樂時光，因此詞中女子總是無法與山同樂，無法盡情在山中遊覽，望山即懷人追思。由此可知，景觀意義不再是山意象存在於詞中的主要涵義，而是五代詞中女子等待或憾恨的來源。

春集》均作馮詞。

　　更進一步的，由於山在五代詞中較其他自然景致有此一特殊意涵，是故，在專力以女性為寫作主體的閨怨主題中，「山」的意象常因為此一特別意義而表現出其特有的角色與地位，造成「山」漸漸遠離其他自然物象，與其他物象區隔，成為女子痛苦等待或理想快樂的象徵：

　　　醉憶春山獨倚樓。遠山迴合暮雲收。波間隱隱仍歸舟。

　　　　早是出門長帶月，可堪分袂又經秋。晚風斜日不勝愁。

　　（馮延巳〈浣溪沙〉）

　　　幾度鳳樓同飲宴。此夕相逢，欲勝當時見。低語前歡頻轉
　　　面。雙眉斂恨春山遠。　　蠟燭淚流羌笛怨，偷整羅衣，
　　　欲唱情猶嬾。醉裏不辭金盞滿。陽關一曲腸千斷。（馮延巳
　　　〈鵲踏枝〉）

上引二詞言「憶」春山與「恨」春山「遠」皆與閨中女子面對山特有的心態有關，試問：若非春山曾為昔日歡樂所在，又何需「憶」春山之種種？又春山若非心中想望之快樂情境之象徵，則眼前即可見之「春山」又如何可謂之「遠」？而「恨」又從何而來？是故，「春山」因為曾是兩人歡愛的場所，而成為閨怨女子心中得與等待之人相聚的桃花源的象徵。而這種象徵所帶來的變化，我們可說五代詞中山意象至此已因閨閣主題而產生了閨閣化（如圖二）。

圖二：女子與自然關係之二

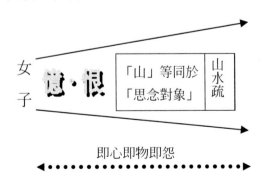

　　由此一關係圖可以看出，山意象於作品中的對待，已不再著重於景觀意義，而是單獨地出現，成為女子怨情之來源與對象。在這種情形下，山與其他自然物象的關係是相當疏離的，「山」在外表上雖然好像是景觀範疇的自然景致，實際上卻早已轉入女子心中，並只在其心中，成為某一特定意義的象徵。

　　馮延巳的〈虞美人〉，則展現了這種閨閣化的另一面向。此即，山水在詞中（女子心中）不僅是疏離的關係，還是分離與對立的關係：

　　　春山〔註26〕拂拂橫秋水。掩映遙相對。祇知長坐碧窗期。誰信東風吹散、綠霞飛。〔註27〕　　銀屏夢與飛鸞遠。祇有珠簾捲。楊花零落月溶溶。塵掩玉箏絃柱、畫堂空。

表面上看來，春山與秋水皆為耳目可見之地理景致，兩者同為女子眼前的風景。然而若如前面所言，春山為閨中女子心中桃花源之象徵，則詞中山與水的角色即有了完全相反的轉變。春山成為女子想望之對象，遙遙映立在女子面前，可望而不可即；秋水則轉為橫亙阻礙的地理，令女子感到心寒憾恨。山和水在本首詞這種完全相反的地位亦可由山意象之修辭中看出，「春」與「秋」係相對之節氣，一蘊含生機，一蕭瑟肅殺，因此不可能同時出現在一首寫實的詞中。而馮延巳卻將這兩個不可能同時出現之季節同時寫入詞中，代表作者心中係經過刻意的選擇，透露出對於山與水兩個意象之意義已不再相提並論，而採取山為愛情桃花源之象徵、水仍為地理之景致的看法，因此，我們可以從此闋詞中描繪出女子與自然關係圖之三。

〔註26〕「春山」，《花草粹編》、《全唐詩‧附詞》作「春風」，而四印齋本《陽春集》作「春山」。若以下句「掩映遙相對」觀之，則無形之「春風」似不能稱「掩映」於水面，更無法與女子「相對」；故當以「春山」為宜。另外，「春山」是否能「拂拂」，則山間通常有雲霧繚繞，風起飄動，是亦可稱為「拂拂」。故此處仍用「春山」二字。

〔註27〕「綠霞飛」三字，《花草粹編》、《歷代詩餘》、《全唐詩‧附詞》均作「彩雲飛」。

圖三：女子與自然關係之三

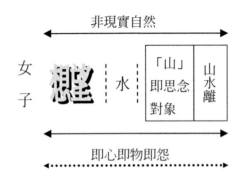

此一關係中，山水的分離已相當明顯，究其原因，皆因爲五代詞中的女子懷有特別的心態看待山，而使得山有著特別的意涵。同樣的心態，也使得「遠山」與「關山」在其他詞中有了新的意義：

> 越女淘金春水上，步搖雲鬢珮鳴璫。渚風江草又清香。
>
> 　不爲遠山凝翠黛，只應含恨向斜陽。碧桃花謝憶劉郎。
>
> （薛昭蘊〈浣溪沙〉）
>
> 秋入蠻蕉風半裂。狼藉池塘，雨打疏荷折。繞砌蛩聲芳草
>
> 歇。愁腸學盡丁香結。　　回首西南看晚月。孤雁來時，
>
> 塞管聲鳴咽。歷歷前歡無處說。關山何日休離別。（馮延巳
>
> 〈鵲踏枝〉）

詞中的「遠山」與「關山」皆只是地理之景致，然而因爲女子心中總是盼望遠處之男子歸來，而使「遠山」與「關山」成爲遲遲不歸的伊人的象徵，產生了爲山凝眉與關山休離別等與山對話之詞句。

　　閨思情愁一類的最後一首係李珣的〈河傳〉，本首並非刻劃女子心態之閨怨詞，而係以男性一方著眼，描寫其自身客居異鄉的相思之情。以內容論本詞原不應置此，然因在寓有山意象之詞作，以男性目光著眼所寫之相思僅此一首，故姑置此部分，或可做爲對照之用：

> 去去。何處。迢迢巴楚。山水相連。朝雲暮雨，依舊十二

峰前。猿聲到客船。　　愁腸豈異丁香結。因離別。故國
音書絕。想佳人花下，對明月春風。恨應同。(李珣〈河傳〉)

「十二峰」指的是巫山，因巫山有望霞、翠屏、朝雲、松巒、集仙、
聚鶴、淨壇、上昇、起雲、飛鳳、登龍及聖泉等十二座山峰故。本詞
之上闋寫景，言故鄉遼渺，而行旅巫山（十二峰），聞猿生愁之行程；
藉以起下闋之與佳人離別之情。而詞中之山的意象為「山水」與「十
二峰」，前者為地理之阻礙，而後者為行客所行之處，言巫山之猿聲，
並未與巫山之神話相關。由此可知二者皆為行旅所及，與女性閨愁中
時時望山而嘆之情景適巧相反。

是故，我們可以從這首男性觀點的愛情之詞，看出山的意象在以
女性為寫作對象的作品有了新的變化：

甲、對於女性來講，地理景致中的山極少成為遊賞的處所（比例
　　為三十二比四），而多半成為遠隔眺望之對象。

乙、地理景致的山意象已不僅是單純的景觀意義，而轉化為女子
　　與戀人相逢之桃花源的象徵。

丙、在部分之詞作中，山已不再與其他景物相提並論，成為景觀
　　之一面；而單獨獨立出來。

五、其他

其他類的詞，包含懷古、邊塞與求仙三種題材，由於五代詞中這
三種題材的詞作過少（每種至多不超過三首）且內容多不出前人窠
臼，故不單獨成為一類而擬集中於此討論之。

1. 懷古

此小類之詞有三首，分別是康駢的〈廣謫仙怨〉與薛昭蘊的〈浣
溪沙〉及牛希濟的〈臨江仙〉等，茲分別討論於後：

晴山礙目橫天。綠疊君王馬前。鑾輅西巡蜀國，龍顏東望
秦川。　　曲江魂斷芳草，妃子愁凝暮烟。長笛此時吹罷，
何言獨為嬋娟。(康駢〈廣謫仙怨〉)

關於本首詞作之內容，康駢於本詞前有序云：「竇使君序〈謫仙怨〉
云：『劉隨州之辭，未知本事。及詳其意，但以貴妃爲懷，蓋明皇登
駱谷之時，實有思賢之意。竇之所製，殊不述焉。』駢因更廣其辭，
蓋欲兩全其事，雖才情淺拙，不逮二公，而理或可觀，貽諸識者。」
可知康駢做此詞之用意，係用唐玄宗避難巴蜀，於駱谷眺望長安之本
事，詞中「晴山」即是指遮蔽玄宗目光之山川，言天氣雖好，視野雖
遠，然極目所至，仍是無窮無盡之山巒。山的意象在此雖爲地理之阻
礙，然實亦兼含有人事動亂、阻斷歸途之意。至於薛昭蘊的〈浣溪沙〉
則是借風景不殊的地理山河景象，映襯人事全非之感慨：

> 傾國傾城恨有餘。幾多紅淚泣姑蘇。倚風凝睇雪肌膚。
>
> 吳主山河空落日，越王宮殿半平蕪。藕花菱蔓滿重湖。

可見山河二字於此詞中亦爲地理之景致。至於第三首懷古詞牛希濟的
〈臨江仙〉如下：

> 江繞黃陵春廟閒。嬌鶯獨語關關。滿庭重疊綠苔斑。陰雲
> 無事，四散自歸山。　　簫鼓聲稀香爐冷，月娥斂盡彎環。
> 風流皆道勝人間。須知狂客，判死爲紅顏。

「黃陵」爲位於湘水旁，祭祀娥皇、女英兩位舜妃子之廟名。〈韓愈・
黃陵廟碑〉曰：「湘旁有廟曰『黃陵』，自前古以祠堯之二女舜二妃
者」，故本詞所詠爲湘妃。上闋寫景，言黃陵廟之閑冷，山在此處爲處所詞
交代地點用法，係陰雲四散之去處；下闋則「轉入自身」 [註28] 言其
所感，其感情之轉折甚爲奇特，賀裳云：「『風流皆道勝人間。須知狂
客，拚死爲紅顏。』抑何狂惑也！然詞則妙矣。」 [註29]

2. 邊塞

邊塞之詞僅有一首，爲孫光憲的〈定西番〉：

> 雞祿山前遊騎，邊草白，朔天明。馬蹄輕。　　鵲面弓離
> 短韜，彎來月欲成。一隻鳴髇雲外，曉鴻驚。

〔註28〕蕭繼宗評點校注《花間集》，頁286。
〔註29〕賀裳《皺水軒詞筌》，見《詞話叢編》，頁707。

《水經注》:「漢武帝元朔二年,開朔方郡,縣即西部都尉治。有道,自縣西北出雞鹿塞,一作雞祿。」〔註30〕可知雞祿山位於邊地,而於詞中僅為地點,為地理名詞;至於本首詞之內容,則是「隨題敷衍,了無佳處。」〔註31〕並無特出之處。

3. 求仙

以求仙為主題的詞作共有兩首,分別是陳陶的〈步虛引〉與牛希濟之〈臨江仙〉,茲先討論陳陶的〈步虛引〉:

> 小隱山人十洲客。莓苔為衣雙耳白。青編為我忽降書,暮
> 雨虹蜺一千尺。　　赤城門閉六丁直。曉日已燒東海色。
> 朝天半夜聞玉雞,星斗離離礙龍翼。

本首詞牌為〈步虛引〉,「步虛」二字,為道教之音聲。《異苑》云:「陳思王遊山,忽聞空裏誦經聲,清遠遒亮,解音者則而寫之,為神仙聲,道士效之,作步虛聲。」〔註32〕可知本詞當為求仙之詞。至於詞中的「山人」為山之衍生意象,以人歸隱於山中,故稱為「山人」,在詞中係表明作者之身分,與詞牌若相符合。至於另一首牛希濟之〈臨江仙〉如下:

> 謝家仙觀寄雲岑。巖蘿拂地成陰。洞房不閉白雲深。當時
> 丹灶,一粒化黃金。　　石壁霞衣猶半挂,松風長似鳴琴。
> 時聞唳鶴起前林。十洲高會,何處許尋。

詞中之「雲岑」為高聳入雲之仙山,係詞中「仙觀」之地點。

總括說來,五代詞地理景致中的山意象,屬於風景遊興者有七首,漁父生活者有六首,去國行役者有六首、閨思情愁者有三十六首,其他者有六首。而由本節的討論歸納言之,我們可以發現這些題材的詞作可大略區分為兩個趨勢:其一為題材、意義與用法幾乎皆前有所承者(除了李煜詞作中的「江山」意象),主要是風景遊興、漁父生活、去國行役及其他等類,此部分約佔總數的百分之四十一。

〔註30〕酈道元《水經注》卷一,頁 41。
〔註31〕李冰若《花間集評注》卷八,頁 193。
〔註32〕劉敬叔《異苑》卷五。

另一趨勢則爲描寫女性「閨怨」的詞作,約佔百分之五十九,爲總數的一半以上。由於一半以上的作品係集中描寫女性「閨怨」的心情,這種模擬「女性」心態以女性爲主體而作的作品,已使山的意象從詩人徜徉遊覽的處所慢慢轉變爲想望、盼望對象的象徵。而五代詞山的意象中地理景致的這種意象上的改變,可說是山意象在不同範疇中意義轉折的開始。

第二節　五代詞中山意象的閨閣擺飾

五代詞山意象中的閨閣擺飾共出現二十次,計十九首。分別是山枕、博山爐、山屏及其他等。茲依順序討論於後:

一、山枕

山枕爲枕頭的一種,爲房內置於床上的睡覺用品。關於山枕的形狀,葉嘉瑩說:

> 中國古代還有一種硬的枕頭,……大概是 ⬭ 中間凹下去,兩邊翹起來的這樣的形狀,恰巧可以把頭放上去。這樣的枕頭我見過,小時候我伯母夏天枕的瓷枕,很涼快。不像我們枕的枕頭,把頭全包起來。就是這種兩邊高起來的硬枕,象山的形狀,所以說是山枕。五代時 "山" 是可以形容 "枕" 的。〔註33〕

可知葉先生以爲兩邊高起來,爲象山的形狀的硬枕爲山枕,山係形容枕的形狀的。以現今可見的中國古代的硬枕,如陶瓷枕、玉枕、石枕、木枕等,大半皆是這種兩邊高起來的形狀,然而卻沒有以「山枕」稱呼此類枕頭的用法。而且若以兩邊高起來的形狀言「山」的形狀,僅能說是半邊山的形狀而已,很難以整座山的觀點觀之命名。以現今遺留或出土的唐宋硬枕觀之,可以發現這些硬枕除了皆具中央低、兩邊高的形制外,枕頭的造形與外觀上實有多方的巧思與變

〔註33〕葉嘉瑩《唐宋詞十七講》,頁20。

化。例如北宋極流行的「孩兒枕」，其造形係以孩兒形狀爲造型，或「伏臥墊褥上雙手相抱作枕，轉頭側視，背腰圓軟，供人『薦首』」，〔註34〕或「雙手執一片大可覆身的蓮葉，作人臥睡的枕面」。可見孩兒枕係以孩兒爲枕之造型而得名；又有以俯看平面之造形命名的，如金朝的「白地黑彩『赦鬼』字如意形枕」，即以俯看爲如意之形狀。除了形狀之外，枕上亦繪有圖案或文字，圖案以山水、松、竹、牡丹、魚嬰、八寶……等較爲常見。今日所見枕頭並無以山的造型製作的，然由以上的討論可以推敲出山枕當是以山爲造形，或其俯視時其平面爲山形的枕頭，或許彩繪有山水之圖案於其上。

　　在五代詞中，山枕一詞共出現十一次。由於枕頭爲睡眠之用具，因此山枕在五代詞中的運用亦與睡眠有關：

> 雙眉澹薄藏心事。清夜背燈嬌又醉。玉釵橫，山枕膩。寶帳鴛鴦春睡美。　　別經時，無限意，虛道相思憔悴。莫信綵箋書裏。賺人腸斷字。（牛嶠〈應天長〉）
> 春深花簇小樓臺。風飄錦繡開。新睡覺，步香堦。山枕印紅腮。　　鬢亂墜金釵。語檀偎。臨行執手重重囑，幾千回。（魏承班〈訴衷情〉）

以山枕此種最接近女子的寢具言其「膩」、「印紅腮」，充分表現出其睡夢之香酣。除了睡眠之外，山枕亦爲女子與情郎感情相互交流之媒介：

> 一爐龍麝錦帷傍。屏掩映，燭熒煌。禁漏刁斗喜初長。羅薦繡鴛鴦。山枕上，私語口脂香。（顧夐〈甘州子〉之一）
> 玉樓冰簟鴛鴦錦。粉融香汗流山枕。簾外轆轤聲。斂眉含笑驚。　　柳陰煙漠漠。低鬢蟬釵落。須作一生拚。盡君今日歡。（牛嶠〈菩薩蠻〉）

這兩首都是豔詞，而以山枕上之種種言「狎昵已極」〔註35〕之情事。

〔註34〕宋伯胤〈枕具—中國陶瓷枕研究專題之一〉。
〔註35〕王士禛《花草蒙拾》：「牛給事詞：『須作一生拚，盡君今日歡』狎昵已極。」此語雖評下闋最末二句，實即該詞上闋所言更勝於此。見《詞話叢編》，頁674。

山枕既曾爲女子與情郎歡會之媒介，一旦情郎離去後，自然也就成爲傳達女子孤單寂寞的意象：

> 曾如劉阮訪仙蹤。深洞客，此時逢。綺筵散後繡衾同。款曲見韶容。山枕上，長是怯晨鐘。（顧敻〈甘州子〉之三）
> 掩却菱花，收拾翠鈿休上面。金蟲玉燕。鎖香奩。恨厭厭。
> 雲鬢半墜懶重簪。淚侵山枕濕。銀燈背帳夢方酣。雁飛南。（顧敻〈酒泉子〉）

前首言歡樂逝去後，長夜不眠，輾轉反側於枕上之情狀；而後首則是深閨抱恨，故而淚流山枕。

山枕除了上述與女子實際生活細節相關，有時也以器物的用法出現在詞中，閻選〈浣溪沙〉：

> 寂寞流蘇冷繡茵。倚屏山枕惹香塵。小庭花露泣濃春。
> 劉阮信非仙洞客，嫦娥終是月中人。此生無路訪東鄰。

詞中的山枕與流蘇、繡茵和屏並爲閨中擺飾，僅在營造閨閣深冷景象並無特別之處。

總的說來，由於資料的缺乏，我們很難了解枕頭以山爲造形的用意爲何，而五代詞中山枕的用法似乎也僅與其實用功能產生關連，無法看出作者運用此一山的衍生意象有什麼特別的用意。

二、博山爐

博山爐爲香爐的一種，始於漢朝，宋呂大臨《考古圖》曰：

> 按：漢朝故事諸王出閣則賜博山香爐。晉《東宮舊事》曰：「太子服用則有博山香爐，象海中博山，下有槃貯湯，使潤氣蒸香，以象海之四環。」此器世多有之，形制大小不一。

清梁詩正‧蔣溥《欽定西清古鑑》亦曰：

> 按：《東宮故事》、《洞天清錄》、《西京雜記》諸書「博山」，實始於漢。今詳此器分三層，蓋爲山形，下爲承盤，此劉向銘稱：「上貫太華，承以銅盤」者是也。

上述二書之中亦繪有多幅圖板，〔註 36〕今日國立歷史博物館也藏有
「綠釉瓦博山爐」一具，高十七點五公分，陶製。由這些圖版和實物
看來，博山爐的形狀大小各有不同，但大致其上層爲爐蓋，蓋上有山
峰起伏，而山間鏤空，爐中燃燒香料，香氣可由孔中蒸發而上。下層
則爲承盤，盤中承水，象徵海洋，取海上仙島之意。由此可知博山香
爐與神仙思想有直接的關連，趙希鵠言博山爐的起源云：

> 古以蕭艾達神明，而不焚香，故無香爐。今不一，或有新
> 鑄而象古者。惟博山爐乃太子宮所用者，香爐之制始於此。
> 〔註37〕

則焚香之途，意在與神明相通。博山爐始於漢代，隨即流行，至五
代未衰，故亦曾爲南朝文人歌詠之對象，南齊劉繪〈詠博山香爐詩〉
曰：

> 蔽野千種樹，出沒萬重山。上鏤秦王子，駕鶴乘紫煙。下
> 刻蟠龍勢，矯首半銜蓮。傍爲伊水麗，芝蓋出巖間。復有
> 漢游女，拾羽弄餘妍。榮色何雜揉，緣繡更相鮮。矕嶐或
> 騰倚，林薄相千眠。掩華終不發，含薰未肯然。風生玉階
> 樹，露湛曲池蓮。寒蟲飛夜室，秋雲沒曉天。

可知博山爐發展至後期極爲精緻華美，上並繪有秦王子與漢游女等神
仙故事。《太平廣記》曰：「鄭交甫嘗游漢江，見二女皆麗服華妝，佩
兩明珠，大如雞卵，交甫見而悅之，不知其神女也。」〔註38〕則漢游
女故事所敘爲凡人與仙女偶然相逢之事，與巫山神女、天臺劉阮事皆
極類似。博山爐之上繪有仙女之故事，在其他作品中亦多提及：

> 嶺側多奇樹，或孤或複叢。巖間有佚女，垂袂似含風。（梁·
> 沈約〈和劉雍州繪博山爐詩〉）

> 有蕙帶而巖隱，亦霓裳而升仙。（梁·昭明太子〈銅博山香
> 鑪賦〉）

〔註36〕參見《四庫全書》八四〇冊，頁 262、八四二冊，334〜336 頁。
〔註37〕《秦漢工藝史》，120、121 頁。
〔註38〕《太平廣記》，卷五十九。

則博山爐中刻有仙女故事似亦常見，或許就是這些故事，令五代的閨中女子，燃香望爐而心生愁緒：

> 紅窗寂寂無人語。暗澹梨花雨。繡羅紋地粉新描。博山香炷旋抽條。暗魂銷。　　天涯一去無消息。終日長相憶。教人相憶幾時休。不堪根觸別離愁。淚還流。（孫光憲〈虞美人〉）

> 碧染長空池似鏡，倚樓閒望凝情。滿衣紅藕細香清。象牀珍簟，山障掩，玉琴橫。　　暗想昔時歡笑事，如今贏得愁生。博山鑪暖澹烟輕。蟬吟人靜，殘日傍，小窗明。（顧敻〈臨江仙〉）

> 三十六宮秋夜永，露華點滴高梧。丁丁玉漏咽銅壺。明月上金鋪。　　紅線毯，博山爐。香風暗觸流蘇。羊車一去長青蕪。鏡塵鸞影孤。（歐陽炯〈更漏子〉）

博山爐本爲效法仙山所製，間亦刻有仙女與凡人相會的美麗短暫之故事。女子於閨中點燃薰香，滿室煙靄，直有置身仙境之感。然而置身「三十六宮秋夜永」的仙境，又見爐間所繪之愛情故事，而相形之下，所戀之人卻音信杳然，豈不與巫山之神女與月中之嫦娥相同，有「碧海青天夜夜心」[註39]的孤寂與感慨。雖然如此，待爐冷煙消後，面對現實的悽冷情景，卻更令人難受：

> 月皎露華窗影細。風送菊香黏繡袂。博山爐冷水沈微，惆悵金閨終日閉。　　懶展羅衾垂玉箸，羞對菱花篸寶髻。良宵好事柱教休，無計那他狂耍壻。（顧敻〈玉樓春〉）

> 春欲晚。戲蝶游蜂花爛熳。日落謝家池館。柳絲金縷斷。　　睡覺綠鬟風亂。畫屏雲雨散。閒倚博山長嘆。淚流沾皓腕。（韋莊〈歸國遙〉）

總而言之，博山爐在五代詞中共出現六次，由於博山爐的形象與燃香後的情境與神仙仙境相關，因此置身香煙環繞間的女子，其感傷也就越深。

〔註39〕李商隱〈常娥〉，《全唐詩》卷五四○。

三、山屏

　　山屏為畫有山水的屏風。屏風的起源甚早，宋郭若虛《圖畫見聞誌》載有漢成帝「時乘輿幄坐，張畫屏風，畫紂醉踞妲己作長夜之樂」，〔註40〕而三國時亦有孫權誤以為屏風之蒼蠅為真，而用手彈蠅之情事，〔註41〕皆可看見屏風畫自漢代即有。屏風畫至南朝與唐代之後極為盛行，如前述之庾信〈詠畫屏風詩〉二十五首，與杜甫的〈奉先劉少府新畫山水障歌〉，皆是觀屏風畫而寫的詩歌。

　　屏風在形製上可分為兩大類：其一是今日所常見的立於地面之屏風，甚為高大，用來屏障風寒，劃分空間，或阻隔視線用，稱為「掩障」，如五代南唐顧閎中〈韓熙載夜宴圖〉，畫中用來界定空間之屏風即屬之；另一類則是低矮的小曲屏，其源於古代席地而坐的習俗，係以一個中扇、兩側扇組合成三折的「ㄇ」形，因此稱為「小曲屏」，如宋摹本〈列女仁智圖卷〉中衛靈公席地坐於一座小曲屏之間。這種小曲屏後來亦用於臥榻與坐榻之上，用於臥榻者稱為「臥屏」，其形制與坐屏相同，不過中扇加長而已。

　　五代詞出現屏風之處有很多，然直接言山屏、山障者則僅有二首，分別是前述已於博山爐部分討論過的一顧夐的〈臨江仙〉與〈醉公子〉：

> 漠漠秋雲澹。紅藕香侵檻。枕倚小山屏。金鋪向晚扃。　　睡起橫波慢。獨望情何限。衰柳數聲蟬。魂銷似去年。（〈醉公子〉）

由「枕倚小山屏」可知詞中的屏風為臥屏，係環繞於床上者；而〈臨江仙〉的則為「山障」，係大型屏風，用以阻隔之用。

　　在內容上，山屏中所畫的山水常引起閨中女子的愁緒，由於詞中之修辭係以畫中之山的姿態出現，與山屏作為閨閣的器物有所不同，故於下節討論之。

〔註40〕郭若虛《圖畫見聞志》卷一。
〔註41〕事見張彥遠《歷代名畫記》卷四「吳‧曹不興」條。

四、其他

其他類僅有一首，其山的意象爲酥山。酥山爲食用之物，雖不爲閨閣之擺飾，但因爲亦爲物體之一，故置此節之末略予討論，和凝〈春光好〉：

> 紗窗暖，畫屏閒。鬢雲鬟。睡起四肢無力，半春間。　　玉
> 指剪裁羅勝，金盤點綴酥山。窺宋深心無限事，小眉彎。

酥山，酥餅堆積而成山狀，故稱酥山。羅勝，爲衣上之裝飾。兩者於詞中爲營造春日歡喜氣氛所用之物，以引出下文閨中之愁緒。

就以上的討論可知，五代詞山意象中的閨閣擺飾在詞中多半因爲實用性而出現，然而其中亦可看出稍有關連者。此即博山爐與山屏在詞中似乎都營造出一種類似人間仙山的美好情境，在這些美好情境之中，閨中女子益發感傷於愛情的失去，我們可以在下節五代詞山意象的畫中山景裏，大量地看到這些感情。

第三節　五代詞中山意象的畫中山景

五代詞中的畫中山景共出現十五次、十五首。這些詞作中的山景，例如：「翠疊畫屏山隱隱」、「倚屏山」、「山掩小屏霞」等都是屏風上的山水畫。最早的詠山水畫詩所詠的對象即爲屏風山水，〔註42〕然其時之形製、技巧皆相當原始，其原因蓋因南北朝爲山水畫初步發展之階段，不僅在地位上較其他繪畫（如人物畫）爲低，造形上亦極原始，唐張彥遠《歷代名畫記》曰：

> 魏晉以降，名跡在人間者，皆見之矣。其畫山水，則群峰
> 之勢若鈿飾犀櫛，或水不容泛，或人大於山，率皆附以樹
> 石，映帶其地，列植之狀，則若伸臂布指。〔註43〕

可知當時的山水比例不當，而技巧拙劣，其原因概以當時之繪畫仍以人物畫爲主流，而山水畫則方才發軔。至於唐代，山水畫方才眞正成

〔註42〕參見第三章第四節。
〔註43〕張彥遠《歷代名畫記》卷一「論畫山水樹石」條。

立於吳道玄、李思訓與李昭道。〔註44〕吳與二李代表著中國山水兩種
不同的特色，吳道玄以氣勝爲主，強調精神的表現；而二李，則掌握
了山水的形貌，以金碧青綠的色彩描繪，唐朱景玄《唐代名畫錄》曾
言一事，可看出兩派的不同：

> 天寶中，明皇忽思蜀道嘉陵江水，遂令吳生寫之。及回，
> 帝問其狀，奏曰：「臣無粉本，並記在心。」後宣令於大同
> 殿壁圖之，三百餘里山水，一日而畢。李思訓圖之，累月
> 才畢。〔註45〕

可見李思訓所重在地理形勢，而吳重在氣象精神。當時的山水畫，某
些作品還仍有道釋或歷史故事的內容，張彥遠《歷代名畫記》：

> 畫山水樹石，筆格遒勁，湍瀨潺湲，雲霞縹緲，時睹神仙
> 之事，窅然巖嶺之幽。〔註46〕

雖然「時睹神仙之事」，畢竟表現出山的「巖嶺之幽」，山水畫至此時
已然成立。雖然如此，以水墨爲主的山水畫仍未成熟，五代荊浩《筆
法記》曰：

> 李將軍理深思遠，筆跡甚精，雖巧而華，大虧墨彩。……
> 吳道子筆勝於象，骨氣自高，樹不言圖，亦恨無墨。

此處所謂的「筆」與「墨」，《宣和畫譜》解釋說：

> 有筆無墨者，見落筆蹊徑而少自然；有墨無筆者，去斧鑿
> 痕而多變態。〔註47〕

則講究形似與氣韻兼具爲後世水墨山水之理想，要「度物象而取其
眞」，達到形與神的統一。荊浩爲五代人，他提出的這種理論，與北
宋極興盛之水墨畫完全相通，因此可謂北宋山水的開山人物，而山水
畫在思想與技巧上也在五代達到成熟。

　　此時期的山水畫，在用色上並非完全是黑白的水墨，而係以淡彩

〔註44〕張彥遠《歷代名畫記》曰：「山水之變，始於吳，成於二李。」，見
　　　　該書卷一。
〔註45〕朱景玄《唐朝名畫錄》卷一「神品上‧吳道玄」條。
〔註46〕張彥遠《歷代名畫記》卷九「唐朝上‧李思訓」條。
〔註47〕《宣和畫譜》卷十「唐‧荊浩」條。

代替李思訓金碧青綠的濃彩，在精神上是與水墨的玄遠相通的；而形態上也要表現出物形的特有風姿，掌握山水在自然的各種風貌，郭熙《林泉高致》曰：

> 真山水之雲氣，四時不同：春融冶，夏翁鬱，秋疏薄，冬黯淡。……
>
> 真山水之煙嵐，四時不同：春山澹冶而如笑，夏山蒼翠而如滴，秋山明淨而如妝，冬山慘淡而如睡。〔註48〕

不但掌握了山水的風姿，更「賦予它人格化的性情牽屬，該自然美和人類生活有了客觀聯繫。」〔註49〕這種特有物性的傳達即是繪畫中所再現的心象之真。

這些心象之真，是經過畫家的剪裁而苦心經營的，因此所給予觀畫者的是較現實的龐雜更為純粹的「真實」情形，而傳達出更為直接的感動：

> 拂水雙飛來去燕。曲檻小屏山六扇。春愁凝思結眉心，綠綺懶調紅錦薦。　　話別情多聲欲顫。玉箸痕留紅粉面。鎮長獨立到黃昏，卻怕良宵頻夢見。（顧夐〈玉樓春〉）

詞中之山為畫中之山，而畫中的山在此條件表現出「春山」「澹冶如笑」的特質，使得觀者—女子無形中因為春山如此美好的心象，和心中的傷痛相應而對現實作出主觀的取捨，是故首句「拂水雙飛來去燕」對意象之揀選極為精確與單一。雙飛之燕與春山之翠，這兩者的結合如此之緊密，與後句「春愁凝心」的主題完全相合。

畫中之山除了以畫求「真」的一面喚起女子的主觀心象外，也因為室內的陳設，而在詞中與其他物象搭配，成為閨房中的一景：

> 夜初長，人近別。夢斷一窗殘月。鸚鵡睡，蟋蟀鳴。西風寒未成。　　紅蠟燭。半棋局。床上畫屏山綠。搴繡幌，倚瑤琴。前歡淚滿襟。（馮延巳〈更漏子〉）

〔註48〕郭熙《林泉高致集》，頁5。

〔註49〕張瀛太《郭熙林泉高致與韓拙山水純全集之繪畫美學及時代意義》，頁112。

　　碧梧桐映紗窗晚。花謝鶯聲嬾。小屏屈曲掩青山。翠幃香
粉玉爐寒。兩蛾攢。　　顛狂年少輕離別。辜負春時節。
畫羅紅袂有啼痕。魂銷無語倚閨門。欲黃昏。(顧敻〈虞美
人〉)

紅藕花香到檻頻。可堪閒憶似花人。舊歡如夢絕音塵。
　　翠疊畫屏山隱隱，冷鋪紋簟水潾潾。斷魂何處一蟬新。
(李珣〈浣溪沙〉)

長思憶。思憶佳人輕擲。窗月透簾澄夜色。小屏山凝碧。
　　恨恨君何太極。詞得嬌嬈無力。獨坐思量愁似織。斷
腸烟水隔。(魏承班〈謁金門〉)

詞作中，前首山的意象與「蠟燭」、「棋局」，次首的「掩青山」與「玉
爐寒」，第三篇「畫屏」、「紋簟」，末篇的「簾澄夜色」與「小屏山凝
碧」等都是閨中的擺設，經由這些擺設所營造出的氛圍，共同產生了
閨中百無聊賴的冷清景象。

　　綜上所述，我們可以看到，山從自然景物轉為屏風上的繪畫，
其景觀化的內涵已經有所改變。自然界的地理之山通常與自然的地
理物象搭配，而形成景觀。而畫中之山則有所不同，由於是繪畫的
關係，在畫家的精心創作下，所傳達的通常只是特定的意念（心象）。
這些意念雖然傳達了完美的情境，卻犧牲自然界鉅細不遺、可供詩
人隨意選擇的全體與部分。因此，在這種限制之下，觀畫者自畫中
向外界投射時也就有所揀擇。這種揀擇係先天之限制而非後天觀者
的篩選，是故畫中的景物與外界的配合便是特定主題下定向性的選
擇搭配，而不再隨著作者心態自由地從自然裏揀選題材。另一方面，
由於所屬範疇的改變，畫中的山因為皆是屏風畫，因此多半與室內
的擺飾互相搭配，而形成閨閣所特有的氛圍。

　　更進一步地，我們可以注意到這些畫作中的心象（山）皆為生機
蓬勃的翠綠青山。這種青山與幽居女子之深冷的關係，與第一節中春
山與失歡女子的感情如出一轍。由此我們可以看出這些類似閨中景象
的描寫，其實並非只是純粹詩歌單純的情景和諧關係，而是在女子特

有的思致下，詞中的山傳達出她們的悲哀所由與遺憾。前首的「紅蠟燭」與「畫屏山綠」這兩個歡樂的意象所傳達出來的其實是一連串觸動女子懷思、令女子感到沒有愛情、索然無味的傷悲；而後首「小屏屈曲掩青山」的「掩」字與「青山」的關係，則暗示著快樂時光的失去。

　　李珣〈菩薩蠻〉和鍾輻〈卜算子慢〉更能表現出畫中山景對女子的這種特殊意義：

> 桃花院落，烟重露寒，寂寞禁烟晴晝。風拂珠簾，還記去年時候。惜春心，不喜閒窗繡。倚屏山，和衣睡覺，醺醺暗消殘酒。　　獨倚危闌久。把玉筍偷彈，黛蛾輕鬥。一點相思，萬般自家甘受。抽金釵，欲買丹青手。寫別來，容顏寄與，使知人清瘦。（鍾輻〈卜算子慢〉）

> 等閒將度三春景。簾垂碧砌參差影。曲檻日初斜。杜鵑啼落花。　　恨君容易處。又話瀟湘去。凝思倚屏山，淚流紅臉斑。（李珣〈菩薩蠻〉）

此二首詞的山的意象皆是「屏山」，係由屏加上山而成的合成意象，在詞中不與其他景物並陳，而是純然地作為詞中女性所倚靠的處所，表現出畫中山意象的獨立性。前首詞上闋言女子「惜春心，不喜閒窗繡」，而願意「倚屏山，和衣睡覺，醺醺暗消殘酒」可見屏山係女子想像中與戀人得與相聚之處，故借酒睇屏山而懷人。至於李珣之詞則是睇此一可與戀人相見的想像之處而悲傷。這種得與戀人相逢的幻設處所與現實最大的差別便是畫中之山永遠只能是虛構，永遠無法徜徉其中而得與會面，因此詞中的女子也只有永遠面對這種幻境而倍增其感傷。另外一項畫與現實的差別則是時間感，因為繪畫中的山所求之真係抓住春景動人的一剎那而表現，掌握了永恆卻犧牲了時間，我們可以在這些詞中感受到幽閉的氣氛。

　　由於這些女子所幻設的畫中之山在現實上永遠無法實現，因此失愛女子只有在夢中與之相連：

> 閒臥繡幃。慵想萬般情寵。錦檀偏，翹股重。翠雲欹。　　暮

天屏上春山碧。映香烟霧隔。蕙蘭心，魂夢役。斂蛾眉。(毛
熙震〈酒泉子〉)

梨花滿院飄香雪。高樓夜靜風箏咽。斜月照簾帷。憶君和
夢稀。　　小窗燈影背。燕語驚愁態。屏掩斷香飛。行雲
山外歸。(毛熙震〈菩薩蠻〉)

天含殘碧融春色。五陵薄倖無消息。盡日掩朱門。離愁暗
斷魂。　　鶯啼芳樹暖。燕拂迴塘滿。寂寞對屏山，相思
醉夢間。(毛熙震〈菩薩蠻〉)

一隻橫釵墜髻叢。靜眠珍簟起來慵。繡羅紅嫩抹酥胸。
　　羞斂細蛾魂暗斷，困迷無語思猶濃。小屏香靄碧山重。
(毛熙震〈浣溪沙〉)

落梅著雨消殘粉。雲重烟輕寒食近。羅幕遮香。柳外秋千
出畫牆。　　春山〔註 50〕顛倒釵橫鳳。飛絮入簾春睡重。
夢裏佳期。祇許庭花與月知。(馮延巳〈上行杯〉)

春山醉夢、碧山香靄，是多麼迷離而美麗的景象，也就是如此美麗的
景象，其幻滅帶給人的哀傷方才最深。

　　而孫光憲〈浣溪沙〉〔註 51〕中的主角甚至以假爲眞，將屛風之
山〔註52〕當成現實與戀人相逢之地，而盡情想像：

桃東風香簾幕閒。謝家門戶約花關。畫梁幽語燕初還。
　　繡閣數行題了壁，曉屏一枕酒醒山。卻疑身是夢魂間。

這樣的夢境所帶來的感情幾乎是劉阮遊天臺與巫山楚襄王與神女相
遇的翻版，美麗、迷離、短暫而虛幻，也帶給這些女子更深的憂傷。

　　附帶一提的是，在五代詞的其他作品中曾有直言屛風之山爲巫山
者：

畫屏重疊巫陽翠，楚神尚有行雲意。(牛嶠〈菩薩蠻〉)
翠屏十二晚峰齊，夢魂銷散醉空閨。(毛熙震〈浣溪沙〉)

〔註50〕「春山」，《歷代詩餘》作「青山」。
〔註51〕本詞另見於馮延巳《陽春集》，而上闋字句稍有不同。
〔註52〕鄭騫先生《詞選》以爲：「山爲山枕之簡稱」，此說亦通，見該書，
　　　　頁 13。無論是那一種解釋，皆是將閨閣之山意象與夢境相通，而營
　　　　造出仙境迷離之感。

然而也有言爲九疑山者：

> 更堪回顧，屏畫九疑峰。（李珣〈臨江仙〉）

雖然各不相同，然可以猜測這些畫屏所畫之山，或許與神仙愛情故事有相當密切的關係。

最後，我們也可以從五代的詞作中，看到畫中之山也有阻隔的意義：

> 綠雲鬢上飛金雀。愁眉斂翠春烟薄。香閣掩芙蓉。畫屏山幾重。　窗寒天欲曙。猶結同心苣。啼粉污羅衣。問郎何日歸。（牛嶠〈菩薩蠻〉）

此處的山亦是閨閣景象，其意象係以單獨的姿態出現，表現出女子爲山所阻的憾恨心情。

我們可以看出五代詞畫中的山景幾乎都是單獨的以山的姿態出現，而不和水共同在詞中表現。其原因並不是畫中沒有水的出現，而是因爲五代畫的表現係要求「眞」，而畫中的山在此條件表現出「春山」「澹冶如笑」的特質，使得觀者—女子無形中因爲和心中的傷痛相應而接受此種意象做出主觀的取捨，此即：透過繪畫對大自然的第一重再造，在第一層的揀擇重塑後，由主體（女子）重新賦予意義，並加以組合。而組合的方式，由於受到這些山水畫

的出現係藉著室內擺飾—屏風而出現，因此在搭配上也多與室內的其他擺飾相連。畫中之山意象單獨在詞中出現代表著山和水在五代詞中的分離，春天之山藉著其特有的媒介與性質而使得山從山水的自然景觀中分離出來，而與特定範疇之物象相關，我們可以將這類女子與山意象互動的模式繪成關係圖：

圖四：女子與自然關係之四

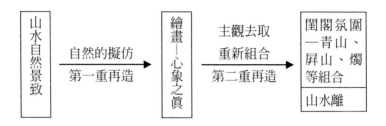

第四節　五代詞中山意象的女子形貌

　　五代詞山意象中的女子形貌主要表現在女子的妝飾上，此即小山眉的大量運用，茲論述於後：

　　小山眉，又稱遠山眉，為五代詞閨閣妝飾的山意象出現最多者，共十六次、十六首。小山眉傳說於漢代即為婦女所用，舊題為漢劉歆的《西京雜記》曰：

　　　　（卓）文君姣好，眉色如望遠山，臉際常若芙蓉，肌膚柔

　　　　滑如脂。〔註53〕

《西京雜記》之作者曾有爭議，《隋書·經籍志》注言其為晉葛洪撰，〔註54〕又宋黃伯思《東觀餘論》則言書中皆劉歆所說，而由葛洪采錄，〔註55〕然黃說不知何據。以《雜記》中所言既雜以怪誕傳說，而書中所記又多與漢書有所出入，故不當為漢人所作，而以隋志注所言為是。文中之「眉色如望遠山」即為遠山眉之淵源，如此，則遠山眉最遲於晉代即已有之，而其起源當是以遠山的美麗顏色為畫眉所效法的對象。除此之外，文中也透露出以欣賞自然山色的態度看眉的審美觀念。又舊題為漢伶玄所作的《趙飛燕外傳》記載說：

　　　　趙飛燕妹合德……為薄眉，號遠山黛。

〔註53〕《西京雜記》卷二。
〔註54〕《隋書·經籍志》第二六，卷四十六，頁1997。
〔註55〕《東觀餘論》卷下，頁364。

《趙飛燕外傳》只是傳說，其時代雖不可信，但可以看出遠山眉的畫法，文中的「黛」是一種礦物，磨碾成粉之後加水可以用來畫眉，呈青綠色。劉熙《釋名》又曰：「黛、代也。滅去眉毛，以此代其處也。」〔註56〕可知婦女畫眉係先剃去原有眉毛，再以黛描繪上所想畫的眉形。《外傳》中的「遠山黛」即為「遠山眉」，「薄眉」乃形容其眉色為淡彩。畫眉之風至唐代而極盛，後唐張泌的《妝樓記》云：

> 明皇幸蜀，令畫工作十眉圖。橫雲、斜月皆其名。〔註57〕

唐玄宗染有眉癖，對婦女畫眉極為熱衷，故於避難四川時，曾令畫工就後宮宮人為對象繪製《十眉圖》，南宋葉廷珪的《海錄碎事》云：

> 大慈寺壁畫，明皇按樂十眉圖在蜀中。〔註58〕

上之所好，可知下層風行之程度。至於《十眉圖》的名稱，明朝楊慎《丹鉛續錄》曰：

> 唐明皇令畫工畫十眉圖，一曰鴛鴦眉、又名八字眉，二曰小山眉、又名遠山眉，三曰五岳眉，四曰三峰眉，五曰垂珠眉，六曰月稜眉、又名卻月眉，七曰分梢眉，八曰涵煙眉，九曰拂雲眉、又名橫煙眉，十曰倒暈眉。〔註59〕

這十種眉型，其實只是唐代眾多眉型的一小部分。而唐代婦女之所以如此熱衷畫眉，是因為眉毛對女子來說，要比任何一種妝飾都來得重要。唐張祜〈集靈臺〉：

> 虢國夫人承主恩，平明上馬入宮門。卻嫌脂粉污顏色，淡掃蛾眉朝至尊。

其他妝飾可以不施，但蛾眉卻不可不畫，可見畫眉對女性之重要，我們也可以從五代詞中看出這種情形：

> 迎得郎來入繡闈。語相思。連理枝。鬢亂釵垂。梳墮印山眉。婭姹含情嬌不語，纖玉手，撫郎衣。（和凝〈江城子〉）

〔註56〕 《釋名‧釋首飾》第十五，卷二。
〔註57〕 《妝樓記》「十眉圖」條。
〔註58〕 《海錄碎事》卷十四，「百工醫技部‧圖畫門」。
〔註59〕 《丹鉛續錄》卷六，「十眉圖」條。

> 水上鴛鴦比翼。巧將繡作羅衣。鏡中重畫遠山眉。春睡起
> 來無力。　　鈿雀穩簪雲鬢綠。含羞時想佳期。臉邊紅豔
> 對花枝。猶占鳳樓春色。（歐陽炯〈西江月〉）

無論是「重畫」或初「印」，都表現出「女爲悅己者容」的心態，而
前首詞中的女子，雖然「鬢亂釵垂」，但眉毛卻是務必要畫的，可知
其重視畫眉的程度。另外在內容方面，此二詞雖爲閨房之詞，但不致
傷於過露，況周頤云：「此五闋（指和凝〈江城子〉五闋）介在清與
豔之間……余喜其『婭姹含情嬌不語，纖玉手，撫郎衣』，清中含豔，
愈豔愈清。』。〔註60〕

　　《西京雜記》之記載雖僅言遠山眉係因趙飛燕「眉色望如遠山」
而倣效得來，然五代之遠山眉，實是以遠山爲實際之效法對象的，前
蜀徐太妃（花蕊夫人）〈題金華館〉詩云：

> 碧雲紅霧撲人衣，宿路沾苔石徑危。風巧解吹松下曲，蝶
> 嬌頻采臉邊脂。同尋避徑思攜手，暗指遙山學畫眉。好把
> 身心清淨出，角冠霞帔事希夷。〔註61〕

明白說出以「遙山」爲學畫之對象。同時，遠山眉的形狀、大小與色
彩，我們亦可由五代詞中得到更多的了解：

> 歛態窗前，裊裊雀釵拋頸。燕成雙，鸞對影。耦新知。　　玉
> 纖澹拂眉山小。鏡中嗔共照。翠連娟，紅縹緲。早粧時。（孫
> 光憲〈酒泉子〉）
> 羅裾薄薄秋波染。眉間畫得山兩點。相見綺筵時。深情暗
> 共知。　　翠翹雲鬢動。歛態彈金鳳。宴罷入蘭房，邀人
> 解珮璫。（魏承班〈菩薩蠻〉）

由「澹拂」的動作可知遠山眉的色彩必不濃豔，而當如其名稱「遠
山」的清遠；又詞中言及「眉山小」及「山兩點」，則其形狀當如
遠處小山，不過兩點大小。在內容上，鏡中共照也透露出兩人閨房
的畫眉之樂。遠山眉爲眉型的一種，其型態原則上雖爲兩點短小山

〔註60〕李冰若《花間集評注》引況周頤語，見該書卷六，頁147。
〔註61〕《全五代詩》，卷五十六。

形的眉，眉色如遠山般的淡彩，但在實際的應用上，卻有相當的自由：

> 記得去年，烟暖杏園花正發，雪飄香。江草綠，柳絲長。
>
> 鈿車纖手捲簾望。眉學春山樣。鳳釵低裊翠鬟上，落梅粧。（牛嶠〈酒泉子〉）
>
> 舞裙香暖金泥鳳。畫梁語燕驚殘夢。門外柳花飛，玉郎猶未歸。　愁勻紅粉淚。眉剪春山翠。何處是遼陽。錦屏春畫長。（牛嶠〈菩薩蠻〉）
>
> 羅衣隱約金泥畫，玳筵一曲當秋夜。聲顫觑人嬌，雲鬟裊翠翹。　酒醺紅玉軟。眉翠秋山遠。繡幌麝煙沉。誰人知兩心。（魏承班〈菩薩蠻〉）

湯顯祖注〈酒泉子〉云：「遠山眉，落梅妝，石華袖，古語新裁，令人遠想。」〔註62〕將「眉學春山樣」釋爲「遠山眉」可知兩者當爲同種型態的眉型，不過在用色上可能有偏於「春山」或「秋山」之翠的異同，或許一稍青綠，一稍豔麗罷了。

　　遠山眉除了因爲「悅己」而爲五代詞中的女性所重視外，眉毛本身也可以是個人感情傳達的媒介，韋莊〈荷葉杯〉：

> 絕代佳人難得。傾國。花下見無期。一雙愁黛遠山眉。不忍更思惟。　閒掩翠屏金鳳。殘夢。羅幕畫堂空。碧天無路信難通。惆悵舊房櫳。

此處用遠山眉爲「愁黛」，當是作者特有的構思而別有意涵。其原因有二：其一是以遠山眉傳達愁思與一般慣用的「愁眉」不同，《後漢書‧五行志》：「桓帝元嘉中，京都婦女作愁眉。……所謂愁眉者，細而屈折」，〔註63〕由「細而屈折」可以得知愁眉爲長眉的一種，其式樣係眉稍向下，似「蹙眉啼泣」，〔註64〕故名愁眉。後世形容女子發愁用「愁眉深鎖」即指此種眉型，而遠山眉卻爲小而短的眉型。其二，在五代詞眉字出現的頻率上，最高者爲單音節詞，其次便爲遠山眉，

〔註62〕湯顯祖評本《花間集》，卷二。
〔註63〕范曄《後漢書‧五行志第一》，頁3270、3271。
〔註64〕同上注，頁3271。

共十六次；再其次爲柳葉眉，四次。然而遠山眉並非唐五代最流行的
一種眉型，初、盛唐流行闊眉，一般都畫得很長，濃重而醒目，盛唐
末改流行短式的闊眉。唐憲宗元和年間，流行「八字眉」，這種眉型，
較闊眉細長而彎曲，無論是宮中或民間，都受到普遍的歡迎，號爲「元
和時新妝」。五代亦沿唐代，在今日可見的繪畫如周文矩的《宮樂圖》
及顧閎中《韓熙載夜宴圖》中的婦女不是作八字眉即爲柳葉眉，皆是
細長的眉型。由最流行者爲八字或柳葉眉，而作品出現最多者卻爲遠
山眉觀之。可知作者應是刻意使用、並經營此一意象，並賦予其特殊
意義。

　　眉可以傳達心情，諸如「眉飛色舞」、「喜溢眉梢」等都是心情外
現於眉的情狀，此處作者刻意選用眉的形狀也是相同的作法，作者選
用遠山眉的原因在於遠山之象徵意涵。遠山不但如第一節所說爲女子
所等待的遠方戀人的象徵，更由於畫眉時使用淡彩的淡遠形態而有著
中國山水繪畫的「平遠」特質。徐復觀說：

> 　　遠是山水形質的延伸，此一延伸，是順著一個人的視覺，
> 不期然而然的轉移到想像上面。由這一轉移，而使山水的
> 形質，直接通向虛無，由有限通向無限；人在視覺與想像
> 的統一，可以明確把握到從現實中超越上去的意境。在此
> 一意境中，山水的形質，烘托出了遠處的無。這並不是空
> 無的無，而是作爲宇宙根源的生機生意，在漠漠中作若隱
> 若現地躍動。〔註65〕

與「宇宙根源的生機生意」所不同的是，女人的等待與盼望的心情
取代了畫中的無，而透過眺望遠山的目光（眉），將她的感情從有
限的景物通向無限情境，而在意象上若隱若現地表現出她的愁思。

　　我們可以從耿玉眞的〈菩薩蠻〉和李煜的〈搗練子令〉看出遠山
眉傳達出這兩重含意：

> 　　玉京人去秋蕭索。畫簷鵲起梧桐落。欹枕悄無言。月和殘
> 夢圓。　　　背燈惟暗泣。甚處砧聲急。眉黛遠山攢。芭蕉

〔註65〕《中國藝術精神》，頁 345、346。

生暮寒。(耿玉眞〈菩薩蠻〉)

雲鬟亂，晚粧殘，帶恨眉兒遠岫攢。斜托香腮春筍嫩，爲
誰和淚倚闌干。(李煜〈搗練子令〉)

詞中的「眉黛遠山攢」與「帶恨眉兒遠岫攢」不但是由眉黛透露其
心情－因遠山彼端的伊人而攢，也由眉黛與遠山所組合的形象傳達
出女子企盼愛情的心緒，其意態如同繪畫中的遠山一般若隱若現地
流動、擴散到無限的想像之中。這種意象的雙重意涵的表現，陳廷
焯曾大加讚賞：

如怨如慕，極款之致。〔註66〕

可見其形象運用之成功。這樣的形象在五代詞中還有其他的例子：

笑屬嫩疑花坼，愁眉翠歛山橫。相望只教添悵悵，整鬟時
見纖瓊。(毛熙震〈何滿子〉)

簾影細，簟紋平。象紗籠玉指，縷金羅扇輕。嫩紅雙臉似
花明。兩條眉黛遠山橫。(顧敻〈遐方怨〉)

都表現出這種透過視野（眉），所表現出來遼闊無邊的心緒（如關係
圖五）。

圖五：女子與自然關係之五

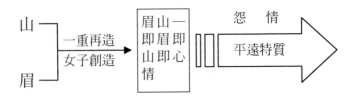

在此一關係圖中，女子直接將她們心中山的意義，作第一重的
創造。以眉效法山，在外部形態上與內部意義上做雙重擬仿。外部
形態上，眉有有遠山平遠的特質；內在意義上，眉本身也是懷「山」
心緒的表徵。由女子直接進行第一重的創造可知，山與水的關係不

〔註66〕陳廷焯《大雅集》，卷一，頁39。

僅僅是分離的關係，而是「山」在閨怨主題下早已形成了特殊的意涵，因此早已不與其他可遊覽的自然景致共存，而單獨獨立地存在著。

在此類以眉與山結合而成的意象模式裡，有時也會出現以山代眉的用法：

> 遠山愁黛碧，橫波慢臉明。膩香紅玉茜羅輕。深院晚堂人靜，理銀箏。　鬢動行雲影，裙遮點屐聲。嬌羞愛問曲中名。楊柳杏花時節，幾多情。（毛熙震〈南歌子〉）
>
> 秋雨五更頭，桐竹鳴騷屑。卻似殘春間，斷送花時節。　空樓雁一聲，遠屏燈半滅。繡被擁嬌寒，眉山正愁絕。（韓偓〈生查子〉）

表面上看，前首的「遠山愁黛碧」爲自然地理之山，然而由下句得知，此二句實皆用以描寫女子臉上的裝飾。因此，遠山在此處當爲遠山眉，而如前所述於詞中同時表現出兩層含義：其一是眉畫遠山，透露出女子心中殷切之企盼；其二是遠山在詞中所表現出的幽思情狀，有如雲霧遼繞、若隱若現的思緒。第二首〈生查子〉的「眉山」則係眉與山之合成意象，由這雙重意象所表現出來的是心緒與遠山結合於一的濃稠情思。

另外，由於小山眉在五代詞中的豐富意涵，因此亦直接成爲女子裝扮的一種，毛熙震〈女冠子〉：

> 修蛾慢臉。不語檀心一點。小山粧。蟬鬢低含綠，羅衣澹拂黃。　悶來深院裏，閒步落花傍。纖手輕輕整，玉鑪香。

詞中「小山粧」的解釋有兩種：一是「小山粧」即「小山眉」，由於「小山眉」對女子之重要，因此直接將此種眉形稱之爲「小山粧」。在全詞中，「小山粧」是與上闋的其他句子一樣，同爲婦女裝扮過程的一環。而另一解釋則爲「額黃」，此說由蕭繼宗所提出，他說：

> 「小山」謂「山額」也。……唐宋人以黃塗額，略似今日之印度女妝。……毛熙震〈女冠子〉：「脩蛾慢臉，不語檀

心一點—小山妝。」蓋當時婦人眉間點黃,詞人或用「金」,
或用「檀」,或用「蕊」,皆狀其黃耳。〔註67〕

則蕭說以為「檀」係婦女「眉間點黃」之用,而所點的額黃,其形狀
為山形,故稱為「小山粧」。並且在全詞的解釋上,蕭繼宗認為「小
山妝」一句係承自上句,為前句「不語檀心一點」之點明,與溫庭筠
〈菩薩蠻〉「蕊黃無限當山額」相同。此一說法與前一說法皆可於唐
五代詞中找到其他旁證。若就格律觀點言之,〈女冠子〉四十一字調,
全詞首二句協仄,第三句起協平,〔註68〕於格律上似不與第二句連
讀。雖然如此,就語義而言,在唐五代詞中出現之〈女冠子〉(共二
十二次)〔註69〕中,卻有與第二句連讀者,如韋莊兩首、張泌一首;
亦有不與第二句連讀者,如溫庭筠兩首、牛嶠四首。由此則蕭說之以
小山粧為山形額黃之說亦可通。

我們由本節的討論可知,山的意象成為女子臉上之裝飾,其範疇
已與景觀完全不同。由於小山眉在女子裝飾上的重要,因此女子畫眉
著重在眉目之間的傳達心緒,使得山的意象不再是自然界可供欣賞的
景觀,而讓存在於詞中特定的山的形象,充分地表現出其閨閣特有的
意義。

第五節　五代詞中山意象的典故

典故一詞,本是指書中的故事。後人借用它來比喻、說明另一
個問題或論點,被借用來的故事因出於典籍,所以稱之為典故。典
故在一首詞中自然有其字面的意義,因此也可以依此字面意義之歸
入適當的語義範疇。然而,典故背後所特有的背景,使得它在詞中
除了字面之意義外又別具意涵。而這背後意涵通常才是作者本意之
所在,是故本章於前述語義範疇之末又增設此節加以討論。五代詞

〔註67〕 蕭繼宗評點《花間集》,頁5。
〔註68〕 《詞律》,卷三。
〔註69〕 分別是溫庭筠、韋莊、薛昭蘊、李珣、鹿虔扆、毛熙震、歐陽炯、
孫光憲等各兩首,牛嶠四首,張泌、尹鶚各一首。

山的意象中的典故計有二十處，十七首。這十七首詞中的山，分別
是巫山九首，湘山、九疑山、蓬萊山、天臺山、君山（兼羅浮山）、
華山、南山及黑山等各一首。茲各依上述山意象之典故順序討論於
下：

一、巫山

　　巫山典故之本事源於〈高唐賦〉，後世用以歌詠男女短暫而逝
去的愛情。在五代以前的詩歌中，巫山係以愛情與地理山水共詠的
範式運用，此點已於第三章論及，而這樣的範式五代詞亦有所承繼：

> 寫得魚牋無限，其如花鎖春暉。目斷巫山雲雨，空教殘夢
> 依依。卻愛熏香小鴨，羨他長在屏幃。（和凝〈何滿子〉）
> 錦浦。春女。繡衣金縷。霧薄雲輕。花深柳暗，時節正是
> 清明。雨初晴。　　玉鞭魂斷烟霞路。鶯鶯語。一望巫山
> 雨。香塵隱映，遙見翠檻紅樓，黛眉愁。（韋莊〈河傳〉）

二詞之巫山皆為現實地理之山，而用「巫山雲雨」興起心中愁緒。前
首以「望斷」巫山，抒發愛情幻滅之深憾；而次首望見巫山雲雨之後，
甚至由此而心生幻想，隱約見及「神女」之愁；然而「香塵隱映」、「翠
檻紅樓」卻表現出所刻劃出來的「神女」形象，其實正是詞中女主角
形象之投射。

　　不僅是現實的巫山之景可以令戀人傷感，人造的巫山景色也同時
令人想起「雲雨」之本事而起人思緒：

> 花榭香紅烟景迷。滿庭芳草綠萋萋。金鋪閒掩繡簾低。
> 　　紫燕一雙嬌語碎，翠屏十二晚峰齊。夢魂銷散醉空閨。
> （毛熙震〈浣溪沙〉）
> 楊柳陌。寶馬嘶空無迹。新著荷衣人未識。年年江海客。
> 　　夢覺巫山春色。醉眼花飛狼藉。起舞不辭無氣力。愛
> 君吹玉笛。（馮延巳〈謁金門〉）

前首的「翠屏十二晚峰齊」指的是屏風上所畫之巫山，在修辭上以「綠」
與「晚」表現出翠綠晚山的形象。本詞的上闋言春日種種之景色以為
背景，而下闋則以成雙紫燕與畫中蒼翠之巫山興起其內心之傷悲，一

爲實景，一爲虛景，前者賦予女子直接之震撼，而後者則藉典故興起女子無奈之愴然。次首的「巫山」爲幻夢之景物，亦爲虛景，然亦藉典故表現其閨中之感情。

　　巫山除了以神女與襄王間短暫愛情的本事與景色相結合，而表現女子閨思情愁之外，亦有因巫山景色與神女美貌之本事，而言其容貌之美者：

　　　貌掩巫山色，才過濯錦波。阿誰提筆上銀河。月裏寫嫦娥。
　　　　薄薄施鉛粉，盈盈挂綺羅。菖蒲花役夢魂多。年代屬
　　元和。（毛文錫〈巫山一段雲〉）
　　　雲鬢裁新綠，霞衣曳曉紅。待歌凝立翠筵中。一朵彩雲何
　　事、下巫峰。　　趁拍驚飛鏡，回身燕颺空。莫翻紅袖過
　　簾櫳，怕被楊花勾引、嫁東風。（李煜〈南歌子〉）〔註70〕

前首之「巫山色」可以爲巫山之景，亦可以爲「巫山神女」。因〈高唐賦〉中神女與巫山之美原本結合爲一，神女之形象即是巫山「朝雲」之形象。故此處以「巫山色」自美，實兼有自然景物與仙女容貌之美。至於後首言「一朵彩雲何事下巫峰」之彩雲則借典故中神女名「朝雲」之本事，而以彩雲比喻自己。

　　最後，巫山的本事也成爲詞人們詠史之題材：

　　　雨霽巫山上，雲輕映碧天。遠風吹散又相連。十二晚峰前。
　　　　暗濕啼猿樹，高籠過客船。朝朝暮暮楚江邊。幾度降
　　神仙。（毛文錫〈巫山一段雲〉）
　　　峭碧參差十二峰。冷烟寒樹重重。瑤姬宮殿是仙蹤。金鑪
　　珠帳，香靄晝偏濃。　　一自楚王驚夢斷，人間無路相逢。
　　至今雲雨帶愁容。月斜江上，征棹動晨鐘。（牛希濟〈臨江
　　仙〉）

前首詞的上闋用以寫景，言巫山之雲之散合。下闋引入客愁，而結以

〔註70〕 本首詞傳爲蘇軾作，見《東坡全集》卷七五，題爲〈舞妓〉，又見於
　　　　《汲古閣六十名家詞》，僅世界書局《南唐二主詞》引雲南楊氏刻《三
　　　　李詞》作李後主，不知何據。雖然如此，爲求謹慎，姑置此略加討
　　　　論。

神女不再之感。表面上是由景生情，實即前段即暗用巫山雲雨之典。湯顯祖云：「一自高唐成賦後，楚天雲雨盡堪疑。信然。」〔註71〕則上闋之景，實即早已與神仙之降臨隱然相關，是故，《栩莊漫記》中說：「『遠風吹散』二句，甚有煙雲縹渺之致，可稱佳句。」〔註72〕可知此處典故運妙之佳。而後首詞上半則明詠巫山神女，而以「月斜江上」結尾，使人悵望。

二、蓬萊

　　蓬萊山，爲海上之仙山，其本事起源甚早，《史記‧秦始皇本紀》云：

> 既已，齊人徐市等上書，言海中有三神山，名曰蓬萊、方丈、瀛洲，僊人居之。請得齋戒，與童男女求之。於是遣徐市發童男女數千人，入海求僊人。

僊人，即仙人。可知早在秦時早有以蓬萊爲仙山的傳說，由於年代甚早，因此蓬萊成爲後世修鍊道士所欲成仙之居所，李珣〈女冠子〉：

> 星高月午。丹桂青松深處。醮壇開。金磬敲清露，珠幢立翠苔。　　步虛聲縹緲，想像思徘徊。曉天歸去路，指蓬萊。

本首詞詞牌爲〈女冠子〉，因此所詠爲女性道士。〔註73〕全詞前大半言女冠子修行的種種，而以蓬萊爲其成仙之處。除了本首詞之外，由於蓬萊很早就傳爲神仙之居所，是故常成爲神仙住所之象徵，而常與其他仙山相結合，李煜〈菩薩蠻〉：

> 蓬萊院閉天臺女。畫堂畫寢人無語。拋枕翠雲光。繡衣聞異香。　　潛來珠鎖動。驚覺銀屏夢。臉慢笑盈盈。相看無限情。

「天臺女」之典故源於南朝宋劉義慶之《幽明錄》，其中載有劉晨、

〔註71〕《花間集》，卷二。
〔註72〕《花間集評注》卷五，頁128。
〔註73〕參見本章第一節。

阮肇入天臺山逢仙女事，此本事已於本章第一節言及。而此處以蓬萊院與天臺女相結合，係取蓬萊爲神仙之住處，而天臺女爲仙女之代表，將兩者所象徵的含意相結合，成爲詞人心目中理想仙女的典型。

三、湘山

　　湘山，即君山。位於洞庭湖中，是湘君所遊之處。《史記·秦始皇本紀》言湘君爲堯女舜妻，〔註74〕故湘山又有娥皇女英等候虞舜之傳說，而後人遂用以形容有情人之分離。孫光憲〈菩薩蠻〉：

　　　　小庭花落無人掃。**疎香滿地東風老**。春晚信沉沉。天涯何
　　　　處尋。　　曉堂屏六扇。眉共湘山遠。爭奈別離心。近來
　　　　尤不禁。

詞中的「眉共湘山遠」，以眉言其望眼欲穿的心情，如同湘君一樣，日夜盼望丈夫的歸來。

四、九疑山

　　九疑山，相傳爲虞舜所葬之處。《山海經·海內經》曰：

　　　　南方蒼梧之丘，蒼梧之淵，其中有九嶷山，舜之所葬，在
　　　　長沙零陵界中。

舜死於九疑山，其妻娥皇、女英傷心淚流，而有湘妃竹之說法。因此，九疑山成爲閨怨女子所等待、心繫的對象，李珣〈臨江仙〉：

　　　　鶯報簾前暖日紅。玉鑪殘麝猶濃。起來閨思尚**疎慵**。別愁
　　　　春夢，誰解此情悰。　　強整嬌姿臨寶鏡，小池一朵芙蓉。
　　　　舊歡無處再尋蹤。更堪回顧，屏畫九疑峰。

蕭繼宗云：「『屏畫九疑峰』，似不相干。謂往事朦朧，疑雲疑霧，故以朦朧之境界作結，手法亦自殊勝。」〔註75〕蕭說僅以一般的地理景象言其營造之意境。實即五代詞屏風所繪之山，雖爲地理上之專有名詞，然不少係經揀擇，是與愛情有所相關的，本詞即爲一例。九疑山

〔註74〕《史記·秦始皇本紀》，卷二，頁84。
〔註75〕蕭繼宗評點《花間集》，頁515。

爲舜死、與妻子分離之地，故常引起戀人分離、悵望獨守的愁緒。本
詞之言「更堪回顧，屛畫九疑峰」實即蘊有此意。

五、君山（兼羅浮山）

　　君山爲洞庭湖中之山，相傳爲湘君所游處，本章第一節已討論
之。至於羅浮山，《羅浮山記》曰：

> 羅浮者，蓋總稱焉。羅、羅山也，浮、浮山也。二山合體，
> 謂之羅浮，在增城、博羅二縣之境。舊說：「羅浮高三千丈，
> 有七十石室，七十二長溪，神明神禽，玉樹朱草。

可知羅浮山爲現實地理上兩座山之名稱，位在廣東增城、博羅縣
界。然羅浮山又有與仙山蓬萊相連的傳說，《讀史方輿紀要·廣東
名山》：

> 羅山之脈來自大庾，浮山乃蓬萊之一島，來自海中，與羅
> 山合，故曰羅浮。其瑰奇靈異，游歷所不能遍。

則羅浮山又與仙山相連。君山與羅浮山，爲牛希濟〈臨江仙〉詞中所
用之典故：

> 洞庭波浪颭晴天。君山一點凝烟。此中眞境屬神仙。玉樓
> 珠殿，相映月輪邊。　　萬里平湖秋色冷，星辰垂影參然。
> 橘林霜重更紅鮮。羅浮山下，有路暗相連。

詞中前半係以君山爲描寫對象，有如仙境一般。而下闋的「羅浮山下，
有路暗相連」則又與劉宋謝靈運之〈羅浮山賦〉相關：

> 客夜夢見延陵茅山，在京之東南。明旦得洞經，所載羅浮
> 山事云：「茅山是洞庭口，南通羅浮」，正與夢中意相會。
> 遂感而作羅浮山賦曰……〔註76〕

此處的洞庭，爲位於江蘇太湖中之洞庭山，茅山亦在江蘇。賦中言洞
庭南通羅浮，即爲牛詞「有路暗相連」之本事。雖然二者之洞庭非同
一處，然其名相同故借用之，詞之內容固不能過分拘於理義。因此，
〈臨江仙〉一詞中的山可以依題意分成兩部分，一爲上闋中類似於仙

〔註76〕《全宋文》卷三十，頁1，收於《全上古三代秦漢三國六朝文·六》。

境的君山，另一爲下闋深冷的人世，而以與洞庭相連之羅浮山本事表
現出對仙山的慕求。

六、華山

陳陶的〈水調詞〉運用了華山的典故：

> 瀚海長征古別離。華山歸馬是何時。仍聞萬乘尊猶屈，裝
> 束千嬌嫁郅支。

詞中的華山歸馬，係自《史記》中來，《史記·樂書》：

> 子曰：「……今汝獨未聞牧野之語乎，武王克殷而反商之
> 政，未及下車，則封黃帝之後於薊，封帝堯之後於祝，封
> 帝舜之後於陳。下車又封夏后氏之後於杞，封殷之後於宋，
> 封王子比干之墓，釋箕子之囚，使人行商容之舊，以復其
> 位，庶民弛政，庶士倍祿。既濟河西，馬散之華山之陽而弗
> 復乘，牛散之桃林之野而弗復服。車甲則釁之，而藏之諸
> 府庫，以示弗復用。倒載干戈而包之以虎皮，將率之士，
> 使爲諸侯，命之曰韣橐，然後天下知武王之不復用兵也。

則華山歸馬所喻爲不復用兵之意，然而這並不是代表作者採取反戰的
態度，而有先決條件，即必先平定四海，方才除去兵備，以示太平。
《史記·留侯世家》也記載相同典故的用法：

> 張良對曰：「臣請藉前箸爲大王籌之。」曰：「昔者湯伐桀
> 而封其後於杞者，度能制桀之死命也。今陛下能制項籍之
> 死命乎？」曰：「未能也。」「其不可一也。……休馬華山
> 之陽，示以無所爲。今陛下能休馬無所用乎？」曰：「未能
> 也。」「其不可六矣。……且天下游士離其親戚，弃墳墓，
> 去故舊，從陛下游者，徒欲日夜望咫尺之地。今復六國，
> 立韓、魏、燕、趙、齊、楚之後，天下游士各歸事其主，
> 從其親戚，反其故舊墳墓，陛下與誰取天下乎？其不可八
> 矣。且夫楚唯無彊，六國立者復橈而從之，陛下焉得而臣
> 之？誠用客之謀，陛下事去矣。」漢王輟食吐哺，罵曰：「豎
> 儒，幾敗而公事！」趣銷印。

可知去馬休兵，當就天下太平時方始爲之。是故陳陶詞末二句曰：「仍

聞萬乘尊猶屈，……」，其實透露出作者藉言休兵，實表天下當平之意，任二北先生言「〈水調詞〉十首，全部祇詠絕塞貪功、深閨抱恨之一貫情緒」〔註77〕其實不然。

七、南山

馮延巳〈壽山曲〉：

> 銅壺滴漏初盡，高閣雞鳴半空。催啓五門金鎖，猶垂三殿簾櫳。階前御柳搖綠，仗下宮花散紅。鴛瓦數行曉日，鶯旂百尺春風。侍臣舞蹈重拜，聖壽南山永同。

此處的「聖壽南山」出自《詩經‧小雅‧天保》：

> 如南山之壽，不騫不崩。

騫，是虧的意思。以山的雄偉巨大，言其長久不毀，以祝賀人之壽命綿長不死。朱傳云：「人君以鹿鳴以下五詩燕其臣，臣受賜者，歌此詩以答其君」，〔註78〕故〈天保〉係人臣賀壽之詩，而本詞亦同。

八、黑山

毛文錫的〈甘州遍〉爲邊塞之詞，詞中有黑山一詞：

> 秋風緊，平磧雁行低。陣雲齊。蕭蕭颯颯，邊聲四起，愁聞戍角與征鼙。　青塚北，黑山西。沙飛聚散無定，往往路人迷。鐵衣冷，戰馬血沾蹄。破蕃奚。鳳皇詔下，步步躡丹梯。

此處的黑山，係原始的處所用法，指邊塞之交戰地點。中國在宋代以前，以黑山爲地名者處有五：其一在今日河南浚縣西北，爲東漢末張燕聚起事處；〔註79〕其二位在今陝西榆林縣西南，有黑水流經其下，也稱呼延谷，爲唐代裴行儉大破突厥之處，《通典‧兵典十四‧因機設權》：「高宗遣將軍裴行儉討突厥於黑山，至朔州，謂其下曰……」。其

〔註77〕 任二北《敦煌曲初探》，頁48。

〔註78〕 《詩經集註》卷四，頁82。

〔註79〕 事見《後漢書‧袁紹傳》卷六四，頁2617；與《三國志‧魏‧張燕傳》卷八，頁221。

三在今綏遠歸綏縣，為北魏太武帝車駕曾至之處。〔註80〕其四在河北省沙河縣西北五十里，該處產鐵。其五在山西省浮山縣北四十里，為澇水所出。〔註81〕由於本首為邊塞詞，且言「邊聲四起」，因此當以含有邊事之處較為可能。加上毛文錫一生皆避居巴蜀，未至邊地，因此此處之黑山當是用了典，而詞中言「破蕃奚。鳳皇詔下，步步躡丹梯」乃是凱歸朝廷、受勳策封之事，可知所詠當與破敵立功之事相關，故本詞典故之出處當為裴行儉破黑山之事，黑山在陝西之榆林縣附近。

　　由以上的討論可以得知，典故的運用使得原本在詩中看似淺顯的地理名詞，有了更深一層的含意，而表現上也更為隱微婉轉。這些詞作中的典故和神仙故事相關的最多，尤其是女仙故事，諸如：巫山神女、湘君及天臺女子等，比重相當重。然而五代詞人於具有典故之山意象中側重女仙故事並非如同中唐文人一般，藉女仙故事以言其狎邪情事，〔註82〕而是從女性閨怨之角度，透過她們與凡人短暫唯美的邂逅，以表現出女子纏綿不盡的情思與憾恨，使作品更添神采，此點係仙山（鄉）神話中男子遊仙主題至詞體之新發展。至於其他的邊塞與賀壽詞不過偶有出現，然亦由典故而變得更為生動，而且寄託更深的含意。

　　最後，我們從本章的討論可以發現，山意象在以女子為描寫的主體的五代詞作中，已經發展出獨特的意涵。這種意涵係從女子對自然景觀觀點的差異開始，隨著作者的視野，從自然賞愛的視野轉移到人事層面上，在閨閣擺飾與婦女的裝飾之中，賦予了山意象獨立而特殊的意義。這種特殊的意義，與向來以山水等自然景物為中國主流的之詩作與詩觀大相逕庭。然而這種因主體不同而造成的變化不僅在意義的層面上產生轉變，也在語言形式上產生不同的變化，此即本文第五章所欲討論的課題。

〔註80〕事見《魏書・太武帝紀》。
〔註81〕並見《元和郡縣圖志》。
〔註82〕參見本章第一節，「閨思情愁」一段。

第五章　從詞、構詞與語法探索
五代詞中的山意象

第一節　五代詞中山意象的構詞法

　　如第一章所述，詞的形態可分成單純詞、複合詞、及衍生詞三種，由於五代詞中，衍生詞的形式並未出現，故本文僅討論山意象複合詞與單純詞的結構於下：〔註1〕

一、複合詞

　　五代詞的山意象為複合詞形態者最多，其形態包括了偏正、並列與後補結構三種：

（一）偏正結構

　　此一結構的造詞能力（能產性）最強，因此佔了複合詞的大部分比重。以結構的內部來看偏正詞彙，則又可分為形容詞加名詞與名詞加名詞兩類：

1. 形容詞加名詞：

　　屬於此類的複合詞計有「遠山」五次、「青山」三次、「碧山」二

〔註1〕參見五代詞山意象總表。

次、「奇峰」、「遙山」、「寒山」、「空山」、「青嶂」、「遠岫」各等一次，共出現十六次。由於這些形容詞都表現出山的某些面向，因此這些意象都屬於簡單意象。

而這些「遠山」、「青山」……等形容詞加上名詞的簡單意象應列爲偏正詞亦或偏正詞組可能略有爭議，有不少學者如陸志韋、趙元任等都主張將詞與詞之間結合關係不太緊密者列爲「短語」；而程祥徽、田小琳則列「高山」爲詞，﹝註2﹞甚至周法高就將兩個或（兩個以上的）詞結合在一起的稱做「仂語」。﹝註3﹞實即詞與短語之間的差別在某些情況時往往很難區分，而本文之所以將此類意象列爲形名型態的偏正詞，而不列爲短語的原因有五：

　　甲、詩詞中的物象皆是以整體形象呈現的，五代詞的山意象也不
　　　　例外。這些形容詞—名詞結構的偏正詞，都屬於簡單意象一
　　　　類，可見其結合度上較一般的散文緊密的情形。

　　乙、五代詞中的「遠山」、「青山」及「碧山」等都不僅是自然界
　　　　的地理處所，而是進入繪畫或閨閣之中，以實際物象的姿態
　　　　存在。

　　丙、若以擴展法﹝註4﹞將這些意象視爲處所短語，則無法解釋這
　　　　類的短語在五代詞中所表現出來的專門化意義，而有著不同
　　　　於一般處所的用法，故視爲一個詞而表現出不同的用法較爲
　　　　適當。此類的詞如「遠山」、「碧山」等顯現出這些意象已成
　　　　爲一個緊密結合的物象，而由此物象衍生出不同於一般自然
　　　　之山的意義與用法。

　　丁、又若以「（音節）停頓和結合面寬」﹝註5﹞的標準來看，詞
　　　　中的「遠山」等意象是最根本的停頓所在，因此亦應爲詞。

﹝註2﹞ 參見程書《現代漢語》，頁 179。
﹝註3﹞ 關於周法高對仂語的定義，其範圍係介於詞與「短語」或「詞組」
　　　　之間，參見周書《中國古代語法：造句編》，頁 18。
﹝註4﹞ 參見第一章第二節。
﹝註5﹞ 見趙元任《國語語法》，頁 82。

戊、即便將這類的簡單意象視作處所短語，因處所短語的句法功能跟處所詞一樣，因此視爲短語或詞對意象在全詞地位的分析差別不太大。〔註6〕

因此若將這些形容詞加名詞的山意象視爲偏正結構，其構成的方式爲：以名詞－「山」爲中心語，而以形容詞的部分爲修飾語。我們可以將這些修飾山的形容詞再依語義分成性質與形態兩個部分，性質形容詞表現出物或人的性質特徵或品德，屬於這類形容詞的有「寒」、「青」、「碧」、「空」、「奇」等；而形態形容詞則表現人、物、事的形態、數量特徵，例如「高」、「遠」、「遙」。再者，由於偏正關係所組成的詞彙，其性質與詞類通常都是隨著中心語的性質和詞類而決定，由此可見，此類形容詞加名詞的偏正結構其實都是在性質或形態上集中觀察描寫山的情狀。

2. 名詞加名詞：

在構詞法中，屬於此類的偏正形式者最多，因其爲最能孳生新詞的格式，五代詞亦然，共有四十三次。在四十三個名詞加名詞的偏正詞彙中，以時間詞加上山的最多，共十五次。它們分別是「春山」十二次、「秋山」二次、「晚山」一次。這類意象的構詞方式係以時間詞爲修飾語，以山爲中心語的形式存在，因此亦屬於簡單意象。而這些修飾的時間詞則以「春」與「秋」出現的次數稱冠。「春」和「秋」都屬於曆法節令，節令的修飾語出現的頻率之高，表現出五代詞人對於季節的感受特爲敏銳。這些節令詞在詞作中一方面代表著時序的推移，一方面也揭露出季節之特色。因此在詞中也就表現出時間與景象雙重的感覺。

此外，我們若將五代詞出現最高的時間詞加名詞的結構，與杜甫詩歌中出現次數最高的皆爲形容詞加名詞的偏正結構相比，〔註7〕會

〔註6〕趙元任《國語語法》：「（處所詞語）一般說，處所短語的句法功能跟處所詞一樣，只是不像處所詞往往有專門化的意義。」，參見該書，頁216。

〔註7〕據陳植鍔《詩歌意象論》的統計，杜甫詩中出現最高的爲「空山」、

發現時序詞出現次數之頻繁正凸顯出五代詞山意象的特色，它們代表著作者不再是好整以暇地遊山玩水，純粹欣賞湖光山色，而是在詞中感受到時光推移的焦慮，與時序之特色，而這些都和五代詞為女子發言的立場有相當的關聯。

　　名詞加名詞出現頻率次多的是，以物象修飾物件的偏正結構。屬於這類結構的意象有「山枕」十一次，及「山障」、「山屏」、「山眉」等各一次，共十四次。此類詞語的構成方式係以山的形態作為修飾語，而以物件為中心語，因此表現出該物體特有的形貌，故為精緻意象。這樣的形態自溫庭筠的詞中開始出現，而於五代詞才較為頻繁的使用。它們顯示出山意象不再僅以實體的形態存在，而係提昇至概念的階層，以抽象的形貌概念被人類複製於各種器物之上，而這種由實體到山的形態的過程實是透過繪畫模仿的階段。從繪畫試圖的模仿外界和重現外界的過程中，人們對山的認識已不再侷限於自然界遊賞的實際地點，而是抽象的形貌。人們可以將這些抽象的形貌應用在任何器物上，而藉由這些複製的形貌表現出他們各自對山的感受與依戀。

　　進一步來說，這些器物—枕、障、屏、眉等都是閨閣中的物件，而正如同第三章第一節所說的，這種現象代表著山意象走入閨閣，與閨閣之物相互結合，而產生這些新的詞彙。因此，閨閣中的女性藉由這些山形物品的複製喚醒她們對山意象情感的種種，而寄託內心的情懷也不言可喻。

　　出現次數第三多的名詞加名詞形態，是處所修飾物件的偏正結構，分別是「山月」四次及「山人」、「山櫻」、「山果」、「山花」、「山色」及「巫山色」等各一次，共十次。乍看之下，此類形態與前類有著外觀上的相似，皆是以山當修飾語，而以其他名詞為主心語。實則不然，山在此係以地點的意義出現，而修飾（交代）此地點的各個面

十四次，「青山」、十三次，都屬於形容詞加名詞的偏正結構。參見該書，頁220。

向（包括物產）。除了功能上的差異，我們還可以從中心語的意義範疇看出兩種的不同，前一形態中的山由於是以形態的概念存在，廣爲複製於各個人造物，因此中心語必然是各種實體之物件，不會出現抽象的觀念。而此處的中心語除了「月、人、櫻、果、花」之外，還有「色」，係屬抽象觀念的範疇，亦可見此類與前小類之不同。此類以山爲地點修飾山的各個面向顯現出此類意象之塑造仍未脫離自然之山，而都是以自然的山爲對象刻劃其種種姿態，因此屬於精緻意象範疇。

最後尚有「玉山」、「千山」、「五嶺」及「晴山」等各僅出現一次的構詞方式。這些複合詞皆是以後面的成分─「山」爲中心語，而以前面的成分做爲修飾語。其中「玉山」中的「玉」係是玉的顏色作爲修飾語，是名詞修飾名詞的結構。「千山」、「五嶺」則都是數量詞修飾名詞的形態，其中「五嶺」因實際上有所對應故而成詞。至於「晴山」則是動詞修飾名詞的結構。

（二）並列結構

並列結構的能產性不似偏正結構強，因此在數量上不似偏正結構多，而居於第二位。五代詞的山意象屬並列結構者共有十七則，分別是「關山」七次，「山河」三次，「江山」及「山川」二次，「山水」、「陵谷」及「雲岑」等一次。

由於這些意象的結構都是屬於平行複合的形態，因此屬於合成意象。雖然如此，我們可看出以「山」和「水、河、川、江」等意義相近的詞所組合而成的並列詞群最多。而組合的規則，據湯廷池所講，〔註8〕係「上」在前、「下」在後，因此山和水的種種組合多爲「山河」、「山川」、「山水」等情形，而代表著風景的含義；但「江山」例外，不符合此一規則，可能是受了「軟」在前、「硬」在後的影響。〔註9〕不過，「江山」不僅在組合規則上表現出不同，在語義上也與「山水」

〔註8〕　參見湯廷池《漢語詞法句法論集》，頁24。
〔註9〕　同前註，頁25。

等這些自然風景有所不同，係社稷國家之含義。〔註10〕

　　而「關山」係並列結構中出現次數最多的意象，其組合係由「關」與「山」這兩個名詞所並列而成。意義上，「關」為建築於地勢險峻之處，用以防禦敵人的要口，由於關通常位在山間，因此，關山往往合稱，而用來代表古代戰士征戍之處。組合的順序上，為「主」在前（關才是軍隊駐在之處），「副」在後的形式。

　　剩下的兩個意象：「陵谷」及「雲岑」亦是並列的組合，「陵谷」係風景之地的代稱，「雲岑」則言高及雲霧的險峻之山，兩者的組合規則與「山河」、「山川」同，亦是「上」在前、「下」在後的結構。

（三）後補結構

　　後補結構中的山為五代詞山意象最為特別的一類，屬於此類的意象有「屏山」四次，「眉山」二次及「酥山」一次等。首先講「屏山」，「屏山」係「屏」加上「山」。而「屏」字，最早係由「屏障」之動詞意義開始，而後產生有「屏風」一動賓形態的詞彙。因此「屏」字的本身便有多義性，影響所及，「屏山」也因此而具有多種解釋。它可以是動—名的偏正結構，一如：「亂魂飛過屏山簇」解釋做屏障阻隔之山，也可以是名—名的結構，而解釋做屏風中的山或是像山的屏風。

　　然而後一種解釋（像山的屏風）相當特別，而與「眉山」（像山一樣的眉毛）及「酥山」（堆得像山一樣的酥餅）在形態相同：都是以前者（名詞）為中心語，而將後者（名詞）做為補語（修飾語），這樣的形式（主—補）在詞彙學上稱為後補式。後補結構的山意象在五代詞以前的詩歌僅見一次，即溫庭筠〈南鄉子〉中的「鴛枕映屏山」。〔註11〕然溫詞此處之「屏山」猶有多解，因此後補式的山意象正式出現在詩歌中當在五代詞時。此種類型後面成分的功能係「對

〔註10〕參見第三章第二節。
〔註11〕見第三章第四節。

中心成分作形象化的比喻」，〔註12〕亦即將眉、酥、屏等物體用隱喻的手法譬喻爲山的形貌，而產生了各種不同質料的「山」。而此種「山」的形貌係從自然的實體之山取得觀念，故與自然的實體之山有所不同。

　　然而此種結構中的後面部分—「山」不僅是山的形狀而已，透過暗喻手法的運用，山的形象似乎在實體與抽象間游移。這種的組合，讓讀者的閱讀產生了雙重的感受，因此列爲合成意象的範疇。以「眉山」來說，讀者一方面將焦點專注於中心語—眉，另一方面又以山的形態爲中心，而與實際之山互相呼應，而產生人造與自然雙重的疊影。更巧妙的是，眉通常用來「傳情」，，因此以「眉」加上「山」的合成構詞實兼有情與景兩者，是亦可稱爲構詞上的「情景交融」了。

　　最後，我們可以從對上面三種結構的討論，得到這些複合詞內部結構的產生關係（網底部分係指由箭頭兩端的詞所組成的詞彙，而以箭頭代表組合的方向與形式）：

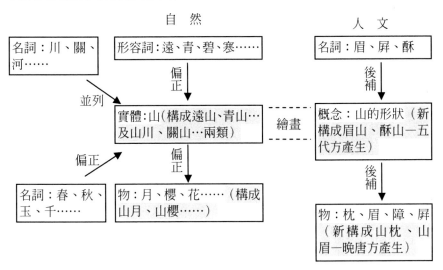

　　由這個關係圖中可以看出，五代詞中複合的山意象的構成，已從自然的地理景致的範疇，轉向於人文的領域。這些自人文取材而生的山意象，已成為一個數量相當的族群，而能與自然互相抗衡，成為五代詞山意象組成上的最大特色。

二、單純詞

　　單純詞包含了專有名詞與純粹的單音節詞—「山」兩種，由於外表形式的不同，故分開討論於下：

（一）專有名詞

　　五代詞中的山的意象屬於專有名詞的共有三十五個，在三十五個意象之中，屬於專有名詞的地理之山最多，共出現二十五次，分別是「巫山」七次，「蓬萊」、「華山」二次，「石城山」、「龍山」、「楚山」、「九疑山」、「九疑峰」、「君山」、「小君山」、「雞祿山」、「南山」、「羅浮山」、「黑山」、「天臺」、「湘山」及「巫峰」等各一次。這些專有名詞的山幾乎都是地理上所實有之山（蓬萊除外），因此在通常的情況下，係屬於地名的範疇。

　　雖然如此，五代詞中的專有名詞並不僅止於地名的交代，相反的，詞人運用了這些地名背後的典故，而為這些意象增添了許多變化。我們可以從這些專有名詞的山所形成的短語看出這種運用，例如：「華山歸馬」、「巫山雲雨」、「巫山暮雨」及「十二峰」、「十二晚峰」……等，都是由專名背後的典故而造成的詞語。專名典故化的運用，解釋了詞人們為何願意在篇幅有限的詞中，相當程度地使用這些原本近乎無義、僅是指涉實際地理處所卻又佔據文字空間的山意象，而使得專有名詞的山在出現的頻率上超過單純詞而躍居第二位。〔註13〕

〔註13〕此處係與杜甫詩中的山比較，杜甫詩中的專有名詞的山，共出現一百六十四次，僅居三種詞類的末位。參見陳植鍔《詩歌意象論》，頁218。

　　專有名詞的山意象除了地理上的山之外，還有「遠山眉」三次，「小山粧」一次，及「博山爐」和「博山」各三次，這些都屬於人造世界的山意象。其中的「遠山眉」與「小山粧」都是師法自然界的山意象而產生的裝扮，而博山爐則是師法仙山而成。此類意象的構詞有兩點值得注意：其一是「博山爐」可以簡化成「博山」，這種簡化透露出詞人有意忽略這些師法自然所造的人造物之一面，而視爲自然之山的意圖。其次則是「遠山眉」亦可簡化爲「遠山」，而使得「遠山眉黛綠」一句產生了兩種不同的斷句。其一是「遠山眉－黛綠」的斷句，而列爲「遠山眉」一類。另一種則是斷爲「遠山－眉黛－綠」，「遠山」與「眉黛」在句中爲同位語，而讓「遠山」與「眉黛」互相投射而產生複雜的關係。詞人在此巧妙地運用了「遠山眉」與「遠山」，及「眉黛」與「黛綠」的特殊關係，使得此句在解讀上呈現多重的義蘊（關於遠山一詞所造成其他句子在解釋上的多義情形，可參看本章第二節）。然而不論是那一種情形，都表現出此類的專有名詞和自然界的關係是如此的密切，而表現了人文世界對山特有的依戀。

（二）單音節詞－「山」

　　以「山」的單純詞形式出現五代詞的意象有二十一個。與同屬單純詞的專有名詞相比，單純詞「山」出現的頻率最低。若以杜甫詩歌中單音節詞的山出現次數二百一十一次，位居第二相比，其地位已不如專有名詞的山重要。所以產生如此之現象，一方面是因爲專有名詞之山在詞中多半以典故的姿態出現，因此對詞意的經營上有莫大的幫助。另一方面，泛稱的單音節詞之「山」由於其形象過於模糊，已無法符合詞體對意象經營的要求，因此出現的次數最低。

第二節　五代詞中山意象的詞類與演變

　　我們可以從構詞中看出，五代詞中的山意象皆屬於名詞的範疇，所不同的是名詞內各個次類有變化而已。關於名詞的細分，因各家的

角度與取捨而有所不同，湯廷池《漢語詞法句法三集》中，依語意將名詞細分為十一類〔註14〕，其內容為：

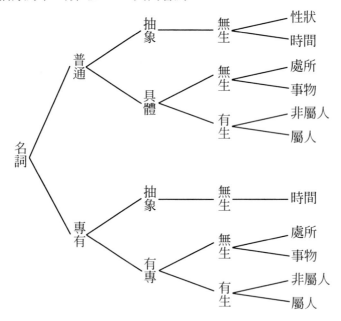

　　此一分類的標準一致，畫分的次類也頗為適當。唯一美中不足的是專有名詞與普通名詞之抽象一類並不對稱，一僅有時間一類，另一則有時間與性狀兩類。依本文實際對詞類的分析，發現專有名詞亦應有性狀一類，故本文以此十一類為基礎，於專有名詞之下增性狀一類，為十二類，作為分析的標準，以下即依此標準探索前一節所斷詞彙之詞類與變化：

一、普通名詞

（一）處所詞

　　五代詞山意象屬於處所詞者最多，分別有（未計算重複者）〔註15〕

〔註14〕參見該書，頁67。

〔註15〕由於此一詞類重複之意象甚多，一一列舉極佔篇幅，因此本節原則

「山、秋山、春山、雲岑、青嶂、青山、屏山、奇峰、晴山、遙山、
碧山、晚山、寒山、遠山、空山、玉山、陵谷、關山」等十八個。由
於山原本就是處所詞，因此在詞中用來交代地點最爲常見：

　　春山煙欲收　　　古廟依青嶂

　　關山人未還　　　四散自歸山

　　記得陵谷追遊歇　謝家仙觀寄雲岑

上排的「春山」、「關山」及「陵谷」係煙、人與追遊所在之處，而下
排的三個意象（青嶂、山、雲岑）與前面的動詞間都可插入「於」字，
故可視爲「於」的省略，而成爲前述事件發生的處所。可知五代詞係
直接將「山」視爲處所詞，而與現代漢語不同。現代漢語中，「山、
水的名稱（普通名詞）需要帶上方位詞—上、裏才構成地名」。〔註16〕
雖然如此，古代漢語中普通名詞的山有時也加上方位詞，而成爲處所
（五代詞僅有二例）：

　　半輪殘月落山前　　　碧山邊

然而山的意象除了作爲地點外，還因爲同時是名詞的關係，而表現出
一般名詞的特性：

　　山如黛　　　免被關山隔

　　奇峰如削　　　玉山萬里

　　生涯一片青山　　遠山迴合暮雲收

「山如黛」、「奇峰如削」都是形容山的樣貌，「關山」則是就地理上
言其阻隔的意義，其他「青山」、「玉山」及「遠山」也都是著重於描
寫山的外貌。這些都是山在處所詞之外，又表現出其爲名詞而特有的
物性。

　　同樣的原因，處所詞也因此在語法上，表現出由名詞詞性轉爲其
他詞性之活用的情形：

上只依特色列舉具有代表性者作爲討論對象（若全部列舉者將特別
註明），欲進一步了解五代詞各個意象之詞類分析可參見總表。

〔註16〕趙元任《國語語法》，頁215。

1. 用為定語（形容詞詞性）者：

春山煙欲收　眉學春山樣

關山人未還　寂寞關山道

以上楷體字代表著名詞性的短語，其構成是由「春山、關山」等定語（上面加點之山意象），加上後面的「煙」、「人」、「道」及「樣」等名詞而成。這些山的意象原本都是處所詞，但在實際的運用上，或因為交代後面名詞之處所：「春山煙」—「春山的煙」，或因為賦予事物面貌：「春山樣」—「春山式樣之眉」，而在語法上成為定語（活用為形容詞性），用來修飾後面的名詞，而限定並賦予這些名詞更詳細的特徵。

2. 用做狀語者：

眉翠秋山遠　　帶恨眉兒遠岫攢

兩條眉黛遠山橫　愁眉翠歛山橫

眉黛遠山攢

共有五則。「秋山遠」指的是如秋山一樣的遠，兼有顏色與距離上的視覺感受；「遠岫攢」、「遠山攢」指的是如遠山一般聚攢；而「山橫」、「遠山橫」則是形容眉毛如（遠）山一般地橫躺著。上述的山意象，「遠山」、「遠岫」、「秋山」及「山」等，原本也皆屬於處所詞的範疇，但因為修飾後面的動詞，而活用為副詞性的狀語。進一步的是，這些被修飾的動詞，又都是表現女子眉毛的情態。在語法學上，名詞的活用，不僅限於主觀的看法，還含有某種處置、行為或行動，而帶來某種事實。因此，此處由「山」的意象活用而描述的事物，皆可謂是女子的某些主動的行為所帶來「山」的改變。此即：山意象已經過女子的加工（行為），而由景觀轉入人事範疇，造成「山」在事實上的改變。而由第四章的討論可知，這種刻意而造成的改變，係透露出「山」在女子心目中的特殊涵義。因此，此類的山意象在詞中的表現，係透過抽象層面的山形態，來表現出女子眉毛之「動作」，同時由女子眉毛之動作而顯現出心中之思緒。

（二）事物名詞

　　屬於事物名詞的山意象有「屏山、山屏、山枕、山月、酥山、山、春山、江山、山川、山河、山水」等十一種，一般而言，事物名詞都是和山的形狀有關：

　　　　倚屏山　　　　　山枕印紅腮

　　　　金盤點綴酥山　　枕倚小山屏

「屏山、山枕和山屏」都是取法於山形的物體，而「酥山」則是堆成山的形狀。由於取法乎山，因此山的形狀被圖繪於畫布之上，而使得「山、春山」等原本屬於自然界處所名詞的範疇，成為事物名詞：

　　　　翠疊畫屏山隱隱　　暮天屏上春山碧

　　　　春山顛倒釵橫鳳

這兩個意象在表面上都看不出是物或自然，不過是在畫屏上才確定其為事物。其實此類名詞的產生，在自然界處所名詞的山往往表現出來物性就可看出端倪，進入繪畫不過使其物性顯現，得以脫離處所的領域。然而也有山中的事物出現：

　　　　曲岸小橋山月過

月為無生命之物，因此「山月」屬於事物名詞的範疇。然而此處言「山月『過』」，由「過」字可看出作者擬人化的手法，而使得「山月」活用為屬人的有生名詞的範疇。

　　至於事物名詞中的「江山、山川、山河、山水」等則為集體的物象：

　　　　千里江山寒色遠　　　寒宵魂夢怯山川

　　　　三千里地山河　　　　山水相連

「江山」、「山河」等代表著風景的整體，因此在物象名詞中又自成一個特別的群體。

（三）屬人有生名詞

　　屬人的有生名詞共有「山眉、眉山、山人、遠山、（遠岫）」五種，

其中的「山眉、眉山、山人」在字面上便可看出是人或是人的一部分：

　　　梳墮印山眉　　　　眉山正愁絕

　　　小隱山人十洲客

其中的「山眉」、「眉山」與「山人」顯然都屬於人的有生名詞，然而「遠山、遠岫」則有所不同：

　　　遠山眉黛綠　　　　帶恨眉兒遠岫攢

　　　遠山愁黛碧

將此三例之「遠山、遠岫」解釋為眉毛，其實是多義的解釋之一，而與前面處所詞之「遠山」互見。由於「遠山眉」之名稱係源於對於「遠山」之形狀與顏色之擬仿，因此「遠山」與「遠岫」亦可視為「遠山眉」之簡稱。前一個句子「遠山眉黛綠」的多義情形已於前一節論及；而第二句之「遠山」可以亦以視做「遠山眉」，因而與「愁黛」為同位語，言其眉色之碧綠（即列於本處之原因）；另一解則可詮釋為遠山令「黛碧」而愁，因「黛」可以解釋做「眉毛」。至於末句之「遠岫」也是如此，亦可將其視為「帶恨眉兒」之同位語，為眉毛形狀之進一步說明，而解釋為帶著憾恨心情的遠山眉不知不覺地攢了起來，因此皆可列為屬人有生名詞的類別。

（四）非屬人有生名詞

　　非屬人有生名詞有「山花、山果、山櫻」等三種，都是山中所產的植物，故為非屬人的有生名詞。由於此類之歸屬十分明顯，故僅舉數例於下以為一觀：

　　　山月照山花　　　　山果熟

　　　雨霽山櫻紅欲爛

（五）抽象名詞

　　抽象名詞僅有一種—「山色」，出現的次數亦僅一次：

　　　水聲山色鎖粧樓

「山色」，係山的性狀的描繪，因此列為抽象名詞。

　　討論完山意象在普通名詞各次類的分布後，我們可以看出這些次類之間的相關性：

1. 處所詞與事物名詞的相關性

　　在屬於處所與事物名詞的範疇裏，「山」與「春山」都是重複出現的意象。從起源來說，這兩個意象皆是由處所詞而來，由於「山」和「春山」這兩個處所詞所帶有的物性，使得人們模擬其外貌，而在不同範疇裏產生了相同的詞彙。另一方面，作者在詞作中將事物名詞的「山」省略其人工的本象，使處所與事物之界限混淆，不但顯現出兩種範疇之「春山」和「山」在作者心中的意義相同，也在美學上創造出雙重的影象。

2. 處所詞與有生名詞的相關性

　　處所詞與有生名詞方面，「遠山」係兩者所共同擁有的意象。與第一點一樣，「遠山眉」亦是效法自然界而畫，而兩者不同的是，一係效法「春山、山」，一是效法「遠山」而已。這種不同代表著作者的一種選擇，這個選擇透露出由「眉」這個在文學上代表內心的意象，與「遠山」在意義上有相當程度的接近，因此才會有這樣的修辭方式。而這樣的修辭方式使得詞作的解釋上有了多義性。

二、專有名詞

（一）處所詞

　　專有名詞的山作為處所詞的情形最多，計有十五種，分別是「天臺、石城山、九疑山、蓬萊、巫峰、華山、湘山、雞祿山、羅浮山、楚山、龍山、巫山、小君山、君山、黑山」等，這些處所詞亦如普通名詞中的處所詞，作為地點之交代，係最普通的用法：

<table>
<tr><td>九疑山</td><td>蓬萊院閉天臺女</td></tr>
<tr><td>一朵彩雲何事下巫峰</td><td>華山歸馬是何時</td></tr>
<tr><td>杏花飄盡龍山雪</td><td>巫山暮雨歸</td></tr>
</table>

以上所舉意象皆僅一次，其中第一個「九疑山」係單獨成句點明處所外，其他的意象都是交代句中人事物的地點。在處所詞加上方位詞方面，則有以下幾種：

羅浮山下　　　　　　黑山西

雞祿山前遊騎　　　　小君山上玉蟾生

石城山下桃花綻

以上所列意象出現之次數皆僅一次，故屬於此類者共五次。若與普通名詞（約二比五十）相較，可以發現加上方位詞的專有名詞所佔之比重已經大為增加（五比六）。然而在景物的描寫，專有名詞的次數則大為減少：

楚山青

眉共湘山遠　　　　　君山一點凝煙

僅有三例，則可知專有名詞因為指涉對象之固定，而使得普通名詞中因物性而產生的運用減低，故在出現次數上大為減少。

專有名詞雖然在物性的表現上大為減少，但作為名詞而產生的活用情形卻不在少數：

一望巫山雨　　　　　夢覺巫山春色

目斷巫山雲雨　　　　蓬萊院閉天臺女

杏花飄盡龍山雪　　　峯山梧桐相覆

共有六句，且皆是做為定語。其中除了最末一句「龍山雪」為單純的地點修飾物（雪）之外，其他的四句都還與典故相關。〔註17〕由此可知，五代詞中的專有名詞因為經常運用典故的關係，而使得這些原本只限於交代單純處所的專有名詞，超過了原有的藩籬，而在詞性上得以活用、變化，創造出更多的意義。

〔註17〕參看本文第三章第六節。

（二）事物名詞

事物名詞方面，有「博山、博山爐、小山粧」三個意象。

　　閒倚博山長嘆　　　　　　博山爐暖澹煙輕

　　小山粧

此處之博山爲博山爐之簡稱，因此與博山爐爲同一物體。而小山粧爲女子之粧扮，故亦爲事物之一。

（三）屬人有生名詞

屬人的有生名詞有「遠山眉」：

　　一雙愁黛遠山眉

遠山眉指的是特有的眉形，故屬於人的有生名詞。而由「遠山眉－山眉－遠山」這種泛稱與專有名詞所顯現的相關性，可以看出作者蓄意在專有名詞與普通名詞之間所造成的模糊，這種模糊讓普通名詞的處所、有生名詞與專有名詞的有生名詞間互相混淆，而使得女子之眉毛具有這三種不同範疇（詞類）的形象特點，製造出多重疊影的效果。

（四）抽象名詞

抽象名詞有「巫山色」一例：

　　貌掩巫山色

表面上看起來，「巫山色」與「山色」似乎相互對應，實即不然，「巫山色」係詞人以巫山背後的典故爲基礎，以巫山之色譬喻（聯想）巫山神女之美，而創造出形容美女的詞彙。故「巫山色」兼有美色的含義，與「山色」僅指山之風貌有所不同。

　　最後，我們可以由以上的討論看出山的意象在專有名詞和普通名詞的範疇中分布的情形：

	屬人有生	非屬人有生	事物	處所	時間	抽象（性狀）
專有名詞	有（遠山眉）	無	有（博山爐）	有（巫山）	無	有（巫山色）
普通名詞	有（山眉）	有（山花）	有（山月）	有（遠山）	無	有（山色）

　　括號內所舉意象為該類之例證（性狀除外），由此表看來，山意象在兩個範疇裏大致上呈現出對應性，屬人的有生、事物、處所及抽象名詞等，都有山意象的存在。唯一的例外是專有名詞非屬人的次類，沒有出現山的意象。由山的意象廣泛地在各個範疇的分布可以知道，山的意象不只是產生了新的詞彙，還進入了不同的領域，而使得運用和語法上產生了很大的變化。

第三節　五代詞中山意象的語法運用

　　語法關係是以句子為對象探討其中的結構及各個組成成分所擔當的角色。就結構而言，句子可以分成整句與零句兩種。〔註18〕從最大的範圍來說，不管句子的結構如何複雜，整句都可以分成主語與謂語兩個部分。主語擔任著施事、受事、主題與存在的角色；而謂語則是對主語的陳述、描繪或評論。相對於整句的完整結構，零句係零碎句子的意思，並無完整的主謂結構，形式通常只是動詞性詞語或是名詞性詞語所組成的片斷詞語。從前面的討論可以知道，五代詞的山意象都屬於名詞，而名詞屬於實詞的範圍，因此可以為整句，也可以為零句的一部分。它可以擔任主語的角色，也可以充當謂語的部分。因此，本節擬分成零句與整句兩大部分，〔註19〕觀察五代詞山的意象組成了何種結構的語句，及它們在不同的句子形態下的功能及表現出來的特色。

一、零句

　　零句為不完整的句子，亦即無主語—謂語的形式。就語言上來說，零句可以單獨存在，如感嘆詞「哎！」即算是單獨的零句；也可以是一個名詞詞組或是動詞詞組，而與上句或下句連讀時，方構成一個完成結構的「句子」。五代詞山意象屬於零句句子的結構可分為名

〔註18〕參見趙元任《國語語法》，頁23。
〔註19〕亦可以稱為主謂句與非主謂句。

詞詞組與動詞詞組兩種：

（一）名詞詞組

五代詞山意象所構成的零句大都為名詞詞組，就意義的範疇來說又可分為處所、物與人三種：

1. 處所

山意象所構成的名詞詞組為處所短語，通常在詞中交代事件發生之處，或描述某地點之景象。就山意象所構成零句與上下文之關係來看，又可分為主題（topic）與解釋（comment）兩種：〔註20〕

子、作為主題

作為主題的句子共有十五句，茲錄該句與上下文，以明其間的相關性：

（1）羅浮山下，有路暗相連。

（2）青塚北，黑山西，沙飛聚散無定，往往路人迷。

（3）獨立荒池斜日岸，牆外遙山，隱隱連天漢。

（4）獨自莫憑闌。無限江山，別時容易見時難。

（5）峭碧參差十二峰，冷煙寒樹重重。

（6）一重山，兩重山，山遠天高煙水寒。

（7）山枕上，私語口脂香。

（8）山枕上，幾點淚痕新。

（9）山枕上，長是怯晨鐘。

（10）山枕上，翠鈿鎮眉心。

（11）山枕上，燈背臉波橫。

（12）山枕上，始應知。

（13）九疑山，三湘水，蘆花時節秋風起。

（14）朝雲暮雨，依舊十二峰前，猿聲到客船。

（15）四十年來家國，三千里地山河。鳳閣龍樓連霄漢，
　　　玉樹瓊枝作煙蘿，幾曾識干戈？

〔註20〕詳見周法高《中國古代語法》第一章第一部分。

零句中的「主題」，即是話題，係句群觀念之主體，為被說明或評論的單位。因此，擔任主題的零句在單獨存在時，其意義並不明確，而必須與下文整個句子參照方可識其意義之內涵。就上面所舉的句子來看，這些山意象所在的零句，都與下句有直接的關係，連讀之後其意義立可判知。由此一方法，我們得知上述由處所詞構成的零句大多為後面的狀況（句子）所發生處所的交代（除最後一段外）。表面上，這些處所都很簡短而無深刻之涵意，事實上，這些處所都是詞中所欲描述的主題核心。以出現最多的「山枕上」為例，在第四章的語義探討中，雖然無法看出特別之意涵，但在語法上，由於擔任著主題的角色，因此有著極為重要的地位，為詞中女子心緒表露之處，位於詞中最末，有畫龍點睛之妙。另外，倒數第二段中的零句也相當特別，「依舊十二峰前」既可為前句之謂語，成為「朝雲暮雨」之所在，亦可為下句「猿聲到客船」之地點。承上啟下，可謂巧妙。另外，最末段中的「三千里地山河」與前面「四十年來家國」同為零句，交代了本段所討論之必要資料，亦即：「承平已久（四十年）的廣大國家（三千里地）」。在這樣的條件下，下面的「幾曾識干戈」的意義方為凸顯。由這些句子知，位於前面的零句為下文的說明對象，是該段文字的主題；而下文的句子則是陳述，說明該主題的內容。事實上，這些零句都可以與下文重組成為一個完整陳述的句子，作者在此將其單獨成句使得該「主題」得以被強調，成為詞作中一段之中的焦點。

丑、作為解釋

作為解釋的句子有六句，茲錄該句與其上文於下：

(1) 歸鴻飛，行人去，碧山邊。

(2) 遠風吹散又相連，十二晚峰前。

(3) 野花芳草，寂寞關山道。

(4) 憶蕭郎，等閒去，程遙信斷，五嶺三湘。

(5) 秋已暮，重疊關山歧路。

此處稱山意象所構成的零句爲解釋的原因，是在於這些句子都是前句的進一步說明。換言之，即爲句群中陳述之部分。由於零句作爲陳述的部分在句群中只是補充前文，因此其地位較不高。

2. 物

物所構成的零句皆爲主題，共有三句，茲錄其句群如下：

（1）小山粧，蟬鬢低含綠，羅衣澹拂黃。

（2）紅線毯，博山爐，香風暗觸流蘇。

（3）水雲間，山月裏，棹月穿雲游戲。

這三個句群中，最後一個句群的山意象所構成的零句爲主題，係「遊戲」發生的場所。然而我們從前兩個句群中，卻發現零句與其他句子在意義上成爲並列的句群，描述的一是女子的粧扮，一是閨中器物的擺飾，而這些並列句群並沒有透露出任何進一步訊息。欲了解這種情形，必須就全詞來看，茲先錄前一句群之全詞於下：

> 修蛾慢臉。不語檀心一點。小山粧，蟬鬢低含綠，羅衣澹
> 拂黃。　　悶來深院裏，閒步落花傍。纖手輕輕整，玉鑪
> 香。（毛熙震〈女冠子〉）

由全詞來看，方發現原來本詞的上半闋全爲「主題」，係詞中女子情態的刻畫：一位身著羅衣、理了蟬鬢、化了小山粧的女子。然而這位女子究竟有何心事？或者意欲何爲呢？答案就在下半闋，作者以「悶來深院裏，閒步落花傍」兩句，微露出此女子滿懷心事的眞相。是故，本詞以上闋爲主題，而下闋爲陳述，全詞不過是寫出一個女子（可能是女冠）春來的閒愁而已。而詞中的山意象看似簡單，實則是此一看似不起眼的意象所構成的零句與上下句形成一個情調一致的龐大主題，就在作者對這個女子一點一滴的刻畫之中，已然是下闋「閒愁」發生的最佳情境，也埋下了最佳的伏筆。加上作者的「陳述」係採隱約的方式，使得這種在一個個物象的簡單排列中，傳達出女子幽微感受的手法，成爲五代詞中刻畫女子心聲最成功的方法。

至於另一零句「博山爐」所構成的句群地位亦與此句群相同，甚至猶有過之。全詞十句之前九句皆爲主題，刻畫女子所在之環境，至

於陳述僅是最後一句的最末一字「愁」微微點出，更可見其幽微之處。由於此詞已見於前章，茲不再錄。

3. 人

山意象所構成之名詞詞語爲人者有兩句：

（1）小隱山人十洲客，莓苔爲友雙耳白。

（2）一雙愁黛遠山眉，不忍更思惟。

皆是主題的角色，而必須與下句連讀方可看出其句子的完整意義。

（二）動詞詞組

山意象所構成的零句爲動詞詞組者有三句：

（1）曉天歸去路，指蓬萊。

（2）傾白酒，對青山，笑指柴門待月還。

（3）倚屏山，和衣睡覺，醺醺暗消殘酒。

以上三句所以爲動詞詞組的殘句皆是因爲句中主語省略的緣故。前面一句的「蓬萊」交代前句歸去路的地點，故可稱爲句群中的謂語。而後面兩句以連續的動詞詞組所構成的殘句表現出一幕幕的連續動作，至於動作之緣由則在末句點出，因此是以動作來擔任著句群中主題的角色。

我們由以上的討論可以發現，這些零句在句群中多半扮演主題的角色，而在詞中居於被「解釋」的中心對象，這代表五代詞山意象所構成的零句在詞人構思篇章時對山意象的「重視」，作者甚至透過零句將全詞高度地「主題」化，再於詞末微露其意，使得詞作有含蓄深厚之韻味。也就是這樣的手法，才使得看似不起眼的零句得以在詞中居於重要的地位。

二、整句

整句的情形則較零句複雜，因爲山的意象既可以充當主語，也可以擔任謂語的角色。是故，本文擬就山意象充當整句中主語與謂語兩方面討論於下：

（一）山意象所構成的短語作為主語者

　　由第二節的討論可以得知，五代詞的山意象分別屬於處所名詞、事物名詞、非屬人有生名詞、屬人有生名詞與抽象名詞等類別。由於不同詞類的山的意象所表現出來的特性不同，因此可以依這些詞類而分成處所名詞、事物名詞、非屬人有生名詞與屬人有生名詞四項，來探討這些意象擔任主語所構成的主謂句的結構。至於抽象名詞因爲擔任主語的句子僅有一句，而抽象名詞與事物名詞又都屬於無生名詞的範疇，其表現會較爲接近，因此合併於事物名詞中加以討論：

1. 處所名詞：由處所詞與處所詞構成短語作為主語的句子形態有下列幾種：

甲、處所詞（短語）加動詞謂語

　　動詞謂語指的是動詞或動詞性詞組所組成的短語，在句子中擔任謂語的角色。動詞的類別，從語法的關係來看，可以大略分成動作、狀態、分類及存現動詞等四類。關於動詞的進一步分類，各家或精或粗，有所不同。而此處將動詞區分爲四類，可以說是最爲粗略的分法〔註21〕。所以採取這樣的分法，一方面是因爲語法並非本文所討論之課題，語法上區分的過細，往往係原於語法系統本身的要求，過於細密的分析對於本文所關照之對象—山意象（其範疇係屬於名詞），進一步的幫助不大。此外，動詞進一步次類的分類，以古漢語爲研究對象的語法學也未有定論，冒然採用可能會使本文陷入語法學上的爭議而必須引用大量的中古語料資料來解決枝節問題。因此，本文採取目前爲止已經趨於共識但較爲粗略的分類作爲標準。另外，本文將屬於動詞範疇的形容詞獨立出來，則僅是出自文學上的觀點，而在名稱上作出的選擇，無害於語法學上形容詞原屬於狀態不及物動詞之範疇。

〔註21〕詞類的分類一向頗有爭議，至今仍無標準。例如：趙元任《國語語
　　　　法》中將動詞分成九類，李佐丰《文言實詞》分成十六類，類之下
　　　　還有小組，這些分類都不相同。

子、動作動詞作為謂語

　　動作動詞主要是表達行為或活動的變化的動詞。在處所的山意象為主語的句子中，以動作動詞為基礎而構成的謂語有九句，首先來看以下五句：

　　　　千山萬水不曾**行**　　　　巫山暮雨**歸**
　　　　自從陵谷追遊**歇**　　　　雞祿山前**遊騎**
　　　　關山人未**還**

這些處所詞的山分屬專有名詞、簡單意象及合成意象的類別，而動詞「歸」、「歇」、「還」與「遊騎」由於都是具體移動之動作，故屬於動作動詞的範疇。在語法上，處所詞通常與位移動詞相連，上面的句子亦然。句中的山意象都僅是處所的交代（不管屬它們於何類的意象），實際運動的主角並非山，而是位於山的人、物。因此這些有實際運動的動作動詞（以下稱為運動動詞）所構成的動詞謂語，都是將山作為活動的地點，表現出現實世界中移動的形象。另外屬於動作動詞的句子還有：

　　　　晴山礙目**橫天**　　　　華山梧桐相**覆**
　　　　蓬萊院**閉**天臺女　　　　春山**顛倒**釵橫鳳

第二句主語中的華山係地點的交代，而第一、三、四句的山則是扮演施事者的角色。動詞方面，「礙」、「橫」、「覆」、「閉」與「顛倒」皆是動作動詞，然而在行動上並非如上述有具體之移動那樣明顯，而僅呈現出行為方面的某個時態下的動作，因此在表現上屬於較為靜態之範疇（以下將這些動詞稱為行為動詞）。行為動詞的出現通常讓擔任施事者的主語帶有有生意涵，因為處所詞並不會產生某個動作。因此，此處的山意象雖為處所，在語義上已因語法的運用而產生些許變化。第一句之謂語係兩個動作動詞｜「礙」與「橫」構成，這使成句中的山宛如具有生命，加上本句謂語係由此二動詞所各自組成的動賓結構｜「礙目」、「橫天」並列而成，這種「並列」也造成迴復的感覺，使得兩個的動作分別形容出「晴山」的兩種樣貌，讓此一意象的具體形象更為凸顯。第三句的動詞「閉」原本是不及物動詞，此處接賓語

是使動的用法－讓天臺女被閉，也相當特別，而皆代表山的有生意涵。無庸置疑，這種與行為動詞相接，而造成處所之山意象「有生」的情形，同樣是由山意象意義範疇的改變所造成。我們可以從第一句與第三句皆言女子之幽居心態得到答案。至於最末一句的「春山」為畫中之山，係無生之名詞，而以行為動詞｜「顛倒」與其相連，狀其姿態，係間接表現出女子春日酣睡之恣態，手法甚為生動。由這九個句子屬於動作動詞的比較可以得知：與運動動詞相連的山意象往往只是地點的交代，而在句中扮演陪襯的角色；但與行為動詞相連的山意象雖然也屬於處所的範圍，卻因女子特有的懷山心緒而讓山實際扮演施事者的角色，成為句中的主角。再加上作者的特殊手法，使得這些句子中的山意象之面貌更為凸顯。

丑、狀態動詞作為謂語

狀態動詞所表現的是事物非自主的狀態和變化，處所詞的山意象與狀態動詞相連的句子有五句：

小君山上玉蟾**生**　　　　　遠山迴合暮雲**收**

石城山下桃花**綻**　　　　　春山煙欲**收**

君山一點**凝**煙

這些句子的主語分屬兩類意象：上面的三個為專有名詞的範圍，它們分別擔任交代物象的產地（前兩個）與事件發生的地點。動詞方面，「生」、「迴合」、「綻」、「凝」及「收」等，都是某一狀態的呈現，故為狀態動詞。狀態動詞亦意味著主語的有生意涵，因此，這六個句子透過這些狀態動詞，將山靜態的一面或山中景物的樣貌表現了出來，而成為一幅幅有生機的生動圖畫。更進一步的，在這些圖畫之中，「春山煙欲收」、「遠山迴合暮雲收」…等句有著兩個意象的堆疊及意象短語的並列，這種意象的並置使得一個句子之中有不同的景物，或大或小，表現出景深造成空間的立體感。

寅、存現動詞

存現動詞指的是「有」和「是」這類的動詞，是用來表示人、事、

物本身所擁有的東西或形態，因此並不含時間之定點，而無變化。屬於此類的句子有一句：

　　　空山**有**雪相待

此句用「有」表示主語「空山」存有「雪」這樣的物體。由於存現句通常是直接論述其內容，因此是較爲理性的論斷，而在表現上直接而明顯，與散文之句法相近，因此較無詩意。

　　卯、分類動詞

　　　分類動詞有似、猶、若、如等動詞，此類動詞所構成的謂語有兩句：

　　　奇峰**如**削　　　　　　　山**如**黛

如同存現動詞，分類動詞亦不含時間之定點，因此並無太大變化，僅表現出事物間的相互關係。而此處的主語「奇峰」與「山」，一爲簡單意象，一爲單音詞，因爲在形象上皆有景致的概括性，詞中藉由「如」的分類動詞說明這兩個意象形象上的特別之處，此即所謂的「明喻」的手法，用來強調山的某一特別的形象與質素。

　　乙、主詞加形容詞謂語

　　　屬於形容詞謂語的有十句：

　　　寒山**碧**　　　　　　　　楚山**青**
　　　春山夜**靜**　　　　　　　樓上春山**寒**四面
　　　春山**拂拂**橫秋水　　　　山遠天高煙水**寒**
　　　水遠山**長**看不足　　　　樓上重檐山**隱隱**
　　　翠屏十二晚峰**齊**　　　　行客關山路**遙**

這些句子的主語多半爲簡單意象及單音節詞，僅有關山與楚山屬於合成及專有名詞的範疇。形容詞方面，「碧、青、靜、寒……」等等都是形容事物的情態與特質，因此這些山意象在形容詞的修飾下，都表現出某一面的樣貌。此外，我們發現描這些句子的主語，除了前兩句句中僅出現一個名詞外，其他的句子至少出現了兩個以上的名詞。這些名詞或爲直接的堆疊，如「『樓上─春山─寒』四面」，或加了形容

詞成爲名詞短語而羅列，如「『山遠－天高－煙水』寒」。由於這些名詞都屬於自然界之景物，再加上這些主語的山意象幾乎都不是以專有名詞的姿態出現，而係簡單意象或單音詞，因此句中的山意象便與其他自然意象相融、羅列堆疊就如同刻畫景觀一樣。句中的景物一個一個地出現，有高有低，或近或遠，造成了空間的深度與立體感。

丙、主語加名詞謂語

名詞謂語的句子共有四句，分別是：

鶯啼楚岸春山**暮**　　　　　玉山**萬里**

江上晚山**三四點**　　　　　樓上春寒山**四面**（多義）

這些名詞謂語多數是數詞，而數詞作爲謂語便如同倒裝一樣，與一般皆是數詞加名詞的方式不同。藉著這種不同，凸顯了數量詞計畫的地位：「萬里」加強了玉山綿延不絕的形象；「三四點」讓山如同水墨畫一樣，將複雜之山水化成了簡單之形象，而取得了如畫般的無窮意境；「四面」則加強了空間封閉的感覺。因此這些數量詞使得句中的山水形象更加逼眞，而使得全詞的意境更爲生動。除此之外，若將「樓上春寒山四面」與「樓上春山寒四面」兩句比較，會發現兩個句子之間甚爲相似，其間的差異不過是擔任主語的意象群之間的順序互相掉換而已。然而在解釋上卻有所不同，前者是以「山四面」言空間的侷限，後者是言「寒四面」言春寒之料峭。然而我們在解讀時卻可以將這兩個句子當成對方的句型讀，其原因在於這兩個句子的四個成分都是名詞，而詩歌（包含詞）是有節奏感的，因此在吟誦這兩個句子時，是以「樓上－春寒－山－四面」或是「樓上－春山－寒－四面」的間隔進行，這種間隔讓這四個名詞間的關係變得一樣緊密，讓原本以直述方式讀法讀來較爲緊密的「山四面」或「寒四面」得以分開，而造成主語間的意象有倒裝讀法的可能，由此我們可以看到意象的直接堆疊所造成語法上的互通與解釋的多義性。另外還有一點值得一提的是，這些句子的主語中沒有專有名詞的存在，而是以簡單意象爲主（佔五句），可見自然界的山以簡單意象的型態存在，爲詞人最喜欣賞的

意象，而用形容詞謂語對其作多方的描寫。

丁、疑問句

自然界之山意象作為疑問句之主語的僅有一句：

> 關山何日休<u>離別</u>

離別為動作動詞，故本句應屬動作動詞一類，但由於疑問句在語法上常表現出不同的特色，因此於動詞謂語之後別立小類加以討論。由於疑問句發問的對象通常都是「人」，因此本句對「關山」此一無生命處所意象發問無疑是將其視為人的手法。而更進一步的是，本句的主語「關山」，在語義上可以有兩種解釋：其一為自問或問人，言何日才能休離別關山；其二則是將關山視為發問的對象。然而不管如何解釋，這個句子都表現出兩個特點，一為行為動詞—「離別」的強調，透過「休」離別而強調女子對離別之難忍與怨恨，而透露出獨居之寂寞幽恨。二是「關山」的詞性擬人化手法，前者是將關山比做離別之情人，而後者則是將「關山」擬人化對其發問的手法。這種手法使得原本是自然界的關山暫時活用為屬人的有生名詞，而造成詞性的變異。

戊、判斷句

凡對主語的性質、情況進行判斷的句子稱為判斷句，通常是以繫詞「是」、「為」等所構成的句式。判斷原屬於名詞謂語一類，但由於此一句式有特別之處，故亦別立一類加以討論，屬於判斷句的句子有一句：

> 華山歸馬是<u>何時</u>

本判斷句的謂語為「何時」這個由疑問副詞加上時間名詞的名詞組，由於判斷句係對於主語的情況作出斷言式的陳述，因此後面的謂語成為句中著墨的重心。因此，透過「是」的連接，強調了「何時」這個作者心中重要問題，而這個問題也正是本篇作品的中心所在。

最後，我們還可以在數量上看出這些謂語形容山的意象所表現出來的特點：

　　壹、以處所詞的山意象構成的短語擔任主語的句子共有三十四句，其中動詞謂語有十七句，包括動作動詞八句，狀態動詞六句，存現動詞一句，分類動詞兩句；形容詞謂語有十句；名詞謂語有四句，以及疑問和判斷句各一句。其中除了動作動詞中之五句係將山視為地點，而有屬於實際運動範疇的動詞外，其他的三十句，無論是動作中較靜態的行為、狀態、存現、分類等動詞或形容詞謂語與名詞謂語，都是集中於描述山的靜態之形貌，顯現出這些主語的自然之山多半是觀照而得，而與具體的活動有相當的距離。

　　貳、佔比例最高〔註22〕行為、狀態動詞（含形容詞）的出現，意味著本為處所的山意象帶有有生意涵。此一現象代表著山意象在女子主觀的心緒的影響下，已發展出與自然景致不同的含義，因此在詞作中也產生了不同的運用手法。

2. 事物名詞

　　以事物名詞的山意象作為主語句子者有二十三句，其後面的謂語形態亦可分為四種：

甲、動詞性謂語

子、動作動詞

　　首先看動作動詞中有具體行動的句子：

　　　曲岸小橋山月<u>過</u>（多義）　　行雲山外<u>歸</u>

首句為兩個以上物體意象之層疊。就語法而言，事物名詞屬無生一類，因此多半會與行為或狀態動詞相連，而少與有實與位移的運動動詞相連。因此，第一句中的「山月」即是如此，山月在實際的世界裏不會移動也很難被移動，因此有具體的動作原本是不可能發生的。此處的「山月」會與「過」這個運動的動詞相結合係由於擬人化的手法，擬人化的手法在此處構成了「動態環境」，〔註23〕使得李珣此詞所描寫的江南環境幽靜中帶有生趣。除此之外，還有一點值得注意的是，

─────────────

〔註22〕參見本章末之整句統計表。

〔註23〕孫康宜《晚唐迄五代北宋詞體演進與詞人風格》，頁113。

本句之構成有著意象的直接堆疊，而如同前述，意象的堆疊會因爲詩歌吟誦的關係，而導致意象彼此間的結合不夠緊密。因此此句的吟誦是以「曲岸—小橋—山月—過」的間隔進行，這種間隔使得原本在直述句中，應當解釋爲「曲岸小橋上的山月剛剛經過」的緊密讀法被拆開，而可以解釋成「山月剛剛經過曲岸小橋」。換言之，一是將「曲岸小橋」視爲「山月」所在之處所；另一是將「曲岸小橋」視爲山月所經過之處所，一爲主語之修飾，一爲動詞之賓語。另外，第二句的「山」由前章的討論可知係指畫中之山，因此屬於事物名詞。然而由此處係將畫中之山與現實之山相等同，因此亦與運動動詞相連。在表現上，本句之山亦與另一意象—行雲相連，正如前面處所詞所構成的主語一般，此處的山意象被視爲存在於自然之中，因此這些意象的並列也一如處所詞，在詞中拼出一幅山的寫生圖畫，至於運動動詞所產生的動作則營造出空間景物的深度感。

以上將事物名詞與運動動詞相連的手法僅見兩例，而較無具體之移動的行爲則有五則：

山枕**印**紅腮　　　　水聲山色**鎖**粧樓

山**掩**小屏霞　　　　山月**照**山花

山障**掩**

這五則中的山意象多是精緻意象的範疇（除第二句爲單音詞外），因此這些意象與行爲動詞的相接，表達了山意象細部而靜態的景象。就語法而言，這六個句子有兩個句子是比較特別的。首先是第一句，首句的山枕是受事主語，因此是被紅腮「印」，其他的事物都是施事主語。其次爲「山掩小屏霞」，動詞「掩」原本爲不及物動詞，但在運用上後接賓語，表示使動的用法。作者爲何使用特別句法的動機我們無法得知，然而就閱讀而言，語法上超出語言習慣常會吸引讀者的注意，而使得這些句子在詞中的分量加重，擔任較爲重要的地位。

丑、狀態動詞

動詞謂語之構成爲狀態謂語者有八句，分別是：

惆悵夢餘山月<u>斜</u>　　　小屏山<u>凝碧</u>

博山香炷<u>融</u>　　　　　遠山<u>愁黛碧</u>（多義）

倚屏山枕慈香塵　　　　博山香炷<u>旋抽條</u>

吳主山河<u>空</u>落日　　　山水<u>相連</u>

這八句中的動詞都是形容前面事物狀態的動詞，其中有四句（劃線部分）有著兩個意象的並列。如前所說，意象的堆疊在詩歌上往往隨著吟誦而使彼此的連結較不緊密，加上這些句子中的謂語往往處在全句之末，而使得原本表現前面整個主語質感的狀態動詞有著形容前面每一個意象的傾向，讓前面主語所有的成分都沾染上後面動詞所傳達的「質感」。

　　並非所有的意象羅列所傳達出來的感覺皆全然相同，而會因名詞所屬範疇的不同而有所差異。以這四句與前面同為狀態動詞，而屬於處所詞的句子「春山煙欲收」比較，「春山」和「煙」都是自然界的物象，因此在羅列時會產生空間的深度感；而末四句係屬室內某一擺設的細部羅列，透過這些細緻意象的排列，加上閨閣中的山意象對女子來說別具意義，使這些意象能在傳達形象之餘，又能表現女子內心幽微的感受。這種句法所傳達出來的感覺對事物名詞來說十分重要，因為事物名詞的主語通常不與及物動詞相配，以至於常常位於最後的狀態動詞或形容謂語（稍後即將論及）都會產生這種效果。

　　另外，分類動詞與存現動詞在事物名詞中並無出現，明喻與理性陳述之消失詞人專注於周遭情境之鋪排，並由此情境傳達感受。這透露出詞中的人物生活於周遭情境之中，專注於自身的主觀感受，而無暇以理性的態度安排判斷她眼中的世界。

乙、形容詞謂語

屬於形容詞謂語的有八句：

博山爐<u>冷</u>水沈微　　　博山鑪<u>暖</u>澹煙輕

山枕<u>膩</u>　　　　　　　千里江山寒色<u>遠</u>

山川風景<u>好</u>　　　　　暮天屏上春山<u>碧</u>

翠疊畫屏山<u>隱隱</u>　　　牆上畫屏山<u>綠</u>

上述句子的主語有六句為閨閣的物象，其他的兩個─山川、江山為並列意象，其意義為風景的全稱。形容詞方面，「冷」、「暖」、「好」、「膩」、「隱隱」、「綠」、「碧」及「重」等都是描述狀態的形容詞。在這些句子中，意象或意象所組成的短語的並列情形更為明顯，八句中就佔了六句（第二、三句除外）。前兩句是意象短語的並置，而末三句（劃線者）則是三重意象的堆疊。正如前面所說，這種並列的意象細細地刻畫了閨中的情景，而隱約地透露出女子心中的感受。

丙、名詞謂語

名詞謂語共有三句，都是由數量詞所組成：

　　曲檻小屏山六扇　　　　　畫屏山幾重
　　小屏香靄碧山重

這三句的主語都是閨閣中的山意象。如前所述，數量詞在句子係強調前面的主語，加上這三個句子的主語都有意象並列的情形，造成句中的意象因為數量詞的強調而產生了加乘的效果，讓句子中意象─「屏」與「山」有層層疊疊的感受，而使得原本是平面的畫布有了景深感。

最後，我們可以發現事物名詞的鋪排在此類句子的比例大為提高，在二十五個以事物名詞為主語的句子裏，用兩個以上的物體意象類疊所構成的主語佔了十二個（上述句子畫有側線者），將近一半的程度。事物名詞的鋪排造成意象的排列，而這些意象又大都是由狀態動詞和形容詞、名詞謂語所描述，因此在表現上多數是精細意象排列所產生的閨閣特有的情景，而較少自然物象層疊的深度感。

更有甚者，我們發現這十二個意象重疊的句子中，還有八個句子在全詞裏是和上下句還有並列的情形：

　　（1）窗月透簾澄夜色，小屏山凝碧。
　　（2）寂寞流蘇冷繡茵，倚屏山枕惹香塵。
　　（3）暮天屏上春山碧，映香煙霧隔。
　　（4）香閣掩芙蓉，畫屏山幾重。
　　（5）翠疊畫屏山隱隱，冷鋪紋簟水潾潾。
　　（6）紅蠟燭，半棋局，牆上畫屏山綠。

（7）拂水雙飛來去燕，曲檻小屏山六扇。

（8）綃幌碧，錦衾紅，博山香炷融。

由作者極力的鋪排，證明事物名詞在詞作中意象的並置不是偶一為之，而是有意的刻畫安排，這種安排正是花間集以女性為對象的詞作所表現出來的意象特色。

3. 非屬人有生名詞

非屬人有生名詞作為主語的句子有兩句，都是以狀態動詞構成謂語者：

　　山果**熟**　　　　　　　雨霽山櫻**紅**欲**爛**

「熟」與「紅」、「爛」都是狀態的動詞，其中的「紅」原本為形容詞，然在語法上因為形容詞之功能與狀態動詞相同，因此可視為描述這些山產的狀態。由顏色詞作為動詞的手法，更使得句中的屬於自然界較小的精緻意象—山櫻，從山景的一隅表現出出鮮麗的生命力。

4. 屬人有生名詞

屬人有生名詞構成的主語有二，其謂語分別有動詞與形容詞各一種：

甲、動詞謂語

屬人有生名詞擔任主語的句子如下，其動詞係屬於狀態動詞的範疇：

　　眉山正**愁絕**

正如本章第一節所云，主語「眉山」的構詞最為特別，其結構的「情景合一」，使得自然與內心同感愁緒，互相交涉而讓意象達到飽滿的程度，因此在全句中扮演著最重要的角色。此外，若將此句放在全詞中來看（全詞已見於第四章、茲不贅引），與眉山相配的狀態動詞「愁」正面點出了女子心中深愁，正處於前文對零句的討論中所說的意象並列後、全篇篇末的位置。此一篇末的位置正是全文的重心所在，可見作者所極力經營的屬人有生名詞已在詞中扮演畫龍點睛的角色，佔有最重要的地位。

乙、形容詞謂語

形容詞謂語的句子亦僅有一句：

遠山眉黛綠（多義）

本句可以有多種解釋已見前節，就「遠山—眉黛—綠」的讀法而言，形容詞「綠」使前面的疊合意象「遠山」和「眉黛」充滿了顏色與生機的色彩。

最後，在結束此一部分之前，我們可以由上面的討論歸納出兩個山意象作為主語的特點：

壹、動作動詞中較為靜態的行為與描述靜態的狀態動詞和形容詞謂語佔了大部分，而有實際的運動則其少，顯見五代詞山意象的形象趨於靜態的觀察，而非遊賞的處所。

貳、意象或意象構成短語的堆疊佔了不小的比例，表現出五代詞意象運用之特色。此一特色讓自然之山景呈現景深感，也有利於閨中的物象表現出幽微纖細的感受。

（二）山意象所構成的短語作為謂語者

謂語有動賓結構、動詞謂語〔註24〕與名詞謂語三種。在三種型態之外，山意象亦有作為判斷句中的謂語者，故本部分擬就此四部分討論山意象作為謂語結構的句子於下：

1. 動賓結構

甲、處所詞

山意象的處所詞作為動賓結構賓語的句子，其動詞亦可分為動作與狀態兩大類：

子、動作動詞

首先討論具有實際移動之運動動詞，屬於此類的句子共有五句：

〔註24〕在語法上，動詞謂語可包含動賓結構，然為討論方便，此處將帶有賓語（稱為動賓結構）與不帶賓語的動詞謂語（稱為動詞謂語）分開，以明山意象在這兩個結構所表現出來的之異同。

半輪殘月**落**山前　　　四散自**歸**山
笑隨女伴**下**春山　　　亂魂**飛過**屏山簇
一朵彩雲何事**下**巫峰

「落、歸、飛」都有具體的動作，至於「下」字，原屬於名詞中的方位詞，在此活用爲下山的動作動詞，是以上述五句皆屬運動的動詞。山的處所意象在這些運動動詞作爲賓語，實擔任著動作的受事對象，成爲主語來去的地點，是故在句中僅是過場的角色。另外，也有不少較爲靜態的行爲動詞形成的句子：

謝家仙觀**寄**雲岑　　　古廟**依**青嶂
霜**積**秋山萬樹紅　　　東風吹水日**銜**山
杏花**飄**盡龍山雪　　　坐**對**高樓千萬山
一**望**巫山雨　　　　　雨**霽**巫山上
免被關山**隔**　　　　　不爲遠山**凝**翠黛

共有十句。這些行爲動詞後的意象雖然也是處所，然而因爲主語沒有具體的移動，因此也就沒有離開處所。因此處所在句中不僅是表示主語所在的地點，也因爲著墨的焦點未離開地點，使得這些處所的形象得以顯現，而對句子提供了某一程度的幫助。除此之外，詞中主角以種種行爲（動詞）面對山岳（以山作爲賓語）也透露出觀者心中對山的特有情思，而這些都使山的意象在詞中佔有較重要的地位。

丑、狀態動詞

動賓結構以狀態動詞組成的句子共有六句，其內容如下：

曉屏一枕酒**醒**山　　　雙眉斂**恨**春山遠
目**斷**巫山雲雨　　　　醉**憶**春山獨倚樓
眉**共**湘山遠　　　　　聖壽南山永**同**

以上句子的動詞皆爲狀態動詞，可見句子之主體是採取觀望的角度。而由這些句子來看，可以發現其內容幾乎都與女子之閨思相關（除了「聖壽南山永同」外），因此這些狀態動詞其實都是在自然的山和女子的心愁中做中介的角色，而表現出女子個人對所見山景的喜與愁。

乙、事物名詞

事物名詞的山意象構成動賓結構的有十二句：

遠接山河高接雲　　　寒宵魂夢怯山川
屏畫九疑峰　　　　　山月照山花
枕倚小山屏　　　　　粉融香汗流山枕
淚侵山枕濕　　　　　閒倚博山長嘆
金盤點綴酥山　　　　寂寞對屏山
凝思倚屏山　　　　　小屏屈曲掩青山

這些結構的動詞都屬於動作動詞中較爲靜態的行爲動詞，由事物名詞的山意象成爲行爲動詞的受事者來看，這些事物名詞都因其背後對主角的特定意義方才入詞。例如「屏畫九疑峰」即是因九疑峰的典故方才爲主角所畫。是故，事物名詞在詞中不只是一個動作，還與全詞的詞意有直接的關連。

丙、抽象名詞

此類的句子共有兩句，分別是：

夢覺巫山春色　　　　貌掩巫山色

這兩個句子都是動作動詞中的行爲部分，因此所表現的意象也趨於靜態。前句的夢覺「巫山春色」實是以典故之巫山言其思念情人之愁緒。後句的「巫山色」爲美貌女子的象徵，因此句中用掩字表示詞中主角以比較之角度自言其容貌之姣好。

丁、屬人的有生名詞

屬人的有生名詞構成動賓謂語的句子有六句：

梳墮印山眉　　　　　鏡中重畫遠山眉
玉纖澹拂眉山小　　　眉翦春山翠
眉學春山樣　　　　　眉間畫得山兩點

這些句子都與眉毛相關，因此山的意象在句中或作爲眉形象、顏色之描述，或爲眉型之交代。除此之外，這些動詞都是畫眉的行爲動詞，加上所畫爲山眉，是故作者透過這些眉型來表現女子心緒之用意也就不言而喻。

2. 動詞謂語

屬於動詞謂語的句子有五句,其中的都屬於處所詞一類,分別是:

愁眉翠斂**山橫**　　　　　眉翠**秋山遠**

兩條眉黛**遠山橫**　　　　帶恨眉兒**遠岫攢**(多義)

眉黛**遠山攢**(多義)

如前節所述,這些句子中的山意象都是狀語,用來修飾後面的動詞。而因為上述的句子都是以眉為主語,因此這五個句子中的山的意象係用來形容眉毛,加上這些動詞為較為靜態的行為動詞或形容詞(實亦屬於狀態動詞),使得山意象不僅是形容眉的形狀,更使得眉毛具體而形象地活動了起來,而增添了生趣。

3. 名詞謂語

五代詞山的意象作為主謂句之名詞謂語的僅有一句:

生涯**一片青山**

「一片青山」為生涯之謂語,此處以「青山」譬況其生涯,是言其心向於自然青山,在手法上並無特出之處。

4. 判斷句

如同前面所說,判斷句為名詞謂語的一種,然因為有其特色的緣故,而獨立討論之。五代詞的山意象作賓語的判斷句有一句:

來朝便是**關山隔**

以「是」為判斷句通常是強調後面的賓語,因此,此處係以判斷句強調隔日便將為關山所隔的離別心情。

結束上述的討論之前,我們會發現部分的主謂句有著多義的情形,這些多義的句子雖已於內容中討論過,亦可集中歸納於下,以明多義產生的軌跡:

甲、詞彙的多義而構成句子分析上多義　由於遠山眉的造形與取
　　名係由自然界中的遠山而來,因此造成不同範疇有相同詞彙
　　的情形,因為詞彙的相同,使得句子在解讀時會有多義的情
　　形。屬於此一類型的句子有:「亂魂飛過屏山簇」、「遠山眉

黛綠」、「眉黛遠山攢」、「遠山愁黛碧」及「一雙眉黛遠岫攢」
等。

乙、特殊句法而造成的多義　由於句法上的特別安排，造成山的
意象有多重解釋的可能。屬於此類的句子有：「樓上春寒山
四面」、「樓上春山寒四面」及「曲岸小橋山月過」等。

最後，我們可以將主謂句中山意象與各類動詞之配合統計如下
表：

角色 詞類	謂語型態	動詞謂語															形容詞謂語				名詞謂語				疑問句	判斷句
		運動				行為				為		狀態				存現	分類	單音 專名	簡單	合成	精緻	單音 專名	簡單	合成	精緻		
		單音 專名	簡單	合成	精緻	單音 專名	簡單	合成				單音 專名	簡單	合成	精緻												
作為主語	處所詞	一	一	一		一	一			一		一	一	一		一	一	三	三	一		一	三			一合成	一專名
	事物名詞	一		一	一		一	三		三		一	一	一	一		一	一	一	五	一	一	一				
	抽象名詞						一	五		五	一			一				一	一			一					
	非屬人有生						一		一					三				一									
	屬人有生						一	一	一	一								一									
	合計	七				九				九		十六				一	二	十九				七				一	一
作為賓語	處所詞	一	一			一	一	一				一	一														
	事物名詞					一	一	五	五																		
	抽象名詞						三																				
	非屬人有生					一	一	一																			
	屬人有生						一	一																			
動謂	處所詞						一		三																		
名謂	處所詞																					一					
合計		五				三十五						六				零	零	一				一				零	一

表內簡稱說明：單音─單音詞；單名─單音有名名詞；簡單─簡單意象；合成─合成意象；精緻─精緻意象

由上表及先前的討論可以歸納各個詞類的山意象它們的表現於下：

甲、處所詞的山意象作爲主語時，與形容詞謂語及狀態動詞所構成的動詞謂語相連成句的情形最多，共十八句。由於這些處所的山意象有不少與其他景色相連，加上狀態動詞與形容詞謂語的修飾，而使得詞中的自然景色有深度感，而呈現出一幅幅美麗的圖畫。此外，若以全部處所詞爲主語所構成的句子觀之，這十八句形容山景的句子與其他修飾山景的名詞謂語，和較爲靜態的行爲動詞所構成的句子，這些刻畫山意象的句子已佔了處所詞句子的絕大部分。這些行爲或狀態動詞讓原屬無生範疇的山意象帶有有生意涵，這使山的形象有較大生機而有助全篇氣氛之營造，同時，也透露出女子之中之山其意義已產生轉化。由此可知，處所詞位於主語的位置，其於句中的地位已大爲提高。

乙、事物名詞作爲主語者也以形容詞謂語及狀態動詞最多，這些事物除了受到狀態動詞的修飾之外，還有著高度的意象重疊情形。而這些意象有不少爲閨閣之物象，由於這些物象所涵蘊的特別意義，使得事物名詞的山意象不僅因排列而顯出閨中的景象，還間接傳達出女子心中幽微的情感，而爲詞提供了更豐富的意涵。

丙、非屬人有生名詞爲主語者皆爲山中生長之植物，因此是精緻意象。這些意象在詞中爲狀態動詞所修飾，展現山中生機勃發的一面。

丁、屬人有生名詞中的山作爲主語者有二句，其一「遠山眉黛綠」的中「遠山」爲眉型之刻畫，藉此而微露女子之心意。另一「眉山正愁絕」中的「眉山」則爲作者所刻意營造者，不僅位居句子的中心，也因位在末句—詞意的揭露，而在全詞佔有最重要的地位。

戊、處所詞的山意象作為賓語時通常與行為動詞相連，因此山意象在詞中常作為遠觀的對象，而傳達出遠觀背後詞中主角的感情。這一點亦使山的意象在詞中有一定的影響，而有較重要的地位。

己、事物、抽象、與屬人有生名詞作為賓語皆與行為動詞相連，無一例外。此一現象意味著這些意象對詞中人物存在著特有的意義，因此透過小幅度的行為（如：倚屏、畫山、畫眉等）將主角內心之思緒表達出來，而此種方式對詞意之表達有一定的重要性。

庚、屬人有生名詞的山為動詞謂語者有不少的數量，而這些意象都是形容眉毛，因眉毛與心緒有直接的關連，因此山的意象正傳達出詞中女子的心意。

辛、抽象名詞作為謂語者僅有一例：「貌掩巫山色」，其內容為典故之運用，而在詞中用作修飾的功能。

此外，我們也可以從表格中看出意象種類與語法的關係：

甲、單音節詞的山意象（即「山」字）作主語時，多與形容詞謂語及名詞謂語相連，而成為景觀的描繪。

乙、簡單意象的山作主語時，多出現在狀態動詞、形容詞謂語及名詞謂語之上，此亦意味著它們在詞中也是擔任著營造景觀氛圍的角色。

第六章　五代詞中山意象的類型與意義

第一節　山意象的範疇與類型

　　經過前兩章的討論可發現，五代詞中的山意象其意義與形式有承襲以往的自然景觀者，也有不同於往常而有新的拓展者。因此，我們可以依據意象的語義與形態，將五代詞的山意象歸納爲四大範疇，十六種類型：

一、自然界之地理景致

　　屬於此類的山意象有八個類型，分別是：

（一）一般的地理專有名詞

　　屬於此類的意象有「石城山」、「龍山」、「楚山」及「雞祿山」四種。此類型的意象在詞中只用來交代地點。一般而言皆爲單獨存在的處所詞，但也有少數意象有加上方位詞而成爲處所短語者。語法上，部分意象並有用做定語的用法。總而言之，此類意象係承自山意象最原始直接的用法，因此在詞中的地位也最低。

（二）兼具典故意義之地理專有名詞

　　屬於此類型的意象有「巫山」、「南山」、「天臺」、「羅浮山」、「蓬

萊」、「黑山」、「湘山」、「華山」、「君山」及「九疑山」等十種（最末三個亦有只用爲一般地點者）。顧名思義，此類意象係運用了專名背後的典故，而使詞作有更多更深的含義。也因爲這個緣故，使得五代詞專有名詞的山意象，在出現頻率上較單音節詞的「山」要多，表現出與前朝詩歌之不同。附帶一提的是，這些專有名詞的山背後的典故，多有神仙色彩，而以女性的角度描寫居於仙山的孤寂。

另外，由「巫山」之典故亦衍生出「巫山色」一詞，以典故中之神女與巫山之山色，雙重影射女子相貌之美麗，在形式上屬於精緻意象。

（三）簡單意象

在結構上，屬於此類的意象還可以分爲兩小類：一類爲形容詞加名詞結構者，有「奇峰」、「寒山」、「空山」及「青嶂」等四種，另一類爲名詞加名詞結構者，有「晴山」、「晚山」、「玉山」、「千山」及「五嶺」等五種，共有九種。無論是那一種結構，兩者皆以後面的名詞爲中心語，前面的詞類爲修飾語。因此，此類意象皆以山爲中心，而加上種種對物性的修飾。在語法上，這些簡單意象常常擔任主語，而被形容詞或名詞謂語所修飾，而表現出山的靜態風貌。

（四）精緻意象

屬於此一類型的有「山人」、「山月」、「山花」、「山果」及「山櫻」等五種意象。此類意象皆以山中的人、事、物爲描寫對象，而以山爲處所限定其屬性，故皆屬於山中之一景，而爲精緻意象。語法關係上，這些意象與行爲動詞相連的情形最多，因此往往表現出山中生命勃發的狀態，而使詞中山景有著豐沛的生命力。

（五）抽象的精緻意象

屬於此類的意象有「山色」一種。此意象在五代詞中僅出現一次，係位於主語的位置，擔任施事者角色，而形容女子之孤立情態。

（六）單純的地理合成意象

屬於此類的意象有「山川」、「山水」、「雲岑」及「陵谷」等四種。這四種意象中的「山川」與「山水」，係以山與水兩因素相結合而成，代表著整體的自然風景。而「雲岑」是以雲與高山相結合而用來暗示高不見天的仙山。「陵谷」則是遊覽之處所。此類意象幾乎都與動作動詞相結合，表現其多半爲處所之用法。

（七）與人文合成的地理意象

與人文合成但仍屬地理景致的範疇的有「關山」一種。「關山」係由「關」加上「山」而成，「關」爲古代戰士征戍之處，故爲人文之產物，而「山」爲自然地理，故爲兩種範疇之合成。而這兩個因素相結合，用來指遠離之人所在之處，因此仍屬於處所詞的範圍。在用法上，多爲阻隔的意象，但亦有擬人化的用法，係以女子一方著眼而發問的，相當特別。

（八）跨越地理與人文兩者的合成意象

此類意象有「江山」及「山河」兩種。五代詞以前，「江山」與「山河」在詩歌中多指風景的含義，與「山川」等相同。但在五代詞中，已與散文相同，而成爲社稷之意義，因此此類意象實跨越自然的範疇而至人文的領域。但在運用上實兼有二義，而非涇渭分明，故應屬引申的意義。本類意象在語法的運用上爲零句，爲名詞詞組，作爲主題的用法，以營造全詞之意境。

由以上幾種類型可知，此一範疇的山意象在語義及構成方式皆與前朝的詩歌相似，因這些意象仍屬景觀化下的所衍生的產物，故難以脫離原先的範疇。

二、閨閣之擺飾

屬於此一範疇的有三種類型：

（一）借用山形的精緻意象

屬於此類的意象有「山枕」、「山屏」及「山障」三種。此類意象

為形容詞加名詞的精緻意象，山在此係扮演提供物體形式的角色。在語法上，這些意象在主謂句中皆與行為動詞相連，意味著這些意象對詞中人物有一定的意義。而在非主謂句方面，此類的意象在詞中係作為主題，交代閨中女子思念戀人或與戀人相聚之場所。

（二）模擬仙山的專有名詞

此類意象有「博山爐」和「博山」兩種。此意象係效法仙山而製，在詞中用以營造迷離之氛圍，以寄託或旁襯女子懷人之心緒。

（三）山形與物重合的合成意象

此類僅有一種，即「酥山」，其意象之內部結構為後補式。此意象在五代詞中僅出現一次，為映襯節慶之歡鬧氣氛所寫。

三、女子之妝飾

屬於此一範疇的有兩種類型：

（一）借用山形而成的意象

此類意象有「山眉」、「遠山眉」和「小山粧」三種。「遠山眉」和「小山粧」雖為專有名詞，然係效遠山之形而作。女子之畫「遠山眉」和「小山粧」，與遠山已化成男子之象徵有關。另外，由於「遠山眉」並非五代最流行的眉型，而詞人在詞中卻大量地使用此一眉型，則詞人有意運用其中的象喻可想可知。至於「小山粧」在語法上，係以零句之型態出現於詞中，而成為女子眾多姿態之刻畫，成為主題結構之一環，對詞意亦頗有幫助。

（二）山形與眉形重合的合成意象

此類合成意象有「眉山」一種，亦為遠山眉的一種表現之一，其意象結構為後補式。由於用了暗喻的手法，因此讀者閱讀時山與眉之形象同時並存，故為合成意象。此種特殊手法使得「眉山」於詞中居最重要的地位。

四、跨範疇之意象

屬於此一範疇的有三種類型：

（一）跨越地理、繪畫及女子妝飾三種範疇之意象

跨越了三種範疇的意象有「山」與「春山」兩種。首先討論「春山」，「春山」為名詞（時間詞）加名詞的結構，由於地理景致之「春山」對女子來說別具意義，而為女子與戀人歡愛的場所。因此在詞中時時為女子所思念，甚至成為女子所思之人的象徵。也因為這個緣故，「春山」進入了其他兩種範疇，在繪畫上成為女子桃花源的象徵，在女子裝飾成為懷念或寄情的表示。是故，「春山」在出現頻率上居衍生意象的第一位。語法上，女子妝飾範疇之「春山」皆為定語的用法，因此係眉型的交代，而地理景致與繪畫之山則因女子對其情有獨鍾，而時時成為情緒動詞之賓語，表現出女子對春山的歡喜與哀愁。

與「春山」的特別意義相較，單音節詞的「山」跨越三個範疇的原因，卻是因為其結構之單純，可視為任一以山為中心語的山意象的簡稱，而跨越了地理、繪畫和女子妝飾的範疇。因此，地理景致之「山」在詞中可為交代處所，亦可為被描寫的對象；繪畫範疇的「山」，可為桃花源的象徵；而女子妝飾之「山」則用做眉毛動態之交代。

（二）跨越地理與繪畫之意象

跨越地理與繪畫兩種範疇的意象有「青山」、「碧山」及「屏山」三種，其結構又可分為兩小類。一為形容詞加名詞的簡單意象，上述意象中的前兩個—「青山」與「碧山」屬之。地理景致之「青山」、「碧山」為一般自然之山的面向，不一定有特定的含義；而繪畫之山則因中國繪畫的特有形式，而成為女子桃花源的象徵。另一類為「屏山」，此意象在詞義上可以有兩種解釋，一為屏障之山，屬偏正結構；另一為山形的屏風，而為後補結構。作前一種結構時，屬於地理景致的範疇，作為處所。而後一種結構則為繪畫，而兼有自然之山與物象的雙重疊影，因此意義上更形同桃花源之假想。

　　值得一提的是，所有的畫中之山都與地理的景致有所對應，因此在四大範疇中沒有別立繪畫的範疇。但這並不表示繪畫的山意象其結構皆從自然地理之山照章搬來，兼屬繪畫和地理兩個範疇的「屏山」，其實各自擁有不同的結構，一爲偏正，一爲後補，顯示山的意象在繪畫範疇仍有形式之創新，而非僅限於意義與美感上的不同表現。

（三）跨越地理與女子妝飾兩者之意象

　　屬於此類意象有「遠山」、「遠岫」及「秋山」三種。這三種意象皆爲簡單意象，唯前兩種爲形容詞加名詞的結構，而後者—「秋山」爲名詞加名詞的結構。在地理景致上，「遠山」除了傳統的用法作爲景觀外，也因爲山對女子的特別意義，而使得視覺上位於遙遠一方的「遠山」，成爲女子所思之人的象徵。因爲這個緣故，女子妝飾範疇的「遠山」，便成爲其懷念伊人心緒之暗示。至於「秋山」在自然景致下爲仍爲景觀的用法，而在女子妝飾之範疇用來形容遠山眉之眉色。

第二節　五代詞中山意象的意義

　　由上述的討論可知，山的意象到五代時已經跨越了四個範疇，分別是地理景致、閨閣擺飾、畫中之山與女子之妝飾等，而表現出山意象的多元發展。然而此種發展的脈絡並非無跡可尋，而是循著以女子爲主體的思路，著力刻畫閨閣女子，爲女子代言，故產生了大量的與閨閣有關的山意象。由於這個因素，可知五代詞山意象的多元化現象，其實爲女子閨閣所主導，此即山意象之閨閣化。

　　閨閣化所代表的意義即是山意象非景觀化的趨勢，這種趨勢在意義、語言及美感上都表現了新的特色：

（一）意義方面　可以分為三點：

　　甲、部分地理景致的山意象在語義上有了變化，成爲女子與戀人相聚的桃花源，甚至成爲想望對象的象徵，而使得五代詞中

自然景致之山已有部分不與其他自然景物相提並論。上述的第四類範疇的意象即為此例。

乙、同時，五代詞中仙山的意義也因閨閣化而產生不同的詮釋。一般總將男子入仙山，遭逢仙女的故事，如劉阮入天臺，以男性的角度解釋為對仙鄉的追尋，而就五代詞而言，描寫仙山多半為以獨居仙山之仙女為焦點，刻劃其寂寞之心情。

丙、這些以教坊女子為寫作對象的詞，其女子之形象卻為共相的存在，著重描寫女子的幽怨情感，而少有女子個人之個性，即殊相的描寫。因此，這種閨閣化的感情與南朝的盛行的宮體詩有很大的差異。南朝的宮體詩，係以男子的角度來看待女子，因此，多以遊樂的心態刻劃女性，著重在色慾的描寫，只見其形而不識其心。而五代詞為女子代言，故能夠真正進入女子的世界，描寫出一景一物在女子心中的意義。

（二）語言方面 共有三點：

甲、新的構詞方式的產生，如後補式的意象即是閨閣意圖重現而效法山意象而產生的型態。

乙、新的語法運用在詞中出現。五代詞中的山意象使用了名詞詞組作為零句，而與其他零句並列，在詞中扮演主題的角色，營造全詞的氣氛。甚至將全篇成為一個龐大的主題，以一連串的意象營造詞中意境，而後方淡淡點破，充分凸顯出詞與詩不同的地方，表現出詞的特色。而作為主題的名詞性零句在詩中則極少出現，詩歌的每一句子大多有謂語的成分，在各句之中形成完足的意象。這些句子間的意象和意象互相呼應交錯，構成詩歌的意象群。

丙、意象的直接堆疊也是五代詞山意象在形式上所表現出來的特點。五代詞喜將一連串的物象直接堆疊為主語，使得這些物

象得以同時被後面的狀態動詞修飾，加上詞本身吟詠的緣故，形成同時修飾多個物象的情形，而表現出幽微的情感，甚至有詞句多義的情形。

（三）美感方面　五代詞的山意象的閨閣表現出四個特點：

甲、淡化紀實成分，為近情的藝術

五代詞的山意象真正用做地點的用法很少，也少有用運動動詞描繪事件之發生者。而是大半採取遠觀的角度，描寫山所帶給女子種種的感懷與心緒。可知五代詞中的山對女子來說很少為紀實某一段故事發生的場所，而成為女子寄託或引發其情懷之處，其表現為近情而非紀實的美感。

乙、詞情的淡化，情感的深化

五代詞中的山意象，其語言之運用多半為山意象之堆疊，或者是以近乎客觀的形容詞或動詞描寫山的狀態，甚或以零句的方式出現於詞作中。因此，在單一的句子中少有情緒的出現。雖然如此，卻因為山對女子所特有含義，以及五代詞所喜用的這些物象營造氛圍，而更使詞中情感在平淡的詞情上，得以深化。

丙、物我關係上—物著我色

由於五代詞山意象對女子有特殊的意義與感情，因此所描寫的山意象，皆「著我之色彩」，〔註1〕而與傳統自然觀下所言之山與人之間的關係有所不同。傳統的自然觀主要是講求人與自然契合無間的「天人合一」之說，然而此說係以男性之角度著眼。傳統的男子行動自由，仕途順遂時可以暢遊山水，要萬里江山盡入眼底；仕途不順時也可以徜徉於山水之中，意圖借山水暫時忘卻現實之苦痛。因此無論窮達，皆能與自然共遊，而達到（或期待）所謂「與造物者遊」〔註2〕的「天人合一」境界。然而，山意象閨閣化的背後代表著女性意識下所造成

〔註1〕王國維《人間詞話》三十三則。
〔註2〕《莊子·天下篇》，卷十。

的山意象之非景觀化。由於五代詞中的女子其活動之處所與注目之焦
點不在遊賞，因此山對女子而言並非遊賞之處所，而爲想望之對象，
成爲其怨情的來源。因此，若以此「天人合一」對待描寫閨怨主題之
情景自屬格格不入，由此一轉變我們可以看到傳統看待山的自然觀至
此有所不足之處。茲各錄詩詞各一首以明其間之不同（後者已見於第
四章，然爲比較方便，故於此再次徵引）：

> 問余何事棲碧山，笑而不答心自閒。桃花流水窅然去，別
> 有天地非人間。（李白〈山中問答〉）
> 春山拂拂橫秋水，掩映遙相對。祇知長坐碧窗期，誰信東
> 風散，綠霞飛？　　銀屏夢與飛鸞遠，祇有珠簾捲。楊花
> 零落月溶溶，塵掩玉箏絃柱，畫堂空。（馮延巳〈虞美人〉）

一是描寫男子悠遊山中，而表現出來的物我兩忘；另一則是幽居深
閨，而情深款款地望山懷人，若必欲以男子與自然間的互動看待刻劃
女性感情之詞，自然對後者多有鄙視。平心而論，以上兩首詩詞，一
爲「境闊」，一爲「言長」，〔註3〕而各有其妙，自不能等同而觀。

　　丁、表現的空間上，爲靜態的、幽閉的閨閣。雖無時間之流動，
　　　　卻隱含時間的焦慮。

　　我們可以看到，五代詞中的山意象，多半不與運動動詞相連，因
此很少有動態的動作，而趨於靜態的描寫。是故在表現的空間上，所
刻畫的世界是靜態的、幽閉的世界，並無時間的流動。然而時間的概
念卻未因此消失，而是以時間詞結合山的意象，表現了時間的焦慮感。

　　最後，將五代詞各類意象之關係列爲圖表，以明其間之脈絡：

〔註 3〕王國維《人間詞話》四三則云：「詞之爲體，要眇宜修。能言詩之所
　　　　不能言，而不能盡言詩之所能言。詩之境闊，詞之言長。」

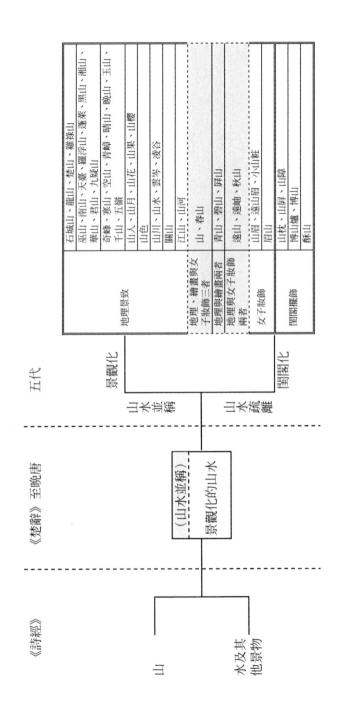

第七章　五代詞中的山意象對後世的影響

　　由上文的討論可以知道，五代詞山意象不同於前代者，主要表現在閨閣化的發展。由於閨閣化的趨勢，使得五代詞的山意象在意義和形式面上皆有所創新，而對後世產生影響。又由於五代詞的山意象分屬於地理景致、閨閣擺飾、畫中山景與女子妝飾等四個範疇，故以下亦依此四範疇，討論其對後世的影響：

（一）地理景致

　　五代詞中屬於地理景致範疇的山意象多半承襲前代而來，因此在形式上並無創新，而僅在意義上有所不同。是故，其對後世的影響亦僅在意義方面。如同前文所言，五代詞地理景致之山因為以女子為主體，而在意義上成為想望之場所，甚至是盼望之象徵，這種情形在後世之詞中亦時常出現：

　　　　短棹猶停，寸心先往。說歸期、喚做的當。夕陽下地，重
　　　　城遠樣。風露冷、高樓誤伊等望。　　今夜孤村，月明怎
　　　　向。依還是、夢回繡幌。遠山想像。秋波蕩漾。明夜裏、
　　　　與伊畫著眉上。（毛滂〈殢人嬌〉）

　　　　漁舟容易入春山。仙家日月閒。綺窗紗幌映朱顏。相逢醉
　　　　夢間。　　松露冷，海霞殷。匆匆整棹還。落花寂寂水潺

潺。重尋此路難。（司馬光〈阮郎歸〉）

別駕來時，燈火熒煌無數。向青瑣、隙中偷覷。元來便是，
共綵鸞仙侶。方見了，秀野詩翁，念故山、十年乖隔。聊
命駕、朱門舊隱，綠槐新陌。好雨初晴仍半暖，金釭至擘
開瑤席。更流傳、麗藻借江天，留春色。　　過里社，將
兒姪。談往事，悲陳跡。喜尊前現在，鏡中如昔。兩鬢全
期煙樹綠，方瞳好映寒潭碧。但一年、一度一歸來，歡何
極。（朱熹〈滿江紅〉）

前首毛滂作品中的「遠山」為閨中女子夜裏想望之對象，而詞中直言
「畫著眉上」更將五代詞未明言的女子情懷直接點明。次首〈阮郎歸〉
為司馬光的作品，雖然是以男子之眼光言其入仙山之際遇。但它直接
將「春山」和仙山相等同，將五代詞男女相逢的桃花源，化為男子無
意間得入仙境的際遇，亦受五代詞「春山」特別含意之影響。唯一不
同的是，本闋詞以男子角度寫來，已不再是五代詞侷限於男女情愛的
範疇。而第三首以男子之角度寫男子之心靈世界，「故山」成為想念
之對象，是亦與五代詞中以山為想望之對象相關。由這些詞作看來，
後世之詞已不限於閨閣之中，其觀看山的方式已不再是單純的遊賞，
而是無論男女，山的意象也成為遠觀之對象。另外，「江山」在詞中
的新義，後世之詞亦有繼李煜詞之後，將「江山」視作「社稷」解釋
的作品：

上馬趣攜酒，送客古朱方。秋風斜日山際，低草見牛羊。
酩酊不知更漏，但見橫江白露，清映月如霜。平睨廣寒殿，
誰說路歧長。　　醉還醒，時起舞，念吾鄉。江山爾爾，
回首千載興亡。一笑書生事業，誰信管城居士，不換碧油
幢。好在中泠水，擊楫奏伊涼。（李處全〈水調歌頭〉）

少日猶堪話別離。老來怕作送行詩。極目南雲無過雁。君
看。梅花也解寄相思。　　無限江山行未了。父老。不須
和淚看旌旗。後會丁寧何日是。須記。春風十日放燈時。（辛
棄疾〈定風波〉）

這兩首中的「江山」，都是國家社稷的意義，而兼有景觀的色彩，與五代詞中的「江山」類同，因此能在詞作中成為詞人感嘆的對象。

（二）閨閣擺飾

五代詞屬於閨閣擺飾範疇之山意象，如「博山」、「山屏」、「酥山」、「山枕」等，至後代的詞作皆一一出現，茲各舉一首如下：

> 蜀絲趁日染乾紅。微暖面脂融。博山細篆靄房櫳。靜看打窗蟲。　　愁多膽怯疑虛幕，聲不斷、暮景疏鐘。團團四壁小屏風。啼盡夢魂中。（周邦彥〈月中行〉）

> 山屏霧帳玲瓏碧。更綺窗、臨水新涼入。雨短煙長，柳橋蕭瑟。這番一日涼一日。　　離多綠鬢多時白。這離情、不似而今惜。雲外長安，斜暉脈脈。西風吹夢來無跡。（毛滂〈七娘子〉）

> 未帖宜春雙綵勝。手點酥山，玉箸人爭瑩。節過日長心自準。遲留碧瓦看紅影。　　樓外尖風吹鬢冷。一望平林，薺薏花相映。落粉篩雲晴未定。朝醒只憑闌干醒。（王安中〈小桃口號〉）

> 鏤金環，連玉珥。顆顆蚌蛤相綴。偎粉面，映蓮腮。露濃花正開。　　冷光凝，員影重。幾度偷期搖動。山枕上，恐人知。摘嫌纖手遲。（杜安世〈更漏子〉）

> 無言憑燕几，愛香裊、博山鑪。正暖日煇煇，晴雲淡淡，千里平蕪。田家盡收刈了，見牛羊、下壠暝煙孤。聞說豐年景致，老農擊壤嗚嗚。　　狂夫。素乏良圖。從上策、賦歸歟。有千畝松筠，三洲風月，儘送吾初。憑誰去西塞岸，問玄真、此意果何如。寂寞無人共樂，醉鄉是我華胥。（呂勝己〈木蘭花慢〉）

以上的物象在五代詞中皆曾出現，而前四首之內容也都和女子之心緒相關。這種現象，表示了這些山形的仿製品，自五代詞的閨閣化後，因為山對女子特有的涵意，而使得閨閣的物象成為寄情之物，成為後世習慣的用法。至於末首呂勝己之〈木蘭花慢〉之內容則是歌詠田園

生活，顯示出五代原屬於閨閣範疇之山意象已不拘於刻劃女姓，而進入男性世界，在不同之題材裏出現。

在語法上，前三首皆爲整句。其中的第一、二首的「博山」和「山屏」皆爲主語之一部分，在句中並與其他物象重疊，而營造出閨閣特有的靜謐之感。第三首「酥山」則爲賓語，爲歡慶佳節之應景時物。而末二首爲零句，都是名詞詞組，其中「山枕上」在句群中擔任主題的角色，與五代顧夐〈甘州子〉組詞之「山枕」相比，其功能完全相同。至於「博山爐」，在句群中則是承自前句的「愛香裊」之句意，係解釋的用法，同時並與下文「暖日輝輝」相呼應，而兼起下之作用。

除了既有的閨閣物象之外，五代詞將山意象的注意力轉至事物之中，也造成更多其他的物體的意象也出現在詞中，例如：

> 璧月窺紅粉，金蓮映綵山。（曾覿〈南柯子〉）
> 御樓煙暖，正鼇山對結。（晁沖之〈傳言玉女〉）
> 體薰山麝，色帶飛霜。（李德載〈眼兒媚〉）

「綵山」爲後補式並列意象，是極言節慶時綵帶其多如山的盛景。第二個意象「鼇山」爲專有名詞。宋時習俗，元宵夜以放花燈慶祝，將彩燈堆疊爲山形，稱爲鼇山。最末的「山麝」爲精緻意象，屬於女子用物。這三個意象都是物體意象，在範疇上雖不限於閨閣，但在意義和形式的構成上，都與五代詞之山意象一脈相承。

（三）畫中山景

五代詞中的畫中山景，如「屏山」、「春山」、「山」等意象，至宋代亦爲後人所承襲：

> 柳暗重門，花深小院。盆池昨夜新荷捲。銀床斜倚小屏風，
> 吳波澄淡春山遠。　紈扇風輕，薰爐煙斷。日高睡起眉
> 山淺。塵侵鸞鏡懶勻妝，誰人與整釵頭燕。（晁端禮〈踏莎
> 行〉）
>
> 床上銀屏幾點山。鴨爐香過瑣窗寒。小雲雙枕恨春閒。
> 　惜別漫成良夜醉，解愁時有翠箋還。那回分袂月初殘。

（晏幾道〈浣溪沙〉）

東風吹恨上眉彎。燕初還。杏花殘。簾裏春深，簾外雨聲
寒。拾翠芳期孤負卻，空脈脈，倚闌干。　　流蘇香重玉
連環。繞屏山。寶箏閒。淚薄鮫綃，零露溼紅蘭。瘦卻舞
腰渾可事，銀蹀躞，半闌珊。（陳允平〈江城子〉）

前兩句的山意象都是畫中之山，而由第四章的討論可知，五代詞的
畫中之山象徵女子與男子重逢之處，但因為為虛構的緣故，而往往
在詞中引起更深的哀愁。這兩首詞亦是如此，由「誰人與整」和「恨
春間」可知女子面對畫屏之山時，心中的遺憾與愁恨。至於末句的
「繞屏山」為零句，係動詞詞組，在詞中扮演著主題的角色。是故
「屏山」一詞，在作品中除了引起女子之感嘆外，還營造出特有的
氛圍。

　　另外，宋詞亦出現五代詞所沒有的畫中山景—「遠山」：

畫作遠山臨碧水。明媚。夢為胡蝶去登臨。（黃庭堅〈定風
波〉）

畫圖新展遠山齊，花深十二梯。（吳文英〈醉桃源〉）

這兩首詞中的「遠山」都是風光明媚，女子喜愛之去處。是亦與畫中
之山為女子理想處所之複製相同，可知「遠山」也是受閨閣化的影響
而產生之物象。

（四）女子妝飾

　　屬於女子妝飾範疇之山意象，如「春山」、「眉山」、「遠山」、「遠
山眉」等，在後世詞作中亦時出現：

晨色動妝樓。短燭熒熒悄未收。自在開簾風不定，颼颼。
池面冰澌趁水流。　　早起怯梳頭。欲綰雲鬟又卻休。不
會沈吟思底事，凝眸。兩點春山滿鏡愁。（周邦彥〈南鄉子〉）

澹雲籠月微黃，柳絲淺色東風緊。夜寒舊事，春期新恨，
眉山碧遠。塵陌飄香，繡簾垂戶，趁時妝面。鈿車催去急，
珠囊袖冷，愁如海、情一線。　　猶記初來吳苑。未清霜、
飛驚雙鬢。嬉遊是處，風光無際，舞蔥歌倩。陳跡征衫，

老容華鏡，歡悰都盡。向殘燈夢短，梅花曉角，爲誰吟怨。

（吳文英〈水龍吟〉）

珠簾繡幕卷輕霜。呵手試梅妝。都緣自有離恨，故畫作、

遠山長。　　思往事，惜流光。恨難忘。未歌先斂，欲笑

還顰，最斷人腸。（歐陽脩〈訴衷情〉）〔註1〕

清琴再鼓求凰弄。紫陌屢盤驕馬鞚。遠山眉樣認心期，流

水車音牽目送。　　歸來翠被和衣擁。醉解寒生鐘鼓動。

此歡只許夢相親，每向夢中還說夢。（賀鑄〈夢相親〉）

前兩首中的「春山」與「眉山」都是女子閨中愁緒之表露，而兼有景

觀之美感。而後兩首作品中，前首歐陽脩的〈訴衷情〉言「有離恨」，

而「故畫作、遠山長」；與賀鑄〈夢相親〉中的「遠山眉樣認心期」，

更直接表示出女子所以畫遠山眉之始末。另外，後代詞作中女子妝飾

範疇的山意象，在用法上亦有活用爲定語者：

畫眉學得遠山翠（盧氏〈鳳棲梧〉）

在既有的意象之外，五代詞女子妝飾的山意象在後世也有更進一步的

發展，而衍生出更多的型態：

芳心念我，也應那裏，蹙破眉峰（張先〈雙燕兒〉）

南都石黛掃晴山，衣薄耐朝寒。（周邦彥〈少年遊〉）

昨夜匆匆，顰入遙山翠黛中。（晏幾道〈采桑子〉）

遐想後日蛾眉，兩山橫黛。（辛棄疾〈念奴嬌〉）

一朵巫陽休悵望，且看家山眉綠（葛郯〈念奴嬌〉）

「眉峰」、「晴山」、「遙山」、「兩山」原本都只是自然之景致，到了後

世，這些山意象都受到五代詞運用的影響，而大量進入閨閣的範疇之

中。而這些女子妝飾之山意象大量衍生和使用的結果，使得閨閣中效

法自然景致的眉型，發展成一個特別的群體，故能夠眞正獨立於地理

景致的族群，進而與地理景致相抗衡。我們可以從這些原本由自然景

致之範疇所借來的眉形，其形態和色澤有反饋、形容自然的情形：

遠山依約學眉青（蘇庠〈鷓鴣天〉）

〔註1〕 本詞作者一作黃庭堅。

　　　　千山青比妝眉淺（王安中〈虞美人〉）

　　　　怕看山，憶它眉黛（史達祖〈夜行船〉）

首句以「遠山」「學眉青」來形容山色，次句以山與眉色相比，而末句從看山反思眉黛。從這些句子從眉的角度來看山的情形可知，後世之女子眉形之山意象，其地位已與自然山景完全相等，故能反爲形容自然之用。

　　山的意象進入閨閣化之後最極致的發展，是黃庭堅的〈阮郎歸〉：

　　　　烹茶留客駐金鞍。月斜窗外山。別郎容易見郎難。有人思

　　　　遠山。　　　歸去後，憶前歡。畫屏金博山。一杯春露莫留

　　　　殘。與郎扶玉山。

第一個「山」，爲自然景物，點出了女子周遭的情境；第二個「遠山」，爲女子所思男子之象徵；第三個「金博山」爲閨閣物象，係女子與戀人相逢之桃花源的複製物；第四個「玉山」則是男子之比喻。短短的詞中，出現了四個不同意義和範疇的山，不但充分運用了閨閣化後各種的山意象，也顯示出女子對山的各種情懷。

　　最後，山與水的關係在五代詞中，因爲閨閣化的影響，山的意象沈浸於女子愁思之中，而與水保持著相當程度的疏離。到了宋代，山水配對的情形，已從自然的領域擴展至閨閣之中：

　　　　盈盈秋水，淡淡春山（阮閱〈眼兒媚〉）

　　　　盈盈醉眼橫秋水，淡淡蛾眉抹遠山（趙彥端〈鷓鴣天〉）

　　　　醉眼斜拖春水綠，黛眉低拂遠山濃（姚述堯〈浣溪沙〉）

　　　　眉掃春山淡淡，眼裁秋水盈盈（吳禮之〈雨中花〉）

以成對的山水意象形容女子之妝飾，讓詞中山意象景觀化的色彩更爲濃厚，而使得這些後代沿襲五代女子妝飾而生的山意象，除了原有的寓意之外，更帶有賞觀的成分。就某一方面而言，這種改變可謂詞作技巧上的進步。但就另一方面來說，則未嘗不是作者已和五代詞爲女子代言，以女子爲主體的心態距離較遠。因此能保持一定的距離，來形容、觀察女子之妝飾，而不再專注女子心中的情愫。

　　除了以山水的配對形容女子之妝扮外，閨閣中的山意象也因此成為可和自然相抗衡的族群，而有以閨閣女子妝飾反形容自然山水之配對的作品：

　　　　水是眼波橫，山是眉峰聚（王觀〈卜算子〉）

　　　　遙岑遠目，獻愁供恨，玉簪螺髻。（辛棄疾〈水龍吟〉）

這兩個例子與前述閨閣山意象對自然之反饋一樣，係山意象進入閨閣完全成熟後才產生的現象。

　　我們由以上的討論可以知道，五代詞中的山意象對後世的影響，大部分和女子之主題相關。事實上，以女性為主體而造成的改變，正是五代詞山意象異於前代的特點，也是最大的特色。因此，山意象才能為後世詞家爭相效倣，而產生新的典型的意義。

第八章　結　論

　　就文學發展的脈絡而言，五代爲詞體確立和初步成熟的階段。在這個時期，詞的題材、意義、形式和美感都表現出新的文體承繼和創新的一面，山的意象也不例外。

　　在題材上，五代詞的山意象出現在以女性爲主題的詞中，共有一百首。而其他題材，如風景遊興、漁隱、邊塞及去國行役者，僅有二十八首。以比例而言，山意象與女性主題的關聯達百分之七十八強，而其他題材則不到百分之二十二。這種情形主要和五代詞以女性爲主體的動機相關，五代詞主要發展於南方，在絕佳地理環境的薰陶之下，君王的喜好與提倡、經濟的發達和晚唐唯美文學的影響都導致五代詞的閨閣之風。在這樣的文學風氣下，五代詞的山意象也因此改弦更張，與女性相結合，而導致山意象閨閣化的產生。

　　山意象的閨閣化首先造成了意義層面的不同解讀。就形式承襲於前代地理景致範疇的意象而言，女性將焦點著重在「春山」與「遠山」之上，而不再沈浸於「寒山」、「空山」等景觀化的意象。再加上女子採取遠觀的角度，使得這些自然的意象在詞中不再是遊賞的景觀，而成爲女子想望之對象或與戀人重聚處所之象徵。其次，不同於前代意義範疇的山意象也大量產生，屬於事物名詞的閨閣擺飾和畫中山景和加上屬人有生名詞的女子妝飾，這些意象共出現了七十次，分屬於六

十六首詞作之中。它們出現於作品的比率佔了全部山意象的一半以上。

就形式而言，五代詞以前的山意象以複合詞最多，單音節詞其次，專有名詞最少，而其中又以形容詞加名詞的偏正結構佔多數。五代詞的山意象則不然，複合詞的山意象雖仍為第一，但專有名詞出現的頻率提升則為第二，單音節詞的「山」反居最末，而複合詞之中又以名詞加名詞的「春山」拔得頭籌。「春山」出現的頻率最高，係因為別有含意，因此讓女子對其情有獨鍾的緣故。至於專有名詞出現次數的增加，也是因為詞中大量使用和人仙相戀的典故，才使得佔有多字篇幅的專有名詞得被重視，而帶給詞作更豐富的意涵。

在複合意象的內部結構上，部分五代詞的山意象承繼了前代的結構。以「山」為中心語的形容詞加名詞或名詞加名詞的意象仍然不少，而將「山」視為地點之交代，而形成的山中精緻意象「山櫻」、「山果」等也在詞中出現。另一方面，脫離自然的實體之山，而取其抽象的形狀，則造成新結構的產生和大量的運用。「山枕」、「山屏」及「山眉」等，雖屬於偏正的結構，卻與前代並不相同。而後補式的意象，「屏山」、「眉山」及「酥山」更利用新的構詞方法，在隱喻修辭的巧妙安排下，造成了人文世界與自然景觀的雙重疊影。

美感方面，五代詞的山意象多半與較為靜態的動詞（如狀態、行為動詞）或形容詞相連，而少與運動動詞相連接。這種情形顯示著山意象作為實際遊賞地點的情形減少，使得詞中紀實的成分降低。而遠觀山景的狀況較多，加上女子對山特有之心緒，山意象遂成為女子表達心緒之媒介，而讓詞抒情的成分增加，成為擅長言情之文體。同時，這些形容山意象面向的動詞佔絕大多數，亦營造出五代詞幽閉深冷的氛圍。

另一方面，山意象在語法上的特殊運用也造成詞特有的美感。山意象在詞中往往與其他物象相堆疊，或是以零句的形式與附近相聯的句子串聯，而這種堆疊或是串聯在詞中通常扮演著主題的地位。因此

單就這些主題而言，似乎看不到情緒的波動，而在詞情上表現出淡化的傾向。然而由於山意象所帶有的特殊含意，加上作者喜用句末點破的手法，使得全詞的情感因為意象的層疊反而表現更深。

　　就山意象在詞中的地位來說，作為地點的自然景致意象，對全詞的貢獻最少，其地位也最低。而自然景致的簡單意象，對詞中情境的營造有較多的貢獻，故在詞中的地位略有提升。山意象進入閨閣之後，新產生的閨中物象除了對全詞情境之塑造有所幫助，也因為本身帶有的特殊情意，因此與全詞詞意的關係也就更進一層。到了女子妝飾的範疇，山意象已是詞意顯露的直接媒介，因此在詞中的地位也最高，韓偓〈生查子〉一詞中的意象—「眉山」，即為典型的代表。

　　最後，我們也可以從五代詞山意象當中得到哲學的啟示，亦即：傳統山水哲學下所發展出來的主流—「天人合一」的自然觀思想在詞中並不適用，而可以將其視為中國傳統男性主體意識下的產物。由於傳統女子的行為、身分和地位往往受到壓抑和限制，在舉止受限的同時，女子對自然或身邊之物的想法會異於男性也自屬於當然。是故，這些描繪女性心靈的山意象，才會發展出不同於景觀化的獨特意義。

　　然而，傳統山水觀的思想卻一直影響著後世對詞體的評價，而深深困擾著後世的詞評家。傳統的詞評家一方面欣賞著詞作的聲情之美，一方面卻又難離束縛，時時對閨閣之作有所貶抑，而五代詞山意象所特有的多元性也因此受到忽略。因此，在文體嬗變之際，如何掌握其中形式、意義和美感發展的脈絡，挖掘其間的特點，並還給文體一個適當的評價和了解，是文學研究相當重要的目的，而本論文對山意象在五代詞的研究只是一個初步的嘗試而已。

五代詞中的山意象分析總表

頁碼以張璋・黃畬《全唐五代詞》爲準

一、地理景致

文　句	作　者	詞　牌	頁　碼	構詞方式	詞　類	語法關係
半輪殘月落山前	後梁・李夢符	漁父引	三一八	單純詞(單音節)	處所詞	整句:主動賓;運動動詞
奇峰如削	後唐・李存勗	歌頭	三二三	偏正(形加名)	處所詞	整句:主謂;分類動詞
晴山凝目橫天	吳・康騈	廣謫仙怨	三四五	偏正(名加名)	處所詞	整句:行爲動詞
寒背魂夢怯山川	南唐・陳陶	水調詞	三六○	並列	事物名詞	整句:主動賓;狀態動詞
小隱山人十洲客	同前	步虛引	三六一	偏正(形加名)	屬人有生名詞	零句:主語
樓上春山寒四面	南唐・馮延巳	鵲踏枝	三六二	偏正(名加名)	處所詞	整句:主謂;名詞謂語
關山何日休離別	同前	同前	三六四	並列	處所詞而活用爲人	疑問句:行爲動詞

詞句	作者	詞牌	句	構詞	詞性	句法
牆外遠山	同前	同前	三六六	偏正（形加名）	處所詞	零句：名詞詞組
雙眉斂恨春山遠	同前	同前	三六七	偏正（名加名）	處所詞	整句：主動賓；狀態動詞
樓上重檐山隱隱	同前	同前	三七一	單純詞（單音節）	處所詞	整句：主謂；形容詞謂語
碧山邊	同前	酒泉子	三八一	偏正（形加名）	事物名詞	零句：名詞詞組
山川風景好	同前	醉花間	三八七	並列	事物名詞	整句：主謂；形容詞謂語
石城山下桃花綻	同前	應天長	三八八	單純詞（專名）	處所詞	整句：主謂；狀態動詞
春山拂拂橫秋水	同前	虞美人	三九六	偏正（名加名）	處所詞	整句：主謂；形容詞謂語
江上晚山三四點	同前	歸自謠	三九九	偏正、壹	處所詞	整句：名詞謂語
寒山碧	同前	同前	四〇五	偏正（形加名）	處所詞	整句：主謂；形容詞謂語
來朝便是關山隔	同前	同前	四一〇	並列	處所詞	判斷句—「是」，賓語
山如黛	同前	芳草渡	四一二	單純詞（單音節）	處所詞	整句：主謂；分類動詞
霜積秋山萬樹紅	同前	抛球樂	四一六	偏正（名加名）	處所詞	整句：主動賓；行為動詞
坐對高樓千萬山	同前	同前	四一九	單純詞（單音節）	處所詞活用為定語	整句：主動賓；行為動詞
關山人未遠	同前	菩薩蠻	四二五	並列	處所詞	整句：主謂；運動動詞
醉憶春山獨倚樓	同前	浣溪沙	四六六	偏正（名加名）	處所詞	整句：主動賓；狀態動詞
遠山迴合暮雲收	同前	憶秦娥	四七五	偏正（形加名）	處所詞	整句：主謂；狀態動詞
兔被關山隔	同前	望江梅		並列	事物名詞	整句：主動賓；行為動詞
千里江山寒色遠	南唐·李煜	長相思		偏正（形加名）	處所詞	整句：主謂；形容詞謂語
一重山 兩重山 山遠天高烟水寒	同前	同前		單純詞（單音節） 單純詞（單音節） 單純詞（單音節）	處所詞	零句：名詞詞組 零句：名詞詞組 整句：主謂；形容詞謂語
東風吹水日銜山	同前	阮郎歸	四七五	單純詞（單音節）	處所詞	整句：主動賓；行為動詞
無限江山	同前	浪淘沙	四七八	並列	事物名詞	零句：名詞詞組

詞句	作者	詞調	編號	構詞	詞性	句型
三千里地山河	同前	同前	四八七	並列	事物名詞	零句：名詞詞組
生涯一片青山	同前	開元樂	四九四	偏正（形加名）	處所詞	整句：主謂：名詞謂語
空山有雪相待				偏正（形加名）	處所詞	存現句－「有」：主語
五山萬里	同前	青玉案	四九四	偏正（名加名）	處所詞	零句：名詞詞組
遠接山河高接雲	南唐·成彥雄	楊柳枝	五〇〇	並列	事物名詞	整句：主動賓：行為動詞
樓上春寒山四面	南唐·潘佑	失調名	五〇二	單純詞（單音節）	處所詞	整句：主謂：名詞謂語
峯山梧桐相覆	閩·韓偓	謫仙怨	五一五	單純詞（專名）	處所詞	整句：主謂：行為動詞
惆悵夢餘山月斜	前蜀·韋莊	浣溪沙	五二四	偏正（名加名）	事物名詞	整句：主謂：狀態動詞
寂寞關山道	同前	清平樂	五三七	並列	處所詞活用為定語	零句：名詞詞組
千山萬水不曾行	同前	木蘭花	五五八	偏正（名加名）	處所詞	整句：主謂：運動動詞
吳主山河空落日	前蜀·薛昭蘊	浣溪沙	五六六	並列	事物名詞	整句：主謂：狀態動詞
不爲遠山凝翠黛	同前	浣溪沙	五六七	偏正（形加名）	處所詞	整句：主謂：狀態動詞
杏花飄盡龍山雪	前蜀·牛嶠	應天長	五八〇	單純詞（專名）	處所詞	整句：主動賓：行為動詞
山月照花		望江怨	五九〇	偏正（名加名）	事物名詞	整句：主動賓：行為動詞
謝家仙觀寄雲岑	前蜀·牛希濟	臨江仙	六一四	偏正（名加名）	事物名詞活用為定語	整句：主動賓：行為動詞
四散自歸山	同前	同前	六一六	單純詞（單音節）	處所詞	整句：主謂：運動動詞
春山煙欲收	同前	生查子	六一八	偏正（名加名）	處所詞活用為定語	整句：主謂：狀態動詞
重疊關山岐路	同前	謁金門	六二一	並列	處所詞	零句：名詞詞組
楚山青	前蜀·李珣	漁歌子	六二八	單純詞（專名）	處所詞	整句：主謂：形容詞謂語
鶯啼楚岸春山暮	同前	漁歌子	六二九	偏正（名加名）	處所詞	整句：主謂：名詞謂語
九疑山	同前	同前	六四〇	偏正（名加名）	處所詞	零句：名詞詞組
山月裛					事物名詞	零句：名詞詞組

詞句	作者	詞調	頁碼	結構	名詞類	句式／動詞類
古廟依青嶂	同前	巫山一段雲	六四一	偏正（形加名）	抽象名詞	整句：主動賓；行為動詞
水聲山色鎖妝樓	同前	臨江仙	六四三	偏正（名加名）	事物名詞擬人化	整句：主謂；行為動詞
曲岸小橋山月過	同前	南鄉子	六四八	偏正（名加名）	非屬人有生名詞	整句：主謂；運動動詞
山果熟	同前	南鄉子	六四八	偏正（名加名）	處所詞	整句：主謂；狀態動詞
笑隨女伴下春山	同前	女冠子	六五〇	偏正（名加名）	處所詞	整句：主動賓；運動動詞
春山夜靜	同前	望遠行	六五二	偏正（名加名）	事物名詞	整句：主謂；形容詞謂語
行客闌山路遠	同前	河傳	六五六	並列	處所短語	整句：主謂；形容詞謂語
山水相連			六五六	並列 名詞詞組	處所短語	整句：主謂；狀態動詞
依舊十二峰前	同前			名詞詞組	處所短語	零句：名詞詞組
對青山	同前	漁父	六五八	偏正（形加名）	處所詞	零句：動詞詞組
五嶺三湘	同前	中興樂	六六一	偏正（名加名）	處所短語	零句：名詞詞組
自從陵谷追遊歇	後蜀・毛熙震	後庭花	七五一	並列	處所詞	整句：主謂；運動動詞
水遠山長看不足	後蜀・歐陽炯	南鄉子	七六四	單純詞（單音節）	處所詞	整句：主謂；形容詞謂語
小君山上王嬪生	同前	漁父	七七二	單純詞（疊名）	非屬人有生名詞	整句：主謂；狀態動詞
雨霽山襟紅飲爛	同前	春光好	七七四	偏正（名加名）	處所詞	整句：主謂；狀態動詞
雞祿山前遊騎	荊南・孫光憲	定西番	八二〇	單純詞（專名）	處所詞	整句：主謂；運動動詞
闊魂飛過屏山簇	無名氏	後庭宴	九二九	偏正（名加名）	處所詞	整句：主動賓；運動動詞

計（單詞）出現十一次：春山出現八次；關山出現七次；山川、山河出現三次；山月出現四次；山色、晴山、碧山、山色、晚山、遠山、秋山、空山、寒山、玉山、龍山、華山、雲岑、山人、九疑山、千山、屏山、山水、名城山、山花、雜祿山、山樓、十二峰、小君山、奇峰、雲峯、青嶂、陵谷、五嶺等出現一次。

一、閨閣擺飾

文句	作者	詞牌	頁碼	構詞方式	詞類	語法關係
枕倚小山屏	後蜀・顧夐	醉公子	七二四	偏正（名加名）	事物名詞	整句・主動賓：行為動詞
山枕膩	前蜀・牛嶠	應天長	五八四	偏正（名加名）	事物名詞	整句・主謂：形容謂語
粉融香汗流山枕	同前	菩薩蠻	五九一	偏正（名加名）	事物名詞	整句・主動賓：行為動詞
山枕印紅腮	前蜀・魏承班	訴衷情	六八九	偏正（名加名）	事物名詞	整句・主謂：行為動詞組
山枕上	後蜀・顧夐	甘州子	七〇三	偏正（名加名）	事物名詞	零句・名詞詞組
山枕上	同前	同前	七〇三	偏正（名加名）	事物名詞	零句・名詞詞組
山枕上	同前	同前	七〇四	偏正（名加名）	事物名詞	零句・名詞詞組
山枕上	同前	同前	七〇四	偏正（名加名）	事物名詞	零句・名詞詞組
山枕上	同前	同前	七〇四	偏正（名加名）	事物名詞	零句・名詞詞組
淚侵山枕濕	同前	酒泉子	七一三	偏正（名加名）	事物名詞	整句・主動賓：行為動詞
山枕上	同前	獻衷心	七一六	偏正（名加名）	事物名詞	零句・名詞詞組
倚屏山枕惹香塵	後蜀・閻選	浣溪沙	七三六	偏正（名加名）	事物名詞	整句・主動賓：行為動詞
閒倚博山枕山長嘆	前蜀・韋莊	歸國遙	五三二	偏正（名加名）	事物名詞	整句・主謂：行為動詞組
博山爐冷水沈微	後蜀・顧夐	玉樓春	七〇六	單純詞（專名）	事物名詞	整句・主動賓：行為動詞
山障掩	同前	臨江仙	七二二	偏正（名加名）	事物名詞	整句・主謂：形容詞謂語
博山鑪暖澹煙輕	後蜀・毛熙震	更漏子	七四五	單純詞（專名）	事物名詞	整句・主謂：行為動詞謂語
博山香柱融	後蜀・歐陽炯	更漏子	七八〇	單純詞（專名）	事物名詞	整句・主謂：形容詞謂語
博山鑪	荊南・孫光憲	虞美人	八八〇	單純詞（專名）	事物名詞	整句・主謂：狀態動詞
博山香柱旋抽條	荊南・孫光憲	虞美人	八〇七	單純詞（專名）	事物名詞	整句・主謂：狀態動詞
金盤緪綴酥山	後晉・和凝	春光好	三三四	後補（名加名）	事物名詞	整句・主動賓：行為動詞

計：山枕出現十一次；博山爐（含博山）出現六次；山屏、山障及酥山出現一次。

三、畫中山景

文　句	作　者	詞　牌	頁　碼	構詞方式	詞　類	語法關係
牆上畫屏山綠	南唐・馮延巳	更漏子	四○八	單純詞（單音節）	事物名詞	整句：主謂；形容詞謂語
春山顛倒釵橫鳳	南唐・馮延巳	上行杯	四三三	偏正（名加名）	處所詞	整句：主謂；狀態動詞
倚屏山	南唐・鍾輻	卜算子慢	四九七	後補（名加名）	事物名詞	零句：動詞詞組
畫屏山幾重	前蜀・牛嶠	菩薩蠻	五八○	單純詞（單音節）	事物名詞	整句：主謂；名詞謂語
翠疊畫屏山隱隱	前蜀・李珣	浣溪沙	六三七	單純詞（單音節）	事物名詞	整句：主謂；形容詞謂語
凝思倚屏山	同前	菩薩蠻	六五四	後補（名加名）	事物名詞	整句：主動賓；行為動詞
山掩小屏霞	前蜀・魏承班	訴衷情	六九○	單純詞（單音節）	事物名詞	整句：主謂；行為動詞
小屏山凝碧	同前	謁金門	六九五	單純詞（單音節）	事物名詞	整句：主謂；狀態動詞
小屏屈曲掩青山	後蜀・顧敻	虞美人	六九九	偏正（形加名）	事物名詞	整句：主動賓；行為動詞
曲檻小屏山六扇	後蜀・顧敻	玉樓春	七○六	單純詞（單音節）	事物名詞	整句：主謂；名詞謂語
小屏香靄碧山重	後蜀・毛熙震	浣溪沙	七四一	偏正（形加名）	事物名詞	整句：主謂；名詞謂語
暮天屏上春山碧	同前	酒泉子	七五三	偏正（名加名）	事物名詞	整句：主謂；形容詞謂語
行雲屏外還	同前	菩薩蠻	七五四	單純詞（單音節）	事物名詞	整句：主謂；運動動詞
寂莫對屏山	同前	同前	七五五	後補（名加名）	事物名詞	整句：主謂；行為動詞
曉屏一枕酒醒山	荊南・孫光憲	浣溪沙	七九一	單純詞（單音節）	事物名詞	整句：主動賓；狀態動詞

計：山（單詞）出現七次；屏山出現三次：春山出現三次：青山、碧山出現一次。

四、女子形貌

文句	作者	詞牌	頁碼	構詞方式	詞類	語法關係
梳墮印山眉	後蜀·和凝	江城子	三三九	偏正(名加名)	屬人有生名詞	整句:主動賓;行為動詞
懵恨眉兒遠岫攢	南唐·李煜	搗練子令	四六九	偏正(形加名)	處所詞活用為狀語	整句:主謂;動詞謂語
眉山正愁絕	閩·韓偓	生查子	五一三	後補(名加名)	屬人有生名詞	整句:主謂;狀態動詞
鏡中重畫遠山眉	後蜀·歐陽炯	西江月	七八一	單純詞(專名)	屬人有生名詞	整句:主動賓;行為動詞
玉纖慵拂眉山小	荊南·孫光憲	酒泉子	八一三	後補(名加名)	屬人有生名詞	整句:主動賓;行為動詞
眉黛遠山攢	南唐·耿玉真	菩薩蠻	五○三	偏正(形加名)	處所詞活用為狀語	整句:主謂;動詞謂語
一雙愁黛遠山眉	前蜀·韋莊	荷葉杯	五三五	單純詞(專名)	屬人有生名詞	零句:名詞詞組
遠山眉黛綠	同前	謁金門	五四一	偏正(形加名)或單純詞(專名)	處所詞活用為定語	整句:主謂;形容詞謂語
眉翠春山翠	前蜀·牛嶠	菩薩蠻	五八八	偏正(名加名)	處所詞活用為定語	整句:主謂;形容詞謂語
眉學春山樣	同前	酒泉子	五九二	偏正(名加名)	處所詞活用為定語	整句:主動賓;行為動詞
眉間畫得山兩點	前蜀·魏承班	菩薩蠻	六八四	單純詞(單音節)	處所詞	整句:主動賓;行為動詞
眉翠秋山遠	同前	菩薩蠻	六八五	偏正(名加名)	處所詞活用為狀語	整句:主謂;動詞謂語
兩條眉黛遠山橫	後蜀·顧夐	退方怨	七一五	偏正(形加名)	處所詞活用為狀語	整句:主謂;動詞謂語
小山粧	後蜀·毛熙震	女冠子	七四六	單純詞(專名)	事物名詞	零句:名詞詞組
遠山秋黛碧	同前	南歌子	七四八	偏正(形加名)	處所詞·擬人化	整句:主謂;行為動詞
愁眉翠斂欲山橫	同前	何滿子	七四九	單純詞(單音節)	處所詞活用為狀語	整句:主謂;動詞謂語

計:遠山出現四次:春山、遠山眉、眉山、山(單詞)出現兩次:山眉、遠岫、秋山、小山框、小山、秋山各出現一次。

五、典故

文句	作者	詞牌	頁碼	構詞方式	詞類	語法關係
目斷巫山雲雨	後晉・和凝	何滿子	三三一	單純詞（專名）	處所詞	整句：主動賓；狀態動詞
巫山暮雨歸	南唐・徐鉉	拋毬樂	三五六	單純詞（專名）	處所詞	整句：主謂；運動動詞
峯山歸馬是何時	南唐・陳陶	水調詞	三六○	單純詞（專名）	處所詞	判斷句－「是」；主語
夢覺巫山春色	南唐・馮延巳	謁金門	三九一	單純詞（專名）	處所詞活用為定語	整句：主動賓；行為動詞
聖壽南山永同	同前	壽山曲	四二一	單純詞（專名）	處所詞	整句：主動賓；狀態動詞
蓬萊院閉天臺女	南唐・李煜	菩薩蠻	四七四	單純詞（專名）	處所詞活用為定語	整句：主動賓；行為動詞
一朵彩雲何事下巫峰	同前	南歌子	四九五	單純詞（專名）	處所詞	整句：主動賓；運動動詞
一望巫山兩	前蜀・韋莊	河傳	五四六	單純詞（專名）	處所詞活用為定語	整句：主動賓；行為動詞
君山一點凝羅浮山下	前蜀・牛希濟	臨江仙	六一七	單純詞（專名）／單純詞（專名）	處所詞	整句：主謂；狀態動詞／零句：名詞詞組
指蓬萊	前蜀・李珣	女冠子	六四九	單純詞（專名）	處所詞	零句：動詞詞組
黑山西	前蜀・毛文錫	甘州遍	六六九	單純詞（專名）	處所詞	零句：名詞詞組
雨霽巫山上十二晚峰前	同前	巫山一段雲	六八○	單純詞（專名）／名詞詞組	處所詞	整句：主動賓；行為動詞／零句：名詞詞組
粧掩巫山色	同前	同前	六八一	偏正（名加名）	抽象名詞	整句：主動賓；行為動詞
眉共湘山遠	荊南・孫光憲	菩薩蠻	八○三	單純詞（專名）	處所詞活用為狀語	整句：主動賓；狀態動詞
屏畫九疑峰	前蜀・李珣	臨江仙	六四二	單純詞（專名）	處所詞	整句：主動賓；行為動詞
翠屏十二晚峰齊	前蜀・牛希濟	臨江仙	六一四	名詞詞組	處所短語	零句：名詞詞組
峭碧參差十二峰	後蜀・毛熙震	浣溪沙	七一○	名詞詞組	處所短語	零句：名詞詞組

計：巫山出現五次；十二峰出現兩次；蓬萊出現三次；峯山、巫峰、湘山、君山、羅浮山、南山、天臺、黑山、九疑峰、巫峽峰、巫山色等出現一次。

重要參考書目

一、專書部分

（一）詞學相關書目

I. 作品集

1. 全唐五代詞，張璋、黃畬編，文史哲出版社，民國 75 年 10 月。

2. 唐五代詞，林大椿編，世界書局，民國 69 年 11 月。

3. 唐五代詞，亦冬譯注·董治安審閱，錦繡出版事業，民國 81 年 3 月。

4. 宋紹興本花間集，（後蜀）趙崇祚編，鼎文書局，民國 63 年 10 月。

5. 花間集，（後蜀）趙崇祚編，《四部備要》，中華書局。

6. 景印正德仿宋本花間集，（後蜀）趙崇祚編，《叢書集成三編》，新文豐公司。

7. 花間集，（後蜀）趙崇祚編，《詞苑英華》。

8. 花間集·補，溫博輯補，明萬曆壬寅玄覽齋本，商務印書館，民國五六。

9. 花間集，（清）湯顯祖評點，明金閶世裕堂刊本，《詞壇合璧》。

10. 花間集評注，李冰若注，開明書店，民國 24 年。

11. 花間集注，華蓮圃注，商務印書館，1935 年。

12. 花間集注，華鍾彥注，中州書畫社，1983 年。

13. 花間集校，李一氓校，鼎文書局，民國 63 年 10 月。

14. 花間集，蕭繼宗注，學生書局，民國 66 年元月。

15. 花間集索引，青山宏編，東京大學東洋文化研究所，昭和 49 年 3 月 5 日。

16. 尊前集，《唐宋名賢百家詞》。

17. 尊前集，（明）毛晉汲古閣刊本，《詞苑英華》。

18. 尊前集，梅禹金明抄本，《彊村叢書》。

19. 雲謠集雜曲子，《彊村叢書》。

20. 敦煌曲子詞集，王重民編輯，商務印書館，1956 年。

21. 敦煌曲校錄，任二北輯，世界書局，民國 69 年 11 月。

22. 敦煌歌辭總編，任二北編，上海古籍出版社，1987 年。

23. 敦煌雲謠集新書，潘重規，石門書局，1977 年。

24. 敦煌曲，饒宗頤校輯，法國國立科學研究院，1971 年。

25. 金奩集，（唐）溫庭筠等，《彊村叢書》。

26. 唐宋諸賢絕妙詞選，（宋）黃昇編，《四部叢刊》，商務印書館。

27. 增修箋注妙選群英草堂詩餘前集・後集，《四部叢刊》，商務印書館。

28. 陽春白雪・外集，（宋）趙聞禮，《宛委別藏》，商務印書館。

29. 樂府雅詞，（宋）曾慥輯，《四部叢刊》，商務印書館。

30. 鳴鶴餘音，（元）虞集，《叢書集成初編》，北京中華書局。

31. 唐詞紀，（明）董逢元輯，《四庫全書存目叢書》，莊嚴出版社。

32. 唐宋元明百家詞，（明）吳訥編，廣文書局，民國 60 年 5 月。

33. 宋六十名家詞，《詞苑英華》。

34. 花草粹編，（明）陳耀文編，《四庫全書》。

35. 詞林萬選，（明）楊慎輯，《詞苑英華》。

36. 古今詞統，（明）卓人月輯，明崇禎間刊本，國家圖書館。

37. 歷代詩餘，（清）沈辰垣等編，廣文書局。

38. 詞綜，（清）朱彝尊編，中華書局，民國 59 年 6 月。

39. 詞則，（清）陳廷焯編選，上海古籍出版社，1984。

40. 大雅集，（清）陳廷焯編選，《詞則》。

41. 閒情集，（清）陳廷焯編選，《詞則》。

42. 四印齋所刻詞，（清）王鵬運編，上海古籍出版社，1989。

43. 名家詞集，（清）侯文燦編，清熙侯氏亦園本，《宛委別藏》。

44. 蘭畹曲會，周泳先輯，《唐宋金元詞鉤沈》本。

45. 唐五代詞選，（清）成肇麐選，商務印書館，民國 45 年。

46. 唐五代二十一家詞輯，王國維輯，六藝書局，1932 年。

47. 彊村叢書，朱祖謀校輯，廣文書局，民國 59 年。

48. 四十名家詞，劉毓盤輯，一九二五年自序排印本。

49. 蜀十五家詞，吳虞校錄，清宣統二年排印本。

50. 唐宋金元詞鉤沈，周泳先輯，上海中華書局，民國 26 年 7 月。

51. 全唐詩，清聖祖御定，明倫出版社，1972。

52. 全宋詞，唐圭璋編，世界書局，民國 73 年 3 月。

53. 詞選，胡適選注，商務印書館，民國 48 年 5 月。

54. 唐宋名家詞選，龍沐勛編選，上海古籍出版社，1980 年 2 月。

55. 詞選，鄭騫編註，中國文化大學出版部，民國 71 年。

56. 唐宋詞簡釋，唐圭璋選釋，木鐸出版社，民國 71 年 3 月。

57. 五代詞選釋，俞陛雲，文史哲出版社，民國 77 年 7 月。

58. 唐宋詞選釋，俞平伯，木鐸出版社，民國 71 年 11 月。

59. 唐宋詞名作析評，陳弘治，文津出版社，民國 70 年 4 月。

60. 唐五代詞詳析，汪志勇，華正書局，民國 68 年 8 月。

61. 唐宋名家詞選精註集，蔡德安編註，東方書店，民國 42 年 12 月。

62. 南唐二主詞，（南唐）李璟、李煜，《四部備要》，中華書局。

63. 南唐二主詞，（南唐）李璟、李煜，《唐宋名賢百家詞》。

64. 南唐二主詞校訂，王仲聞校訂，河洛出版社，民國 64 年 10 月。

65. 陽春集，（南唐）馮延巳著，《唐宋名賢百家詞》。

66. 重校陽春集，（南唐）馮延巳，世界書局。

67. 陽春集箋，鄭郁卿，嘉新水泥公司，民國 62 年 6 月。

68. 李後主和他的詞，龍沐勛等，學生書局，民國 67 年 11 月。

69. 六一詞，（宋）歐陽修，世界書局，民國 59 年。

70. 歐陽文忠公近體樂府，（宋）歐陽修，《叢書集成三編》，新文豐出版公司。

71. 唐宋詞集序跋匯編，金啟華 等編，商務印書館，民國 82 年。

II. 相關資料與評論

1. 碧雞漫志，（宋）王灼，《詞話叢編》。

2. 詞源注，（宋）張炎撰，夏承燾校注，木鐸出版社，民國 76 年 7 月。

3. 詞品，（明）楊慎，《詞話叢編》。

4. 詞律，（清）萬樹撰，（清）恩錫，杜文瀾校，世界書局，民國 59 年 5 月。

5. 花草蒙拾，（清）王士禛，《詞話叢編》。

6. 古今詞話，（清）沈雄，《詞話叢編》。

7. 樂府餘論，（清）宋翔鳳，《詞話叢編》。

8. 雨村詞話，（清）李調元，《詞話叢編》。

9. 白雨齋詞話，（清）陳廷焯，《詞話叢編》。

10. 蕙風詞話，況周頤，廣文書局，民國 64 年。

11. 餐櫻廡詞話，況周頤，《小說月報》第十一卷第五號—第十二號。

12. 人間詞話，王國維，《詞話叢編》。

13. 栩莊漫記，栩莊，李冰若《花間集評注》。

14. 詞話叢編，唐圭璋編，中華書局，1986 年。

15. 詞學論叢，唐圭璋，宏業書局，民國 77 年 9 月。

16. 宋詞四考，唐圭璋，江蘇古籍出版社，1985 年 9 月。

17. 歷代詞話敘錄，王熙元，中華書局，民國 62 年 7 月。

18. 唐五代詞紀事會評，史雙元編，黃山書社，1995 年 12 月。

19. 敦煌曲續論，饒宗頤，新文豐出版公司，民國 85 年 12 月。

20. 敦煌曲初探，任二北，上海文藝聯合出版社，1954 年。

21. 詩詞散論，繆鉞，開明書店，民國 71 年 10 月。

22. 靈谿詞說，繆鉞・葉嘉瑩，國文天地，民國 78 年 12 月。

23. 唐宋詞十七講，葉嘉瑩，岳麓書社，1989 年 7 月。

24. 迦陵論詞叢稿，葉嘉瑩，明文書局，民國 76 年 12 月。

25. 中國詞學的現代觀，葉嘉瑩，大安出版社，民國 77 年 12 月。

26. 倚聲學，龍沐勛，里仁書局，民國 85 年元月。

27. 詞林正韻，（清）戈載輯，文史哲，民國 67 年。

28. 唐宋詞格律，龍沐勛，里仁書局，民國 75 年 12 月。

29. 唐宋詞論叢，夏承燾，宏業書局，民國 68 年元月。

30. 唐宋詞人年譜，夏承燾，中華書局，1961 年。

31. 唐五代詞研究，陳弘治，文津出版社，民國 74 年 3 月。

32. 唐五代北宋詞研究，村上哲見著・楊鐵嬰譯，陝西人民出版社，1987 年 8 月。

33. 唐宋詞研究，青山宏著・程郁綴譯，北京大學出版社，1995 年元月。

34. 花間集論集，張以仁，中研院文哲所籌備處，民國 85 年 12 月。

35. 北宋六大詞家，劉若愚著・王貴苓譯，幼獅文化公司，民國 79 年 4 月。

36. 晚唐迄北宋詞體演進與詞人風格，孫康宜著，李奭學譯，聯經出版公司，民國 83 年 6 月。

37. 詞學考詮，林玫儀，聯經出版公司，民國 82 年 5 月。

38. 詞牌彙釋，聞汝賢，自印本，民國 52 年。

39. 中國詞學批評史，鄧喬彬等，中國社會科學出版社，1994 年 7 月。

40. 中國詞學史，謝桃坊，巴蜀書社，1993 年 6 月。

41. 宋詞辨，謝桃坊，上海古籍出版社，1999 年元月。

42. 詞與音樂關係研究，施議對，中國社會科學出版社，1985 年 7 月。

43. 詞的審美特性，孫立，文津出版社，民國 84 年 2 月。

44. 群體的選擇，蕭鵬，文津出版社，民國 81 年 11 月。

45. 唐五代詞的文化觀照，劉尊明，文津出版社，民國 83 年 12 月。

46. 詞林新話，吳世昌・吳令華・施議對，北京出版社，1991 年 10 月。

47. 中國詞的物體意象，唐景凱，廣東人民出版社，1993 年 8 月。

48. 詞話學，朱崇才，文津出版社，民國 84 年元月。

49. 讀詞常識，陳振寰，國文天地出版社，民國 79 年 3 月。

50. 第一屆詞學國際研討會論文集，編委會，中央研究院中國文哲研究所編委會主編，民國 83 年。

51. 詞學研究書目，黃文吉主編，文津出版社，民國 82 年 4 月。

（二）語言學相關書目

1. 馬氏文通校注，馬建忠著，章錫琛校注，中華書局，1954 年 10 月。

2. 馬氏文通讀本，呂叔湘・王海棻編，上海教育出版社，1986 年 6 月。

3. 漢語詞彙，孫常敘，吉林人民出版社，1956 年 12 月。

4. 中國文法要略，呂叔湘，商務印書館，1957 年 3 月。

5. 中國文法講話，許世瑛，開明書店，1966 年。

6. 漢語的構詞法，陸志韋等，中華書局香港分局，1975。

7. 漢語文言語法，劉景農，中華書局，1994 年 6 月。

8. 國語語法，趙元任，學海出版社，民國 80 年 2 月。

9. 中國古代語法：造句編，周法高，中央研究院歷史語言研究所，民國 82 年 4 月。

10. 中國古代語法：構詞編，周法高，中央研究院歷史語言研究所，民國 61 年 3 月。

11. 中國古代語法：稱代編，周法高，中央研究院歷史語言研究所，民國 61 年 3 月。

12. 中國語言學論文集，周法高，聯經出版公司，民國 64 年 10 月。

13. 中國語法學綱要，王力，開明書店，1952。

14. 中國語言學史，王力，開明書店，1952。

15. 中國現代語法，王力，中華書局，1954 年 12 月。

16. 中國語歷史文法，太田辰夫著，蔣紹愚‧徐昌華譯，北京大學出版社，1987 年 7 月。

17. 漢語概說，羅杰瑞著‧張惠英譯，語文出版社，1995 年元月。

18. 漢語詞法句法論集，湯廷池，學生書局，民國 77 年 3 月。

19. 漢語詞法句法三集，湯廷池，學生書局，民國 81 年 10 月。

20. 漢語詞法句法五集，湯廷池，學生書局，民國 83 年 9 月。

21. 語言學概論，謝國平，三民書局，民國 83 年。

22. 古代漢語，葉保民等，洪葉文化事業，1992 年 9 月。

23. 現代漢語，程祥徽‧田小琳，書林出版社，民國 81 年 2 月。

24. 古漢語特殊語法研究，何淑貞，學海出版社，民國 74 年。

25. 國語語法研究，何永清，文史哲出版社，民國 76 年。

26. 古代漢語詞匯學，趙克勤，商務印書館，1994 年 6 月。

27. 漢語的構詞法研究，潘文國‧葉步青‧韓洋，學生書局，民國 82 年。

28. 漢語詞法論，陳光磊，學林出版社，1994 年 9 月。

29. 漢語造詞法，任學良，中國社會科學出版社，1981 年。

30. 文言實詞，李佐丰，語文出版社，1994 年 6 月。

31. 古漢語語法及其發展，楊伯峻‧何樂士，語文出版社，1992 年 3 月。

32. 隋唐五代漢語研究，程湘清主編，山東教育出版社，1992。

33. 中國中世語法史研究，志村良治著，江藍生‧白維國譯，中華書局，1995 年 9 月。

34. 歷史語言學，徐通鏘，商務印書館，1996 年 3 月。

35. 中國語法學史稿，龔千炎，語文出版社，1987 年 12 月。

36. 語法哲學，葉斯泊森著‧傅一勤譯，學生書局，民國 83 年 3 月。

37. 歷史語法學理論與漢語歷史語法，屈承熹著，朱文俊譯，北京語言

學院，1993 年 6 月。

38. 現代語義學，何三本・王玲玲，三民書局，民國 84 年 3 月。

39. 語言哲學──意義與指涉理論的研究，黃宣範，文鶴出版公司，民國 72 年 12 月。

40. 語言文學與心理學論集，詹鍈，齊魯書社，1989 年 10 月。

41. 漢語現象論叢，啓功，商務印書館，民國 82 年 3 月。

（三）其他相關書目

I. 前人著述

（1）經部

1. 周易正義，（魏）王弼，韓康伯注，（唐）孔穎達正義，《十三經注疏》。

2. 周易略例，（魏）王弼，無求備齋《易經集成》。

3. 毛傳注疏，（漢）毛亨傳，鄭玄箋，（唐）孔穎達正義，商務印書館，民國 57 年 6 月。

4. 詩經集註，（宋）朱熹集註，華正書局，民國 66 年。

5. 詩毛氏傳疏，（清）陳奐，商務印書館，民國 57 年 6 月。

6. 詩經通論，（清）姚繼恆，廣文書局，民國 50 年 10 月。

7. 詩經詮釋，屈萬里，聯經出版公司，民國 77 年 7 月。

8. 論語，（魏）何晏注，（宋）邢昺疏，《十三經注疏》。

9. 釋名，（漢）劉熙，《叢書集成新編》，新文豐出版公司。

（2）史部

1. 史記，（漢）司馬遷，商務印書館，民國 57 年 12 月。

2. 後漢書集解，（晉）范曄撰，（清）王先謙集解，商務印書館，民國 57 年 12 月。

3. 三國志，（晉）陳壽撰，（劉宋）裴松之注，商務印書館，民國 57 年 12 月。

4. 隋書，（唐）魏徵等，洪氏出版社，民國 63 年 7 月。

5. 舊唐書，（後晉）劉煦等，《四部備要》，中華書局。

6. 新唐書，（宋）歐陽脩，宋祁等撰，《四部備要》，中華書局。

7. 新五代史，（宋）歐陽脩，《四部備要》，中華書局。

8. 宋史，（元）脫脫，《四部備要》，中華書局。

9. 東觀漢記，（漢）劉珍等，《百部叢書集成》，藝文印書館。

10. 唐闕史，（五代）高彥休，《叢書集成新編》，新文豐出版公司。

11. 五代史補，（宋）陶岳，《四庫全書》。

12. 十國春秋，（清）吳任臣，《四庫全書》。

13. 蜀檮杌，（宋）張唐英，《叢書集成新編》，新文豐出版公司。

14. 南唐書，（宋）馬令，《四庫全書》。

15. 通典，（唐）杜佑，大化書局。

16. 荊楚歲時記，（梁）宗懍，《歲時習俗資料彙編》，藝文印書館。

17. 元和郡縣圖志，（唐）李吉甫，北京中華書局，1983 年 6 月。

18. 輿地紀勝，（宋）王象之，文海出版社，民國五十年 4 月。

19. 宋本方輿勝覽，（宋）祝穆‧祝洙補訂，上海古籍出版社，1991 年 12 月。

20. 輿地廣記，（宋）歐陽忞，《叢書集成新編》，新文豐出版公司。

21. 太平寰宇記，（宋）樂史，文海出版社，民國 52 年 4 月。

22. 讀史方輿紀要，（清）顧祖禹，商務印書館，民國 57 年 12 月。

23. 羅浮山記，《說郛》，新興書局。

24. 水經注，（北魏）酈道元，商務印書館，民國 57 年 12 月。

（3）子部

1. 莊子集釋，（清）郭慶藩集釋，華正書局，民國 71 年 8 月。

2. 淮南子，（漢）劉安，《二十二子》，先後出版社。

3. 論衡，（漢）王充，《百部叢書集成》，藝文印書館。

4. 朱子語類，（宋）朱熹，中文出版社，1982 年 7 月。

5. 東觀餘論，（宋）黃伯思，《四庫全書》。

6. 夢溪筆談，（宋）沈括，《四庫全書》。

7. 崇文總目‧附錄‧補遺，（宋）王堯臣等編，（清）錢東垣等釋，《叢書集成新編》。

8. 遂初堂書目，（宋）尤袤，《叢書集成新編》，新文豐出版公司。

9. 衢本郡齋讀書志，（宋）晁公武，《宛委別藏》，商務印書館。

10. 直齋書錄解題，（宋）陳振孫，《叢書集成新編》，新文豐出版公司。

11. 姑溪題跋，（宋）李之儀，《叢書集成新編》，新文豐出版公司。

12. 汲古閣珍藏秘本書目，（明）毛扆，《叢書集成新編》，新文豐出版公司。

13. 讀書敏求記，（清）錢曾撰，沈炎校，《叢書集成新編》，新文豐出版

公司。

14. 考古圖，（宋）呂大臨，《四庫全書》。

15. 欽定西清古鑑，（清）梁詩正，蔣溥，《四庫全書》。

16. 封泥考略，（清）吳式芬，陳介祺輯，藝文印書館，民國 63 年。

17. 考古續說，（清）崔述，《叢書集成新編》，新文豐出版公司。

18. 古畫品錄，（南齊）謝赫，《叢書集成初編》，北京中華書局。

19. 續畫品，（陳）姚最，《叢書集成初編》，北京中華書局。

20. 歷代名畫記，（唐）張彥遠，《四庫全書》。

21. 唐朝名畫錄，（唐）朱景玄，《四庫全書》。

22. 筆法記，（五代）荊浩，王民書畫苑。

23. 圖畫見聞誌，（宋）郭若虛，《百部叢書集成》，藝文印書館。

24. 宣和畫譜，撰人不詳，《百部叢書集成》，藝文印書館。

25. 林泉高致，（宋）郭熙，王民書畫苑。

26. 藝林彙考，（清）沈自南，《四庫全書》。

27. 趙飛燕外傳，（漢）伶玄，《筆記小說大觀》，新興書局，民國 69 年 8
    月。

28. 列仙傳，（漢）劉向，《叢書集成新編》，新文豐出版公司。

29. 世說新語箋疏，（劉宋）劉義慶撰，余嘉錫箋疏，華正書局，民國 73
    年。

30. 幽明錄，（劉宋）劉義慶，《叢書集成新編》，新文豐出版公司。

31. 異苑，（劉宋）劉敬叔，《筆記小說大觀》，新興書局。

32. 校坊記箋訂，（唐）崔令欽撰，任半塘箋訂，中華書局，1964。

33. 雲溪友議，（唐）范攄，《叢書集成新編》，新文豐出版公司。

34. 海山記，（唐）韓偓，《叢書集成新編》，新文豐出版公司。

35. 北夢瑣言·逸文，（荊南）孫光憲，上海古籍出版社，1981 年 11 月。

36. 唐語林，（宋）王讜，（清）錢熙祚校，世界書局，民國 57 年 2 月。

37. 太平廣記，（宋）李昉等，《四庫全書》。

38. 海錄碎事，（宋）葉廷珪，新興書局，民國 58 年元月。

39. 湘山野錄，（宋）釋文瑩，《叢書集成新編》，新文豐出版公司。

40. 藝文類聚，（唐）歐陽詢，《四部集要》，民國 49 年。

41. 事物紀原，（宋）高承，《四庫全書》。

42. 丹鉛續錄，（明）楊慎，《叢書集成新編》，新文豐出版公司。

43. 說郛,（明）陶宗儀纂,張宗祥校,新興書局,民國 52 年。

44. 山堂肆考,（明）彭大翼撰,（明）張幼學編,藝文印書館。

45. 唐五代畫論,何志明・潘運告編,湖南美術出版社,1997 年 4 月。

（4）集部

1. 先秦漢魏晉南北朝詩,逯欽立輯校,木鐸出版社,民國 77 年 7 月。

2. 楚辭補注・山帶閣註楚辭,（宋）洪興祖補注・（清）蔣驥註,長安出版社,民國 76 年 9 月。

3. 樂府詩集,（宋）郭茂倩編撰,里仁書局,民國 70 年 3 月。

4. 文選,梁・蕭統撰,（唐）李善注,商務印書館,民國 66 年。

5. 全上古三代秦漢三國六朝文,（清）嚴可均輯,世界書局,民國 50。

6. 全唐文・拾遺・續拾,（清）董誥等輯,中華書局,1983 年 11 月。

7. 李太白全集,（唐）李白著,（清）王琦注,中華書局,1997 年 4 月。

8. 杜詩詳註,（唐）杜甫著,（清）仇兆鰲注,文史哲出版社,民國 74 年。

9. 全五代詩,（清）李調元編,《叢書集成新編》,新文豐出版公司。

10. 三家宮詞,（明）毛晉編,《叢書集成新編》,新文豐出版公司。

11. 五代宮詞,（清）吳省蘭編,《叢書集成新編》,新文豐出版公司。

12. 十國宮詞,（清）吳省蘭編,《叢書集成新編》,新文豐出版公司。

13. 蘇東坡全集,（宋）蘇軾,河洛出版社,民國 64 年。

14. 文心雕龍,（梁）劉勰著,（清）范文瀾註,學海出版社,民國 82 年。

15. 歲寒堂詩話,（宋）張戒,《續歷代詩話》,藝文印書館。

16. 苕溪漁隱叢話,（宋）胡仔,《叢書集成新編》,新文豐出版公司。

17. 唐音癸籤,（明）胡震亨,木鐸出版社,1982。

18. 圍爐詩話,（清）吳喬,《叢書集成新編》,新文豐出版公司。

19. 五代詩話,（清）王士禎,廣文書局,民國 59 年元月。

20. 蠶尾集,（清）王士禎,《叢書集成新編》,新文豐出版公司。

21. 歷代詩話,何文煥輯,木鐸出版社。

22. 續歷代詩話,丁福保編,藝文印書館。

23. 西京雜記,（漢）劉歆,《四部叢刊》,商務印書館。

24. 妝樓記,（後唐）張泌,《叢書集成新編》,新文豐出版公司。

II. 近人著述

1. 中國文學發展史（校訂本），劉大杰，華正書局，民國 80 年 7 月。

2. 中國文學史，葉慶炳，學生書局，民國 76 年 8 月。

3. 中國文學史初稿，邱燮友等，福記文化公司，民國 74 年 5 月。

4. 中國俗文學史，鄭振鐸，商務印書館，民國 81 年 11 月。

5. 中國文學批評史，羅根澤，學海出版社，民國 79 年 2 月。

6. 隋唐五代文學批評史，王運熙・楊明，上海古籍出版社，1994 年 10 月。

7. 中國婦女文學史，謝无量，中華書局，民國 68 年 8 月。

8. 中國繪畫史，俞崑，華正書局，民國 64 年 9 月。

9. 中國繪畫思想史，高木森，東大圖書公司，民國 81 年 6 月。

10. 中國古代繪畫理論發展史，葛路，丹青圖書公司，民國 76 年 2 月。

11. 中國藝術精神，徐復觀，學生書局，民國 81 年 7 月。

12. 先秦至宋繪畫美學，郭因，金楓出版社，1987 年 7 月。

13. 唐畫詩中看，王伯敏，東大圖書公司，民國 82 年 5 月。

14. 五代北宋的繪畫，高木森，文史哲出版社，民國 71 年 9 月。

15. 兩宋題畫詩論，李栖，學生書局，民國 83 年 7 月。

16. 宋代繪畫藝術成就之探研，蔡秋來，文史哲出版社，民國 66 年 11 月。

17. 宋代繪畫美學析論，黃光男，漢光文化事業，民國 82 年 12 月。

18. 詩與畫的界限，朱光潛譯，蒲公英出版社，民國 75 年。

19. 漢唐貴族與才女詩歌研究，張修蓉，文史哲出版社，民國 74 年 3 月。

20. 中國歷代婦女妝飾，周汛・高春明，學林出版社，1988 年 10 月。

21. 中國古代服飾風俗，周汛・高春明，文津出版社，民國 78 年 9 月。

22. 唐代婦女的妝飾，蔡壽美，中外圖書公司，民國 65 年。

23. 意象的流變，蔡英俊主編，聯經出版公司，民國 82 年 6 月。

24. 詩歌意象論，陳植鍔，中國社會科學出版社，1992 年 11 月。

25. 中國山水詩史，丁成泉，文津出版社，民國 84 年 8 月。

26. 中國山水詩研究，王國瓔，聯經出版事業，民國 75 年 10 月。

27. 中國山水詩論稿，朱德發主編，山東友誼出版社，1994 年 12 月。

28. 比興物色與情景交融，蔡英俊，大安出版社，民國 75 年 5 月。

29. 山水與美學，伍蠡甫，丹青出版社，民國 76 年。

30. 中國古代音樂史稿，楊蔭瀏，丹青圖書公司，民國 75 年 3 月。

31. 中國音樂史綱，楊蔭瀏，樂韻出版社，1996 年 2 月。

32. 魏晉南北朝文學論集，饒宗頤等，文史哲出版社，民國 83 年。

33. 中國文學理論，劉若愚著，杜國清譯，聯經出版公司，民國 80 年 10 月。

34. 六朝文論，廖蔚卿，聯經出版公司，民國 67 年。

35. 六朝文學觀念叢論，顏崑陽，正中書局，民國 82 年 2 月。

36. 齊梁詩探微，盧清青，文史哲出版社，民國 73 年 10 月。

37. 晚唐的社會與文化，淡江大學中文系編，學生書局，民國 79 年 9 月。

38. 唐代文學的文化精神，鄧小軍，文津出版社，1993。

39. 唐詩論文選集，呂正惠編，長安出版社，民國 74 年 4 月。

40. 唐五代文史叢考，吳在慶，江西人民出版社，1995 年 10 月。

41. 宋代文學與思想，臺灣大學中文所主編，學生書局，民國 78 年 8 月。

42. 王國維及其文學批評，葉嘉瑩，桂冠圖書公司，1992 年 4 月。

43. 中國文學論集，徐復觀，學生書局，民國 79 年。

44. 抒情傳統的省思與探索，張淑香，大安出版社，民國 81 年。

45. 抒情的境界，蔡英俊主編，聯經出版公司，民國 82 年 6 月。

46. 文學與美學，淡大中文所編，文史哲出版社，民國 79 年。

47. 現代散文構成論，鄭明娳，大安出版社，1994 年 4 月。

48. 漢代文物特展圖錄，國立歷史博物館，民國 85 年 3 月。

49. 秦漢工藝史，蓋瑞忠，臺灣省立博物館，民國 78 年元月。

50. 中國建築史，蕭默，文津出版社，民國 83 年 8 月。

51. 有趣的中國字，楊振良，國文天地，民國 78 年 9 月。

52. 歷代人物年里碑傳綜表，姜亮夫，香港中華書局，1961 年 7 月。

53. 中國歷代人物年譜考錄，謝巍，北京中華書局，1992 年 11 月。

54. 中國古今地名大辭典・附續編，臧勵龢等編 陳正祥續編，台灣商務印書館，民國 64 年 11 月。

55. 中國歷史地名大辭典，鄭樑生等編，三通圖書公司，民國 73 年元月。

二、期刊論文部分

（一）學位論文

1. 唐五代詞研究——以花間、尊前、雲謠三集為範圍，鄭憲哲著，曾永義指導，民國 82 年臺大中文所博士論文。

2. 花間集之研究，祁懷美著，臺灣師大國文研究所集刊第四號。

3. 詩經中草木鳥獸意象表現之研究，文鈴蘭著，朱守亮指導，民國 75 年政大中文所碩士論文。

4. 六朝宮體詩研究，黃婷婷著，邱師燮友指導，民國 72 年師大國文所碩士論文。

5. 唐代閨怨詩研究，許翠雲著，王熙元指導，民國 78 年師大國文所碩士論文。

6. 杜甫詩之意象研究，歐麗娟著，方瑜指導，民國 80 年臺大中文所碩士論文。

7. 《碧巖集》的語言風格研究──以構詞法爲中心，歐陽宜璋著，羅宗濤・陳良吉指導，民國 82 年政大中文所碩士論文。

8. 古典詩歌中的主題句研究──試由語法入手進行詩歌批評，林春玫著，周法高指導，民國 81 年中正大學中文所碩士論文。

9. 唐代詩論與畫論之關係研究──僅以詩畫論之專著爲研究對象，曹愉生著，高（明）呂凱指導，民國 80 年政大中文所博士論文。

10. 郭熙林泉高致與韓拙山水純全集之繪畫美學及時代意義，張瀛太著，柯慶明指導，民國 82 年臺大中文所碩士論文。

（二）期刊論文

1. 新斠云謠集雜曲子，冒廣生，《東方學報》一卷二期。

2. 詞的起源，鄭振鐸，《小說月報》二十卷四號。

3. 論詞學之困惑與《花間》詞之女性敘寫及其影響，葉嘉瑩，《中外文學》二十卷八期。

4. 詞源新譚，孫康宜著・李奭學譯，《中外文學》十九卷十期。

5. 仙、妓與洞窟──從唐到北宋初的娼妓文學與道教，李豐楙，《宋代文學與思想》。

6. 菱花照面淺勻眉──說「眉」，楊振良，《有趣的中國字》。

7. 簪花仕女圖──由屏風畫改爲卷軸畫傳藏之認識，趙曉華，《故宮文物月刊》，民國 84 年 8 月。

8. 美哉！蝤首蛾眉，蔡根祥，《國文天地》四卷七期，1988 年 12 月。

9. 「蝤首蛾眉」之女美乎？，吳立甫，《國文天地》四卷五期，1988 年 10 月。

10. 十眉圖與三十花客圖，藍揚，《故宮文物月刊》四卷二期，民國 75 年 5 月。

11. 南朝宮體詩研究，林文月，臺大《文史哲學報》第十五期。

12. 三面「夏娃」——漢魏六朝詩中女性的塑像，張淑香，《抒情傳統的省思與探索》。

13. 魏晉南北朝艷情文學的組成及其評價，孫琴安，《魏晉南北朝文學論集》。

14. 思圓木警學之勢，樂仲尼曲肱之趣——中國古代枕制和隋唐宋元陶瓷枕及其器用文化，陳江，《龍語文物》第二二期，1994年一、二。

15. 論枕具，陳啓佑，興大《中文學報》第七期，民國83年元月。

16. 枕具——中國陶瓷枕研究專題之一，宋伯胤，《故宮學術季刊》十一卷三期，民國83年春。

17. 唐詩中的山水，李瑞騰，《古典文學》第三集。

18. 中國語言文學對詩歌的影響，高友工，《中外文學》十八卷五期。

19. 論唐詩的語法、用字與意象，梅祖麟・高友工著，黃宣範譯，《中外文學》一卷十到十二期。

20. 律詩的美典，高友工著・劉翔飛譯，《中外文學》十八卷二期。

21. 藝術・幻象・意象——龔布里赫的藝術史學，郭繼生，《籠天地於形內・藝術史與藝術批評》。